까레이스키, 끝없는 방랑

까레이스키, 끝없는 방랑

개정증보판 1쇄 인쇄 2024년 11월 25일
개정증보판 1쇄 발행 2024년 11월 30일

지은이   문영숙
펴낸이   김형근
펴낸곳   서울셀렉션㈜
편집   지태진
디자인   김유정

등록   2003년 1월 28일(제1-3169호)
주소   서울시 종로구 삼청로 6 출판문화회관 지하 1층(우03062)
편집부   전화 02-734-9567 팩스 02-734-9562
영업부   전화 02-734-9565 팩스 02-734-9563
홈페이지 www.seoulselection.com

ⓒ 2024 문영숙

979-11-89809-73-7 03810

까레이스키, 끝없는 방랑

일러두기

19세기 중엽부터 광복 때까지 러시아와 구소련 지역으로 이주한 이들과 그 친족을
가리키는 '고려인'을 뜻하는 러시아어는 '카레이츠(Корейцы)'이다. 그러나 까레
이스키라는 용어가 국내에서 통용되고 있음을 감안하여, 이 소설에서는 해당 표기
를 사용했음을 밝힌다.

| 차 례 |

프
롤
로
그

연해주는 고구려에 이어 발해가 400여 년 동안 다스리던 땅이다.

구한말 한인들은 주인 없는 땅 연해주에 계절 농사를 지으러 다녔다.

1900년대에 이르러 일제의 한반도 침략이 시작되자 망명가나 독립운동가들을 위한 독립투사들까지 가세하여 연해주로 가기 위해 두만강을 건넜다.

1905년 을사늑약 이후, 연해주는 러시아 한인 민족운동의 주요 거점이 되었다.

1910년 국권피탈 이후에는 일본의 식민통치로 고통받던 한인들이 살아남기 위해 고향을 등지고 두만강을 건너 연해주로 모여들었다.

1917년 러시아에서는 레닌에 의해 10월 혁명이 일어났다.

1918년 러시아는 내전이 일어났고, 일본군은 국제간섭군으로 연해주에 진출하여 러시아 황제를 옹위하는 백위파와 손을 잡았다. 을사늑약 이후 계속해서 독립운동을 하던 연해주 한인들의 적은 일본이었기 때문에 백위파의 반대편인 적위파에 합류하여 일본군과 싸웠다.

1919년 한반도에서 3·1만세운동이 일어나고, 10여 일후 블라디보스토크에 이 소식이 전해지자 연해주의 한인들도 만세 시위를 벌였다. 이로 인해 연해주에서 일본의 한인 탄압은 더욱 거세졌고, 1920년 4월, 일본군이 블라디보스토크, 신한촌, 우수리스크 일대를 습격하여 한인 수백여 명이 희생되었다. 이것이 4월참변이다.

1922년 일본과 러시아 간의 마지막 혈투가 벌어져 일본은 연해주에서 물러났다.

그 후 레닌은 러시아를 비롯한 주변의 국가들을 통합해 소비에트 사회주의 연방 공화국(소련)을 탄생시켰다.

나는 1924년 소비에트 사회주의 연방 공화국의 신한촌에서 까레이스키로 태어났다.

나는 연해주에 있는 380여 곳의 한인 학교 중 하나인 한민학교의 여학생이었다.

소련은 1937년 가을, 연해주에 사는 약 18만여 명이나 되는 까레이스키들을 강제이주 열차에 태웠다.

나도 그중 한 명이었다.

1 | 붉은 명령서

외양간에 다녀온 할아버지의 얼굴이 하얗게 질렸다.

"아버님, 무슨 일이에요?"

"크, 큰일 났다. 하필이면 오늘 이런 일이 일어나다니! 어멈아, 어쩌면 좋으냐?"

엄마가 놀라 다시 물었다.

"왜요? 왜 그러시는데요? 어서 준비하고 역광장으로 떠나야죠."

"소가 이상하다. 송아지를 낳을 것 같아. 벌써 산도가 열렸어."

"예? 오늘요? 아직 한 달 가까이 남았는데요."

"이를 어쩜 좋으냐? 아무래도 안 되겠어. 우린 소가 송아지를 낳은 다음에 떠나야겠다."

"저들이 들어줄까요?"

"당연히 들어줘야지. 소가 새끼를 낳는데 어떻게 그냥 떠나냐? 동식아! 어서 짐 내려놓고 이리 와!"

오빠가 등에 지고 있던 이불 보따리를 내려놓고 외양간으로 달려갔다. 바로 그때였다. 호루라기 소리가 요란하게 들렸다. 빨리 떠나라고 재촉하는 소련 경찰이었다. 할아버지가 급히 경찰관에게 달려갔다. 잠시 후, 할아버지와 소련 경찰관이 떠들썩하게 실랑이하는 소리가 들렸다. 한참 후에 할아버지가 혼자 돌아오며 한숨을 내쉬었다.

"피도 눈물도 없는 놈들이야. 새끼를 낳으려고 진통을

시작한 소를 그대로 놔두고 떠나라니! 이게 말이나 되는 소
리냐?"

할아버지가 외양간으로 가며 엄마에게 재촉했다.

"어쩔 수가 없다. 말은 해 놨으니까 그대로 내버려두진
않겠지. 어서 동화에게 편지를 써서 방문에 붙이라고 해라.
여물도 많이 넣어 주고 고삐를 풀어 줘야겠어. 참, 세상에
어찌 이런 일이 다 있는지, 쯧쯧."

나는 할아버지 말을 듣자마자 아버지에게 급하게 편지
를 썼다.

아버지!

스탈린 동지의 명령에 따라 우리 가족 모두 급히 신한촌을
떠나요. 까레이스키 전체를 이주시킨대요. 라즈돌리노예에서
기차를 타는데 어디로 가는지 몰라요. 아버지가 돌아오시면
우리의 행방을 알아보고 빨리 뒤쫓아 오세요.

1937년 9월 9일 동화 올림

나는 편지를 방문에 붙이자마자 큰 소리로 읽었다. 모두
떠난 빈집에 아버지가 돌아와 어리둥절해 하는 모습이 눈
앞에 어른거렸다.

"자, 그만 떠나자. 애비도 곧 만나겠지."

무쇠솥과 꼭 필요한 밥그릇, 식량 보따리를 지게에 진

할아버지가 앞장서며 말했다. 그 뒤를 이불 보따리를 등에
진 오빠가 뒤따랐다.

"쯧쯧. 어떡하니? 이럴 줄 알았으면 저 돼지들도 미리 팔
걸. 어쩜 좋아. 얘들아, 많이 먹어라!"

엄마는 부엌에서 음식 찌꺼기를 모두 모아 돼지우리에
넣어 주고 문을 열어 놓았다. 나는 엄마가 잊은 줄 알고 말
했다.

"엄마, 돼지우리 문 잠가야지."

엄마가 고개를 저었다.

"일부러 열어 놨어. 내무위원이 언제 처분하러 올지 모
르잖아? 꿀꿀아, 만약에 아무도 안 나타나면 문 열어 놨으
니 밖에 나가 뭐라도 찾아 먹고 잘 살아라. 어휴, 니들보다
소가 걱정이다. 송아지를 잘 낳아야 할 텐데."

엄마가 혀를 차며 옷 보따리를 머리에 이었다. 외양간에
있는 소가 고개만 내밀고 "음머어, 음머어." 하고 울었다.
소 울음소리가 보통 때와 달랐다. 할아버지가 몇 발짝 걷다
가 자꾸만 소를 돌아보았다. 엄마도 마찬가지였다. 검둥이
가 꼬리를 치며 내 뒤를 따랐다.

"엄마, 검둥이라도 데려가면 안 돼?"

나는 안 되는 걸 알면서도 다시 물었다.

"검둥아, 집으로 가! 어서!"

엄마가 검둥이를 향해 손을 내저었다. 큰길에 나오자, 사

람들을 가득 태운 트럭들이 라즈돌리노예역 광장으로 달려가며 경적을 울려 댔다. 주인을 따라온 개들이 경적 소리에 놀라 주춤거렸다.

"검둥아, 어서 집으로 가. 아버지가 오실 때까지 집 잘 지키고 있어. 미안해."

나는 검둥이를 꼭 안고 쓰다듬었다. 검둥이가 꼬리를 치며 내 뺨을 핥았다. 나는 얼른 돌아가라고 손으로 혼내는 시늉을 했다. 나를 원망스럽게 바라보는 검둥이를 보자 울컥 눈물이 나왔다.

이주 명령은 사흘 전에 받았다. 아무르만의 검푸른 바다 위로 아침 안개가 막 떠오를 무렵, 누군가가 대문을 탕탕 두드렸다. 난 아버지가 돌아온 줄 알았다. 엄마는 신발도 신지 않고 달려가 대문을 열어젖혔다.

"도, 동화 아부지요?"

그러나 문을 두드린 사람은 내무인민위원들이었다. 그들은 허리에 총을 찬 채 엄마 앞에 스탈린의 사인이 적힌 빨간 종이를 불쑥 내밀었다.

"사흘 후에 이곳을 떠나라는 스탈린 동지의 명령서요. 간단한 가재도구와 씨앗만 챙겨 떠나야 하오."

엄마가 두 눈을 동그랗게 뜨고 물었다.

"예? 떠나다니요? 어디로요?"

"특별 명령이오. 기한은 사흘입니다. 사흘 후에 라즈돌리노예역 광장으로 모이시오."

엄마가 고개를 절레절레 흔들었다.

"우린 안 됩니다. 남편을 기다려야 해요."

"까레이스키 전체에게 이주 명령이 내려졌소."

그 순간 엄마의 얼굴에 반가움이 번갯불처럼 스쳤다.

"전체요? 그럼 우리 남편처럼 끌려간 사람들도 같이 간다는 말이네요. 그렇죠?"

그러나 내무인민위원은 무뚝뚝하게 말했다.

"우린 더 이상 아는 게 없소."

할아버지가 도대체 무슨 말이냐며 다그쳤다.

"그럼 농사지은 곡식들과 집은, 또 가축들은 어찌합니까? 송아지를 밴 소도 있소. 곧 새끼를 낳을 것 같은데. 게다가 아직 추수도 못했소. 다 익은 저 벼를 어찌하란 말이오?"

"추수하지 못한 벼는 이주를 한 후에 배상을 해 주기로 했소. 가축들도 나중에 배상할 것이오. 시간이 없소. 빨리 짐을 챙겨 떠날 준비를 하시오. 떠날 때까지 친지 방문도 금했으니 그리 아시오."

할아버지가 주먹으로 가슴을 치며 말했다.

"도대체 이게 무슨 날벼락이오? 왜 떠나라는 거요? 어딘지 모르지만 그곳에 가서 뭘 합니까?"

"우린 더 이상 모르오. 정확히 사흘 후요!"

내무인민위원들은 급히 옆집으로 갔다. 엄마가 문간에 털썩 주저앉았다. 할아버지는 말문을 잃은 듯 "허! 참! 허 허! 참." 같은 말만 내뱉었다. 내무인민위원들은 한인들의 집집을 돌며 똑같이 말했다. 엄마가 멍한 눈으로 할아버지에게 물었다.

"아버님, 어떡하죠? 애비가 돌아와야 하는데."

할아버지가 하늘을 올려다보며 후후 한숨을 내쉬었다.

"애비 소식도 모르는데 이대로 떠날 수는 없어."

"그럼요."

엄마가 할아버지를 향해 고개를 끄덕였다.

신한촌에 사는 까레이스키들은 사흘 동안 이주 명령이 사실인지 알아보느라 정신이 없었다. 관공서마다 발 디딜 틈도 없다고 했다. 그러나 마을 밖으로 한 발짝도 벗어나지 못하게 소련 군인과 경찰들이 지키고 있었다.

"왜 갑자기 까레이스키들만 이주시키는 거지? 어디로 가는지 알려 주지도 않고."

"글쎄 말입니다. 우리의 정착지를 새로 마련한 게 아닐까요?"

"새삼스럽게 이제 와서 무슨 정착지? 신한촌에 뿌리를 내린 지가 얼만데."

만나는 사람들마다 투덜거렸다. 나는 지난여름에 있었

던 섬뜩한 일이 떠올랐다.

"엄마, 일본 밀정 사건 때문이 아닐까?"

"쉿! 입조심해라. 모두 보는 앞에서 총살까지 시켰는데 감히 누가 또 밀정 노릇을 했겠니? 까레이스키 전체를 밀정 취급할 리도 없고, 괜히 쓸데없는 말 함부로 하지 마."

엄마는 밀정이란 말을 다시는 입 밖에 내지 말라며 못을 박았다. 지난여름 내무인민위원회는 일본의 밀정 노릇을 했다는 까레이스키를 스무 명도 넘게 붙잡아 공개 처형을 했다. 그 후로 까레이스키들은 쉬쉬하며 서로를 경계했다. 은밀히 떠도는 소문에는 일본인들이 까레이스키로 위장해 밀정 노릇을 했다는 얘기도 들렸다.

"그나저나 네 오빠는 왜 아직 안 오냐?"

"글쎄 말이에요. 민혁 오빠도 우리와 함께 떠나겠지? 엄마, 난 민혁 오빠를 보면 가슴이 막 두근거려. 아, 민혁 오빠와 같이 떠나면 좋겠다."

"저런, 저! 계집애가 못하는 말이 없어. 아휴, 언제 철이 들지. 쯧쯧."

항상 나를 어린애로만 보는 엄마가 답답했다. 그때 오빠가 헐레벌떡 뛰어 들어왔다.

"어머니, 민혁이는 특별 이주 열차를 타고 벌써 떠났대요."

"뭐? 특별 이주 열차?"

"민혁이는 조선극장 배우들이랑 먼저 떠났대요."

오빠의 말에 난 몹시 실망했다. 민혁 오빠는 조선극장의 배우다. 조선극장의 남자 배우들 중에서도 민혁 오빠가 최고로 멋진 배우였다. 민혁 오빠는 신한촌에 사는 청소년들의 우상이었다. 민혁 오빠는 모스크바에 있는 국립영화대학 배우학부를 졸업했다. 멋진 배우가 꿈인 오빠는 민혁 오빠처럼 국립영화대학에 들어가고 싶어 틈만 나면 민혁 오빠를 찾아다녔다. 오빠만 그런 게 아니었다. 나도 민혁 오빠를 생각하면 배우가 되고 싶었다. 멋진 배우가 되어 민혁 오빠의 상대역을 하고 싶은 게 내 꿈이었다. 물론 오빠가 알면 헛꿈 꾸지 말라고 나를 놀릴 게 뻔하지만 오빠도 이주 명령이 떨어지자마자 민혁 오빠를 찾아간 걸 보면 나보다도 더 민혁 오빠처럼 되고 싶은 게 뻔했다. 그런데 민혁 오빠는 벌써 떠났다니 한쪽 가슴이 텅 빈 것 같았다.

할아버지가 오빠의 말을 듣고 그나마 안심이 된다며 말했다.

"조선극장의 배우들이 먼저 갔다니 우리가 도착하기 전에 미리 준비를 하는 모양이구먼. 암. 그래야지. 다행스러운 일이야."

나는 민혁 오빠와 같이 가기를 기다렸던 터라 몹시 서운했지만 아버지가 궁금했다.

"엄마, 아버지처럼 끌려간 사람들도 우리가 갈 곳으로

미리 보낸 거 아닐까?"

엄마가 길게 한숨을 내쉬었다.

"그랬다면 왜 굳이 비밀로 하겠니? 그리고 민혁이는 며칠 전에 떠났다는데 네 아버지는 벌써 한 달도 넘게 소식이 없으니 더 걱정이지. 저어, 아버님, 까레이스키 전체를 이주시킨다니 우리가 떠나기 전에 아범도 돌아오지 않을까요? 붙잡아 간 사람들도 까레이스키들인데 남겨 놓을 리가 없잖아요?"

"그랬으면 오죽이나 좋겠냐? 기다려 보자. 어서 씨앗부터 챙겨라. 곡식은 물론 채소나 과일 씨앗도 챙기고 고추와 마늘은 꼭 챙겨야 해. 가는 동안 기차에서 먹을 음식도 싸야 한다. 며칠이나 걸릴지 모르지만 음식은 모두 챙기거라. 이제 곧 겨울이 닥치는데 어딜 가든 봄이 올 때까지 굶어 죽지 않으려면 식량은 무조건 다 챙겨. 그나저나 곧 벼를 베어야 하는데 일 년 내내 지은 벼를 그대로 두고 떠나라니. 추수를 해야 독립자금도 낼 텐데……."

할아버지가 말끝을 흐리다가 엄마에게 당부하듯 말했다.

"에미야, 너는 홀몸이 아니니 출산 준비 철저히 해라. 기차를 타고 간다니 실을 수 있을 만큼 짐을 꾸리자. 얼마 동안 가야 하는지, 어디로 가는지도 모르지만 먼 길 떠나는 게 위험하지 않아야 할 텐데 참으로 걱정이구나."

"아버님, 조심할게요. 동화 아버지만 돌아오면 걱정이

없는데⋯⋯."

엄마도 말끝을 흐렸다. 나는 민혁 오빠가 어디에 있을까 상상하다가 기차를 타고 간다는 말에 조금 설레기도 했다. 라즈돌리노예역 앞을 지날 때마다 흰 연기를 뿜으며 기적을 울리는 기차를 보면 늘 타 보고 싶었다.

사흘은 금세 지나갔다. 아버지는 끝내 돌아오지 않았다. 아버지뿐만이 아니었다. 소련 사람에게 갑자기 끌려간 까레이스키들은 한 사람도 돌아오지 않았다.

할아버지가 또 땅이 꺼져라 한숨을 쉬었다.

"붙들어 간 사람들도 함께 이주를 시키겠지. 떠나는 날 라즈돌리노예역에 가서 알아보는 수밖에 없겠어."

엄마도 멀리 아무르만을 바라보며 한숨을 쉬었다.

"그 안에 돌아오면 함께 떠날 수 있을 텐데. 도대체 어디에 있는지⋯⋯."

나는 아버지를 마지막으로 보았던 날이 어제 일처럼 떠올랐다.

아버지

아버지가 소련 경찰에게 끌려가던 날, 점심시간이 끝나고 오후 수업 시작종이 울린 지 한참 지났는데도 선생님들은 교실에 들어오지 않았다. 나는 친구들과 함께 의자에서 일어나 창밖을 기웃거렸다. 낯선 소련 경찰들이 아버지와 한민학교의 까레이스키 선생님들을 어딘가로 데려가고 있었다. 그날 이후 오늘까지 아버지의 행방을 알 수 없을 거라는 걸 그때는 전혀 몰랐다.

아버지는 한민학교에서 조선어를 가르쳤다. 한민학교에서는 그날부터 아버지처럼 까레이스키 선생님들을 볼 수 없었고 담당 과목도 공부할 수 없었다. 나는 한민학교에서 몇 안 되는 여학생이었다. 나는 한민학교의 여학생이 된 걸 늘 자랑스럽게 생각했다. 아버지는 여자도 배워야 하며 특히 내 나라의 뿌리인 조선어를 잊으면 안 된다면서, 할아버지가 반대하는데도 나를 학교에 들여보냈다. 그런 아버지의 행방을 그날 이후로 알 수 없었다.

앞집에 사는 명철 아버지는 블라디보스토크 시청에 다녔는데 아버지와 같은 날 사라졌다. 식구들은 며칠 동안 아버지를 찾아 헤맸다. 관청 사람들에게 물어도 어디로 왜 끌어갔는지 모른다고 했다. 가족들은 당성 교육을 받기 위해 며칠 동안 출장을 갔을지도 모른다고 가까스로 불안감을 삭이기도 했다.

할아버지는 이번에도 분명히 일본군의 짓일 거라며 이

를 부드득 갈았다. 할아버지가 고향으로 돌아가지 못하는
것도, 또 한꺼번에 아들 둘을 잃은 것도, 모두 일본군 때문
이라고 했다.

할아버지의 고향은 함경북도 경원이었다. 일본에 나라
를 빼앗기기 전에는 할아버지도 두만강을 건너 고향을 오
가며 계절 농사를 지었다고 했다. 깊은 산골 경원 땅은 두
만강을 사이에 두고 러시아 국경과 맞닿아 있는 곳인데 험
준한 백두산 줄기가 벋어 내린 곳이라 논은 구경할 수조차
없는 곳이라 했다. 산자락에 불을 놓고 화전을 일구어 허
리가 휘도록 일을 해도 입에 풀칠도 하기 어려웠다고 했
다. 할아버지처럼 계절 농사를 짓던 사람들이 일본에 나라
를 빼앗긴 뒤로 마을 사람들과 함께 두만강을 넘어 연해주
에 살기 시작했는데, 모두 부지런해서 점점 살림이 나아졌
다고 했다. 특히 한인들의 페치카인 최재형 선생 덕분에 모
두 잘살게 되었다며 할아버지는 한인들이 최재형 선생의
사진까지 걸어 놓을 정도로 존경을 받던 분이라고 했다. 내
가 태어나기 전 일본이 4월참변을 일으켜 많은 독립운동가
들이 학살을 당했는데, 그때 최재형 선생도 희생되었다고
안타까워했다. 삼촌 둘도 4월참변 때 잃었다며 할아버지는
일본이란 말만 들어도 이를 갈았다. 할머니는 그때 화병을
얻어 얼마 후에 돌아가셨다고 했다.

까레이스키, 끝없는 방랑

할아버지는 아무리 어려운 일이 있어도 독립자금은 첫 번째로 냈다. 나는 그런 할아버지가 원망스러울 때가 많았다. 예쁜 꽃신도 신고 싶고, 새 옷도 사고 싶은데 할아버지는 내 바람은 아랑곳없이 돈이 생기면 독립자금부터 떼어 놓고 아끼며 살아야 한다고 했다.

"독립자금을 내는 일만큼 보람찬 일은 없다. 내 나라 찾는 일보다 더 중한 일은 없는 법이다. 언젠간 두만강을 건너 내 나라 땅으로 가서 묻혀야지. 조상의 품으로 돌아가려면 내 나라를 먼저 찾아야 하지 않겠니?"

식구들은 나만 빼놓고 모두 독립자금을 보태는 일을 큰 자랑으로 여겼다. 그래서 할아버지는 지금도 아버지를 끌고 간 사람들 뒤에 일본 놈들의 계략이 있을 거라며 분해 했다.

소련 경찰들에게 끌려간 까레이스키들은 학교 선생뿐이 아니었다. 대부분 지식층으로 똑똑한 사람들이라고 했다. 어느 날 갑자기 끌려간 까레이스키들은 왜 끌려갔는지, 어디로 끌려갔는지, 도대체 언제 돌아오는지, 아무도 알지 못했다. 추석이 다가오자 가족들은 더 안절부절못했다. 할아버지가 추석 차례상에 절을 하면서 간절하게 빌었다.

"조상님, 일본 놈들 때문에 고향 선산에 성묘도 못 가는 불효를 용서하세요. 애비가 하루속히 돌아올 수 있도록 부디 보살펴 주시옵고 조선 독립이 하루빨리 이루어져서, 우리 가족 모두 화목하게 살게 살펴 주시옵소서."

나는 김이 모락모락 피어오르는 하얀 이밥을 빨리 먹고 싶어 입에 군침이 돌았다. 할아버지는 차례상을 물리고 나서도 수저는 들 생각도 하지 않고 멀리 두만강 쪽을 바라보며 오빠에게 말했다.

"동식아. 언젠가는 우리 고향으로 돌아가야 한다. 경원 땅은 조상님들이 대대로 잠들어 계신 곳이야. 해방이 되면 꼭 돌아가서 조상님들의 산소를 찾아뵈어야 한다."

할아버지의 눈길을 따라 멀리 두만강 쪽을 바라보던 오빠도 이밥으로 눈을 돌리고 나처럼 침을 꼴깍 삼켰다.

"아직도 아물지 않은 4월참변의 상처가 가슴에 구멍을 뻥 뚫어 놓았는데, 네 애비는 도대체 어디 있는지 모르겠구나."

나는 귀에 못이 박이도록 들은 4월참변 이야기를 할아버지가 또 하실까 봐 은근히 짜증이 났다.

"할아버지, 얼른 식사하세요. 이밥이 다 식어요. 나 배고픈데……."

기어이 더는 못 참겠어서 할아버지를 재촉하는 내게 엄마가 할아버지보다 먼저 수저를 들기만 해라는 듯 눈을 흘겼다. 나는 4월참변 이야기를 눈 감고도 외울 수 있었다.

당시 일본군과 손을 잡은 백위파와 적위파의 싸움이 벌어졌는데 일본군들은 신한촌, 우수리스크 일대에 사는 조선 사람들과 적위파 군인들을 무차별 학살했다. 4월참변으로 목숨과 재산을 잃은 까레이스키가 엄청나게 많다고 했다. 할아버지는 그중에서도 최재형 선생의 죽음이 참으로 아깝다고 했다.

"조선인들의 페치카, 그분은 우리 집안도 많이 도와주신 분인데 너무 안타깝게 돌아가셨어. 몹쓸 놈들, 시신도 어디에 묻었는지 알려 주지도 않았지. 그분만 살아 있었다면 내 아들 둘도 희생되지 않았을 텐데……."

할아버지의 입에서 4월참변 이야기가 나올 때면 식구들은 언제나 입술을 깨물거나 두 주먹을 불끈불끈 쥐곤 했다. 오빠가 할아버지를 재촉했다.

"할아버지, 어서 진지부터 드세요."

나는 오빠의 말이 얼마나 반가운지 몰랐다.

"그래. 어서 밥부터 먹자."

드디어 할아버지가 차례상 앞으로 다가와 수저를 들었다. 나는 그제야 허겁지겁 밥을 먹었다. 예전에 비해 살기가 좋아졌다고는 하나 하얀 이밥은 명절이나 되어야 먹을 수 있었다. 할아버지가 수저로 밥을 떠서 오빠의 밥그릇에 넣어 주며 말했다.

"동식아, 애비가 돌아올 때까지 네가 이 집안의 기둥 노릇을 해야 해. 너만 한 나이 때는 돌도 씹어 먹을 나이야. 어서 많이 먹고 씩씩하고 장한 청년이 되어야 한다."

나는 아들만 중히 여기는 할아버지에게 섭섭할 때가 많았다.

"우리 안씨 집안은 독립을 위해 왜놈들과 싸운 응칠(안중근의 이름) 아저씨와 같은 집안이다. 어서어서 독립이 돼야 할 텐데……. 광복이 되면 그땐 우리도 남의 나라에서 떠돌이 생활을 접고 고향으로 돌아가 내 나라, 내 땅에서 살아야 해."

나는 할아버지가 말하는 응칠 아저씨의 이야기도 수십 번 들었다.

응칠 아저씨는 이토 히로부미라는 일본군 우두머리를 처단했다고 했다. 할아버지는 응칠 아저씨와 한집안인 걸 무척 자랑스럽게 여겼다. 그러나 난 우리 집안의 슬픔이 모두 독립운동 때문인 것만 같기도 했다. 독립운동을 하지 않았으면 4월참변에 삼촌 둘을 잃지 않았을 것 같아 말참견을 했다.

"할아버지, 이번에 아버지를 끌고 간 사람들은 일본 군인들이 아니에요. 아버지를 데려간 사람들은 분명히 소련 경찰이었어요."

내 말에 할아버지가 고개를 저었다.

"소련 경찰들이었다면 왜 소련 관청에서도 모른다 하겠느냐?"

"할아버지, 지금은 연해주에 있던 일본 군대도 거의 물러갔대요. 학교에서 들었는데요, 4월참변 때는 러시아 사람들도 일본군에게 많이 죽었대요. 그런데 지금은 까레이스키들만 끌어갔다니까요."

내 말은 사실이었다. 4월참변 때 일본군은 신한촌은 물론이고 우수리스크, 수찬 마을까지 쳐들어와 러시아 사람들과 까레이스키들을 무차별 학살했다고 한다. 그런데 지금은 까레이스키들만 붙잡아 갔다. 학교에서 쉬쉬하며 떠도는 말들 중에 일본이 중국과 한판 전쟁을 일으킨다는 소문도 돌았다. 나는 왜 까레이스키들만 이주시키는지 아무리 생각해도 알 수가 없었다.

할아버지는 내가 아무것도 모르는 철부지로 생각되는지 당부하듯 말했다.

"동화야, 너도 이제 어리광만 피우지 말고 엄마 일을 거들어. 엄마는 홑몸이 아닌 거 알지? 이제 곧 네 동생이 태어날 거다."

"알아요. 할아버지, 저도 이제 어린애가 아니에요."

"오냐, 그래. 우리 동화가 이제 곧 누나가 될 게다. 어서 애비가 와야 할 텐데, 추석날이 되었는데도 감감무소식이니. 동식아, 큰길에 나가 보자. 혹시 애비가 이제라도 올지 모르니 서둘러 나가 보자."

할아버지는 오빠를 앞세우고 문을 나섰다. 나도 얼른 오빠 뒤를 따랐다. 신한촌 입구를 막 벗어나 공동묘지 입구에

이를 즈음이었다. 함흥댁이 아기를 업고 오다가 할아버지를 보자마자 물었다.

"동식 아버지 소식 있어요?"

할아버지도 똑같이 물었다.

"아직 없어요. 명철 아버지는?"

"우리도 감감무소식이에요. 도대체 어디로 끌려갔는지 알 길이 없네요. 답답해서 나오긴 했는데⋯⋯."

함흥댁이 한숨을 내쉬며 말끝을 흐렸다. 할아버지가 다시 말했다.

"그러게 말입니다. 추석에는 꼭 돌아올 줄 알았는데⋯⋯. 죽었는지 살았는지 알 만한 사람들은 다 찾아다녔는데 아무도 모른다니 이게 무슨 일이랍니까? 일본군이 중국과 난리를 일으킨다는 소문이 있다 하오."

함흥댁이 깜짝 놀라며 되물었다.

"조선을 삼키고서 중국까지요?"

함흥댁의 등에 업힌 아이가 큰 소리에 놀라 발버둥을 치며 울었다. 할아버지가 허탈하게 대답했다.

"그렇답니다. 왜놈들의 욕심이 어디까지인지. 허, 참."

함흥댁이 그제야 생각났다는 듯 급하게 말했다.

"참, 며칠 전에 우수리스크에 사는 친척이 다녀갔어요. 거기도 까레이스키들 중에 똑똑한 사람만 끌어갔대요. 아무래도 이번 일은 왜놈들 짓이 아니라고들 하네요."

함흥댁의 말에 할아버지가 조금 마음이 놓이는 것 같았다.

"왜놈들 짓이 아니면 다행이오. 이제 곧 돌아오겠죠. 암, 돌아올 겁니다."

함흥댁과 할아버지가 이야기를 주고받을 때였다. 총을 든 군인들이 라즈돌리노예역 광장 쪽으로 급히 가고 있었다. 그 뒤에 경찰들이 호루라기를 불며 거리에 나온 사람들에게 집으로 돌아가라고 소리쳤다.

할아버지가 함흥댁을 재촉하며 발길을 돌렸다.

"요 며칠 새 소련 군인들이 저렇게 떼를 지어 돌아다니는 게 아무래도 심상치 않아요. 우리도 어서 들어갑시다."

길가에 나왔던 사람들도 급히 집으로 발길을 돌렸다. 왠지 거리가 살벌하게 느껴졌다. 곳곳에 소련 경찰들이 지키고 있어서 사람들은 아는 사람을 만나도 서로 눈길을 피하는 것 같았다. 도대체 아버지는 어디에 계신 걸까? 나는 뒤에서 "동화야." 하고 아버지가 뛰어올 것만 같아 자꾸 뒤를 돌아다보았다.

집에 도착하니 엄마가 잔뜩 부른 배에 두 손을 대고 문에 기대어 서서 큰길 쪽으로 자라목을 하고 있었다. 아버지를 기다리는 식구들의 눈은 날마다 쑥쑥 들어가고 귀는 몇 배로 예민해져 작은 소리에도 문을 활짝 열어젖히곤 했다. 엄마는 끼니때마다 아버지의 밥을 솜이불 밑에 묻어 두었다가 다음 끼니때에 다시 따뜻한 밥으로 바꿔 넣었다. 한

가위 보름달이 사위어 그믐달이 가까워지는데도 아버지의 소식은 여전히 깜깜했다.

할아버지는 엄마를 볼 때마다 내게 당부하듯 말했다.

"동화야, 네 엄마는 곧 네 동생을 낳을 거야. 이젠 설거지도 동화 네가 해야 돼."

"아니에요, 아버님. 아직 두 달도 더 남았어요. 동화가 뭘 안다구요?"

"아니야, 어멈 몸이 요즘 영 말이 아니다. 애비 일로 너무 걱정해서 그런가, 몸이 많이 야위었어. 애를 낳고 건사하려며 어멈 네가 건강해야 한다. 쉬운 일부터 동화에게 가르쳐라. 불안한 세상일수록 아들이 두엇은 되어야 할 텐데. 동식이 하나만으로는 위태위태해. 이번엔 꼭 아들을 낳아야 한다."

할아버지는 삼촌 둘을 잃고 아버지 혼자라서 외롭다고 하더니 아버지마저 행방을 모르자 엄마에게 아들을 꼭 낳아야 한다고 못을 박았다. 할아버지가 아들 타령을 할 때면 나는 괜한 심통이 일곤 했다. 나도 나름대로 엄마를 돕는데 할아버지 눈엔 내가 쓸모없는 계집애같이 보이는 모양이었다. 엄마는 아기를 낳기 전에 겨우살이 준비까지 해야 한다며 날마다 종종거렸다.

내무인민위원들이 기한으로 준 사흘이 금방 지나갔다.

이주 명령을 받은 게 바로 사흘 전인데 오늘 이렇게 방문에 못질을 하고 정든 집을 떠나고 있는 것이다. 우리 소가 송아지를 낳으려고 하는데 그 소를 그대로 두고 떠나야 한다니, 불쌍한 우리 소가 새끼를 낳아 제대로 키울 수 있을까?

3 | 시베리아 횡단열차

겨울에도 얼지 않는 항구 블라디보스토크는 아무르만을 끼고 아르바트, 멜리코, 하바로프, 아무르, 스보로, 다섯 개의 거리로 이루어졌다. 아무르만에서 비교적 낮은 해안가의 평평한 곳에는 대부분 일본 사람들의 집이 있고, 마을에서 경사가 급한 위쪽으로 올라가면 공동묘지가 있다. 공동묘지 위쪽으로 더 올라가면 집들이 게딱지처럼 다닥다닥 붙어 있는데, 이 동네가 까레이스키들이 사는 신한촌이다.

이제 까레이스키들은 신한촌을 뒤로하고 새로운 땅을 찾아가야 하는 것이다. 라즈돌리노예역 광장에 모인 까레이스키들은 살림 도구를 등에 지고 머리에 인 채 이리저리 떠밀리는 모습이 꼭 피난민 같았다. 어른, 아이 할 것 없이 털모자와 목도리를 둘러서 멀리서 보면 얼굴도 제대로 알아볼 수 없었다. 마주치는 사람들은 서로서로 눈치를 보며 작은 소리로 물었다.

"어디로 간대요?"

"시베리아 횡단열차를 타고 가야 한다는 것밖에는 아무것도 아는 사람이 없어요."

"모두 한곳으로 가나요?"

"몰라요. 며칠이 걸리는지, 어디로 가는지……."

모두가 불안한 얼굴로 물었지만 시원한 대답은 어디에서도 들을 수가 없었다.

할아버지가 사람들을 헤치고 소련 군인에게 다가갔다.

"혹시 사라진 사람들 못 봤습니까? 붙잡혀 간 까레이스
키들 말이오."

소련 군인이 귀찮다는 듯 할아버지에게 퉁명스럽게 말
했다.

"몰라요. 우린 아무것도 모릅니다. 그러니 질문은 그만
하고 어서 줄을 맞춰 서시오!"

"다 모른다는 대답뿐이니 원. 그럼 도대체 누가 안단 말
이오? 이렇게 답답해서야 원. 동화야, 너는 에미 곁에 꼭 붙
어 있어라."

할아버지는 내가 가장 신경이 쓰이나 보았다. 나는 식구
들과 헤어질까 봐 할아버지 말대로 엄마 손을 꼭 잡았다.
내무인민위원들이 광장에 모인 까레이스키들을 줄 맞춰
역 안으로 들여보내면서 공민증을 모두 회수했다. 공민증
은 도착지에서 나눠 준다고 했다. 또 다른 내무인민위원이
모든 사람에게 150루블(러시아의 화폐단위로 1루블은 약
30원)씩 나눠 주었다. 그러나 그 돈은 겨우 사흘 정도를 버
틸 수 있는 과잣값 정도라고 했다. 짐이 너무 많은 사람들
은 짐을 조사하는 군인들과 실랑이를 벌였다. 내가 역사 안
으로 발을 들여놓을 때였다. 한 군인이 내가 들고 있는 짐
을 빼앗으며 소리쳤다.

"그거 뭐야? 이리 내! 당장 밥해 먹을 것하고 씨앗만 가
져가면 돼. 짐이 너무 많으면 사람 탈 자리가 없단 말이야!"

나는 짐을 움켜쥐고 말했다.

"이건 안 돼요. 이건 우리 엄마 해산바라지할 짐이라서 꼭 가져가야 한단 말이에요."

내 말이 끝나기도 전에 군인이 내 손에서 보따리를 확 빼앗아 저만치 던져 버렸다.

"아이구! 안 돼요! 저 보따리는 꼭 있어야 해요!"

엄마가 보따리를 가지러 가려 하자 군인이 엄마의 팔을 억세게 뿌리치고 엄마의 등을 역 안으로 확 밀었다. 그 바람에 엄마가 비틀거리며 넘어질 뻔했다.

할아버지가 그 모습을 보고 놀라서 군인에게 소리쳤다.

"이봐요! 당신 눈에는 이 배가 안 보이오? 홀몸도 아닌 여자를 함부로 밀치면 어떡해요?"

그러나 군인들은 까레이스키들을 마치 물건 다루듯 했다. 엄마가 간신히 몸을 추스르고 말했다.

"어쩌면 좋으냐? 기저귓감이랑 배냇저고리를 몽땅 빼앗겼으니!"

하지만 이제 어쩔 수가 없었다. 뒤에 있던 사람들도 짐이 많다고 군인들과 옥신각신했다. 객차 한 칸에 가족 단위로 마흔 명씩 태운다고 했다. 기차는 끝이 어딘지 까마득했다. 앞쪽에 있는 객차에는 벌써 사람들을 다 태운 것 같았다. 이윽고 군인들이 우리가 타려는 객차 문을 열고 빨리 타라고 외쳤다. 할아버지가 엄마를 먼저 부축해서 안으로 들여보내고 나와 오빠를 들여보냈다. 나는 기차에 오르자마자 깜짝 놀랐다. 내가 타고 싶어 했던 그런 기차가 아니었다. 의자도 없고 텅 빈 마룻바닥뿐이었다. 나는 들어가야 할지 내려야 할지 어리둥절했다.

"빨리 안으로 들어가라!"

군인들이 머뭇거리는 오빠와 나를 안으로 밀었다. 할아버지가 뒤따라 들어오며 군인에게 물었다.

"까레이스키들을 모두 이 기차에 태우는 겁니까?"

"그렇소."

"그럼 얼마 전에 붙잡아 간 까레이스키들도 모두 이 기차에 타고 있는 거요?"

그러나 군인들은 퉁명스럽게 대답했다.

"어서 안으로 들어가라니까요. 우린 그런 건 몰라요."

할아버지도 기차 안으로 들어오자마자 어리둥절했다.

"아니, 무슨 기차가 이래? 의자도 없고!"

기차에는 창문도 없었다. 널빤지를 댄 틈새로 밖이 훤히 내다보였다. 마룻바닥도 틈새가 벌어져 있어서 선로가 다 보일 정도였다. 기가 막혔다. 게다가 양쪽으로 2층처럼 선반을 매달았는데 바닥과 2층을 잠자리로 이용하라는 것이었다. 한가운데에 난로와 물통이 놓여 있었다. 사람들이 여기저기서 투덜거렸다.

"아니, 이건 가축을 운반하는 화물차 아니오? 우리가 가축인가? 사람을 짐짝 취급하다니!"

"그러게 말이오. 이런 기차가 있는 줄도 몰랐소."

"우리만 이런 칸에 탄 거요? 아니면 이 기차 전체가 이런 거요?"

"그러게 말입니다. 뭔가 잘못되었을 거요. 자세히 물어봅시다."

할아버지가 다시 군인에게 다가가려는 순간 군인들은 서둘러 사람 수를 확인하고 문을 닫아 버렸다. 우리가 탄 칸에 서른댓 명쯤 있는 것 같았다. 기차에 탄 까레이스키들은 꼼짝없이 우리에 갇힌 가축들 같았다. 아니, 그보다 더한 죄수들 같았다. 처음에 화부터 내던 사람들도 이 상황에서 벗어날 수 없다는 걸 깨닫고 한숨만 내쉬었다. 겨우 자리를 잡은 사람들은 짐을 정리하느라 바빴다. 아이들은 배고파 울고 춥다고 발을 동동 굴렀다.

할아버지가 구석 자리에 짐을 정리하며 내게 말했다.

"동화야, 너는 네 엄마하고 여기 있어. 이곳이 구석이라 그나마 안전할 게야. 홑몸도 아닌 네 엄마가 사람들에게 치이기라도 하면 위험해. 난 동식이랑 위층에 자리를 잡을게."

"아버님, 위층은 더 춥지 않을까요?"

"어디든 마찬가지야. 바람구멍이 숭숭 뚫렸으니 참 큰일이구나. 아무튼 에미는 몸조심해야 한다. 그나저나 애비가 이 기차 어딘가에 탔다면 좋을 텐데 알아볼 재간이 없으니 어쩌냐?"

할아버지가 한숨을 쉬며 2층 판자로 올라가 자리를 잡았다. 판자가 삐거덕거려서 혹시 내려앉을까 봐 조마조마했다. 도대체 이런 기차를 타고 어디까지 얼마 동안이나 가야 하는 걸까?

기차는 한동안 움직이지 않았다. 무작정 기다리는 시간이 더 지루했다. 가만히 앉아 있으니 발도 더 시렸다. 가운데에 놓여 있는 러시아식 난로는 추위를 이기기에는 열기가 턱없이 약했다. 엄마는 며칠 동안 짐을 싸느라 피로가 쌓인 탓인지 구석에 기대어 눈을 감았다. 엄마의 얼굴이 유난히 창백해 보였다. 함흥댁의 등에 업힌 아기는 계속 울어댔다. 함흥댁이 같은 칸에 있는 사람들에게 미안해하며 어쩔 줄을 몰랐다.

"애가 너무 추워서 우나 봐요. 젖도 부족한데 이를 어쩜 좋아요?"

오빠는 아버지가 이 기차 어딘가에 꼭 타고 있을 거라며 아버지를 만날 기대에 부풀어 있었다. 나도 아버지가 이 기차 어느 칸에 타고 있을 것만 같았다. 기차에 탄 지 한참이 지났는데도 호루라기 소리와 군인들의 명령 소리에 밖이 시끄러웠다. 사람들은 판자 틈새로 밖을 살피며 투덜거렸다.

"도대체 언제 출발하려는 거야? 아직도 다 태우려면 멀었나?"

사람들 속에서 누군가가 조심스럽게 말했다.

"까레이스키 전체를 다 태우느라 시간이 걸리나 보오."

"도대체 왜 까레이스키들만 태우는 건지 참 답답하오."

"우리가 일본의 첩자 노릇을 하기 때문에 강제로 이주를 시킨다는 말도 들립디다."

할아버지가 그 말에 버럭 성을 냈다.

"첩자라니요? 말도 안 되는 소문이오. 무슨 할 일이 없어서 까레이스키 모두가 이를 가는 왜놈들의 첩자 노릇을 한단 말이오?"

할아버지의 말에 수군거리던 사람들이 입을 다물었다. 새벽부터 라즈돌리노예역으로 빨리 모이라고 떠들어 대더니 한나절을 넘겨서야 겨우 다 태운 모양이었다.

드디어 기적이 울렸다. 열차가 움직이기 시작하자 모두 틈새로 밖을 살폈다. 내무인민위원들은 우리와 함께 타고 우리를 이주지까지 안내한다고 했다. 소련 군인들은 타지 않았는지 역에서 우리를 지켜보고 있었다.

기차가 덜컹거리며 움직이기 시작했다. 우리는 어디로 가는 걸까? 민혁 오빠가 먼저 가 있다니 나도 빨리 민혁 오빠가 있는 곳으로 가고 싶었다. 아버지도 만나고 민혁 오빠도 가까운 이웃으로 살면 좋겠다는 상상을 하며 밖을 내다보았다. 기차가 굽이진 길을 돌 때였다. 맨 앞에 있는 기관차에서 하얀 연기가 뭉게구름처럼 피어올랐다. 아무르강 기슭을 따라 추수를 앞둔 누런 벼들이 저녁놀을 받아 황금 물결처럼 출렁거렸다. 할아버지가 논을 바라보며 한숨을 내쉬었다.

"일년 내내 지은 농사를 저대로 버려두고 떠나야 하나 디! 내 참, 기가 막혀서……."

누군가 할아버지에게 물었다.

"나중에 정말 보상을 해 줄까요?"

"당연히 해 줘야죠. 그러지 않으면 우린 뭘 먹고 살겠습 니까? 제때 보상을 해 줘야 할 텐데. 도무지 무슨 꿍꿍이인 지 알 수가 없으니 참으로 답답합니다."

기차에 탄 사람들 모두 알 수 없는 앞날이 불안하기만 해서 무슨 말이라도 해야 마음이 좀 진정될 것 같은 분위기 였다.

기차가 서서히 속력을 내기 시작하자 판자 틈새로 바람 이 마구 몰아치기 시작했다. 기차의 속도가 올라갈수록 바 람도 거세져 이젠 틈새로 들어오던 바람결이 거센 폭풍처 럼 사정없이 몰아쳤다. 사람들이 두꺼운 옷을 꺼내 입기 시 작했다. 어떤 사람들은 이불을 꺼내 판자 사이의 틈새를 가 리기도 했다. 모두가 어디로 가는지, 얼마 동안 가야 하는 지 모른 채 당장 살 속을 파고드는 추위를 막느라 정신이 없어 보였다. 추위에 떨다 보니 오줌이 마려웠다. 변소는

까레이스키, 끝없는 방랑

어디 있을까? 가축 운반용 기차라서 내리지 않으면 용변을 볼 수도 없었다. 오줌은 참으려고 하면 할수록 더 마려워 금방이라도 나올 것 같았다.

"엄마, 나 오줌 마려운데 어떡하지?"

"나도 그래. 급한데 어쩜 좋으냐?"

내 말이 신호탄이라도 되는 듯 다른 사람들도 몸을 비비 꼬고 다리를 옴쭉거렸다.

"무조건 참아야지. 기차가 서기 전엔 방법이 없어. 변소도 없는 화물칸에 사람을 태우다니!"

아이들이 졸라 대자 남자아이들은 판자 틈새로 오줌을 누게 했다. 나와 엄마는 그때마다 눈을 감고 고개를 돌렸다. 그런데 달리는 기차의 속도 때문에 틈새에 누는 오줌이 다시 기차 안으로 튀었다. 그래도 어쩔 수 없었다. 나는 더 이상 참을 수가 없었다. 이젠 쌀 것처럼 급했다. 할아버지가 나를 살피고는 사람들에게 말했다.

"할 수 없어요. 나오는 오줌을 어찌 참습니까? 자, 어서 남자들은 모두 고개를 벽 쪽으로 돌리시고 눈을 감으세요. 여자들은 여기 바닥 틈새에 소변을 보게 합시다. 동화야, 너도 얼른 오줌을 눠."

나는 할아버지의 말이 얼마나 반가운지 몰랐다. 하지만 사람들이 보는 앞에서 차마 치마를 올리고 속바지를 내릴 수가 없었다. 그렇다고 옷을 입은 채 오줌을 쌀 수는 더 더욱 없었다. 나처럼 여자 어른들도 바닥의 틈새에 쪼그리고 앉아 오줌을 눴다. 참았던 오줌을 누니 시원하긴 했는데 엉덩이가 금세 떨어져 나갈 것처럼 추웠다. 오줌은 이제 해결이 되었지만 추위는 점점 더 심해졌다. 사람들이 차 안을 두리번거리며 볼멘소리를 토해 냈다.

"며칠이 걸릴지도 모르는데 이런 허술한 마룻바닥에서 지내라니, 이게 말이 되오? 더구나 밤이 되면 바람이 더 찰 텐데. 틈새로 들어오는 칼바람을 어찌 견디라고. 저 난로 하나 가지곤 어림도 없을 거요. 이러다 도착하기도 전에 다 얼어 죽을지도 모르겠소."

나는 배도 고프고 몸은 점점 더 떨렸다.

"엄마, 나 배고파. 빨리 떠나느라고 아침도 제대로 못 먹었잖아."

차 안에 있는 사람들도 그제야 점심도 먹지 못한 게 생각난 듯 모두 배가 고프다고 야단이었다. 사람들이 짐을 뒤지며 누룽지나 주먹밥을 꺼내 허기를 달랬다.

나는 기차가 덜컹거리는 소리가 너무 심해서 잠이 올 것 같지 않았다. 몇 시간을 달렸을까? 판자 틈새로 보이는 바깥 풍경은 끝없이 황량한 벌판뿐이었다. 평평한 언덕들이 나타났다 사라지고 자작나무 숲이 끝없이 이어졌다가 사라졌다.

새벽부터 떠날 준비로 잠을 설친 사람들은 이불자락을

　　　　　까레이스키, 끝없는 방랑

바닥에 깔고 몸에 덮어 눈을 붙였다. 나는 틈새로 밖을 내다보다가 얼굴이 아파 고개를 돌렸다. 엄마가 내 얼굴을 보더니 깜짝 놀라며 말했다.

"동화야, 코끝이 빨갛게 얼었어. 동상 걸리면 큰일이야. 어서 이불 속으로 들어와."

엄마의 말에 이불로 몸을 덮었지만 추위는 여전했다. 낮과 밤이 세 번이나 바뀔 동안 기차는 계속해서 달렸다. 그동안 주먹밥과 누룽지로 겨우 허기를 달랬다.

어느 순간 기차가 느려지기 시작했다. 밖을 내다보니 짐을 머리에 이고 등에 진 사람들이 보였다. 그들이 서 있는 곳에서 기차가 멈췄는데, 기차가 얼마나 심하게 흔들렸는지 밖을 바라보며 서 있던 사람들이 휘청 넘어지고 말았다. 그 바람에 물통이 엎어지면서 물이 바닥에 쏟아졌다. 모두 옷과 이불이 젖을까 봐 한동안 술렁거렸다.

"아, 이제 도착했나 봐요."

기차가 완전히 멎자 내무인민위원들이 달려와 밖에서 문을 열었다. 볼일이 급한 사람들이 한꺼번에 기차에서 내리느라 야단이었다. 내무인민위원들이 확성기에 대고 변소로 가라고 소리쳤지만 작은 역에 있는 변소는 겨우 몇 사람이 들어갈 정도여서 기차에서 내린 사람들이 사용할 수가 없었다. 게다가 너무 급한 사람들은 발이 땅에 닿자마자 바지를 내렸다. 여자들은 기차 뒤편이나 나무 사이로 들어가서 치마를 들치고 쪼그려 앉았다. 나도 마찬가지였다. 너무 급해서 옷에 오물을 묻히지 않은 게 다행이었다.

급한 볼일을 보고 나서야 모두 내려야 하는지 또 기차를 타야 하는지 몰라 허둥댔다.

"어서 차에 타시오."

내무인민위원들이 우리를 다시 재촉했다. 역에서 기다리던 사람들도 모두 기차에 태웠다. 우리가 탄 칸에도 몇 사람이 더 탔다. 내 옆에 노인 한 분과 엄마 또래의 여자 둘, 그리고 오빠와 비슷한 또래가 한 명 함께 탔다. 할아버지가 자리를 정리하며 새로 탄 노인에게 물었다.

"여기가 어딥니까?"

"수찬(지금의 파르티잔스크)이라는 마을이오. 댁들은 어디서 오는 길이오?"

노인이 우렁우렁한 목소리로 물었다.

"우린 라즈돌리노예역에서 탔습니다. 여기도 까레이스키들만 이주를 하랍니까?"

"그렇소. 수찬과 우수리스크에 사는 우리는 사흘 전에 갑자기 이주 통보를 받았소."

수찬에서 탄 노인은 할아버지보다 조금 젊어 보였는데 눈썹이 짙고 몸집이 큰 데다 목소리까지 굵어서 무척 엄해 보였다. 할아버지가 노인에게 다시 물었다.

"수찬엔 독립운동을 하는 조선 사람이 많다 들었는데 다들 무사한가요?"

노인이 무뚝뚝하게 대답했다.

"무사할 리가 있겠소? 독립운동이야 어디서든 목숨을 내놓고 하는 일이니 늘 파리 목숨이지요."

할아버지가 고개를 끄덕이며 혼잣말처럼 말끝을 흐렸다.

"그나저나 블라디보스토크에서는 많은 조선 사람들이 끌려갔는데 아직 소식을 모르니 참……."

할아버지의 말에 노인이 놀라 물었다.

"아, 거기서도 그랬소? 우수리스크, 수찬 등지에서도 조선인들이 여러 명 붙들려 갔지요. 거의 다 독립운동과 관련이 있는 사람들인데, 교사도 있고 지식인들이 많은데 어디로 데려갔는지 소식을 모른 채 우리만 떠나왔소."

할아버지가 고개를 끄덕였다.

"그렇군요. 우리 아들도 끌려갔는데 그냥 떠나왔습니다. 까레이스키들을 모두 이주시킨다고 했으니까 끌어간 사람들도 이 기차에 태우지 않았을까요?"

노인도 고개를 끄덕이며 말했다.

"글쎄요. 아마 그럴지도 모르겠소."

낯선 사람들을 더 태우자, 기차 안이 더 비좁았다.

"더 태울 사람들을 기다리는 건가? 왜 또 멈춰 있는 거지?"

"글쎄요. 앞쪽엔 꽉 찼던데 뒤쪽에는 아직 빈칸이 있는지도 모르겠소."

나는 기다리는 시간이 더 초조했다. 아버지도 이 기차에 타고 있을까? 나는 할아버지에게 급히 물었다.

"할아버지, 오빠랑 아버지를 찾으러 다른 칸에 가 볼까요?"

내 물음에 오빠가 얼른 반겼다.

"그래. 아버지가 탔으면 아버지도 우릴 찾고 있을지 몰라. 할아버지, 잠깐 내려서 다른 칸에 가 볼게요."

오빠의 말에 함흥댁도 명철 오빠를 재촉했다.

"명철아, 너도 동식이랑 나가서 아버지를 찾아봐. 얼른!"

"너무 멀리 가지는 말아라."

할아버지와 엄마가 기차에서 내리는 우리 등에 대고 말했다.

"알았어요. 얼른 돌아보고 금방 올게요."

오빠와 나는 급히 기차에서 내렸다. 내무인민위원들은 사람들을 태우느라 우리를 본체만체했다. 오빠가 명철 오빠에게 말했다.

"야, 너는 앞쪽 기차간을 살펴봐. 나와 동화는 뒤쪽 기차간을 살펴볼게. 어서 가 보자."

오빠의 말이 끝나자마자 명철 오빠는 앞쪽으로 가고 나와 오빠는 뒤에 있는 기차간으로 뛰었다.

4 | 엉뚱한 기차간

나는 오빠 뒤를 바짝 쫓았다. 아버지는 어디 계실까. 무작정 큰 소리로 아버지를 부르며 다음 칸, 또 다음 칸으로 돌아다녔다. 그러나 아버지의 모습은 어디에도 없었다. 나는 우리가 탔던 기차로 돌아가기 전에 기차가 떠나 버릴까 봐 조마조마했다. 다음 칸으로 오르려던 오빠가 내게 말했다.

"동화야, 너는 이 칸을 둘러봐. 나는 요다음 칸을 둘러볼 게. 따로 움직여야 한 칸이라도 더 돌아볼 수 있어. 자, 얼른 올라가서 둘러보고 내려."

오빠가 나를 네 번째 칸으로 들여보내고 얼른 다음 칸으로 뛰어가는 게 보였다. 네 번째 칸은 사람들이 더 많은 것 같았다. 사람들 사이를 비집으며 소리쳤다.

"아버지, 저 동화예요. 어디 계세요? 아버지!"

그러나 아버지의 대답은 들을 수가 없었다. 오빠도 없어서 마음이 더 급했다. 끝까지 돌아보았지만 아버지는 없었다. 실망감을 가득 안고 돌아설 때였다. 갑자기 내무인민위원들이 호루라기를 불어 댔다. 나는 마음이 급해 문 쪽으로 급히 가다가 그만 난로 옆에 있는 물통을 건드려 쏟고 말았다. 물통 옆에 있던 아주머니의 옷이 다 젖어 버렸다.

"애! 넌 누구니? 왜 물을 엎지르고 난리야? 아유, 이를 어째? 옷이 다 젖어 버렸네."

"죄송해요. 빨리 내려야 하는데 그만. 저기요! 저는 내려서 앞 칸으로 가야 해요."

내가 급히 문 쪽으로 다가가는데 밖에 있던 내무인민위원이 문을 닫았다.

"안 돼요! 저 내려야 해요. 저 좀 내려 주세요!"

내무인민위원은 내 말을 들었는지 못 들었는지 문이 잠기는 소리가 '철커덕' 하고 났다.

나는 눈앞이 캄캄했다. 오빠는 어찌 되었을까? 괜히 따로 돌자고 한 오빠가 원망스러웠다. 기차가 금세 기적을 울리며 출발했다. 내가 발을 동동 구르며 울음을 터트리자 옷이 젖었다고 나를 야단치던 아주머니가 나를 달랬다.

"애, 네 가족들은 어느 칸에 탔니? 왜 혼자 돌아다녀! 아휴 참 큰일이네."

"아주머니, 우리 식구들은 저 앞쪽 칸에 탔어요. 엉엉. 아버지를 찾아다니다가 그만. 엉엉."

난 울음이 나와서 말도 제대로 할 수가 없었다.

"네 아버지가 어디 있는데?"

"몰라요. 아버지가 혹시 이 기차에 탔을까 봐 찾아다니던 중이었어요. 엉엉."

아줌마가 내 등을 토닥이며 말했다.

"울지 마. 다음 정거장에 기차가 서면 그때 돌아가면 돼. 그러니 안심해. 나는 봉천댁이야. 여기 앉아라."

봉천댁 아주머니가 친절하게 대해 주었다.

"우리 오빠도 찾아야 해요. 오빠는 다른 칸을 찾아본다고 했는데…… 엉엉.”

“그만 울라니까. 다음 번 정거장에 서면 내가 데려다줄 게. 그런데 아버지는 함께 오지 않았니? 아버지가 어디 있는데?”

봉천댁이 내 손을 끌어다 자기 옆에 앉히며 물었다. 나는 그제야 울음을 그치고 아버지가 끌려간 후 소식을 모른다는 이야기를 했다. 여기저기서 사람들이 내 말을 듣고 한 마디씩 떠들어 댔다.

“끌려간 사람이 한둘이 아닌가 봐. 그 사람들이 이 기차에 탔으면 좋을 텐데.”

“우리 삼촌도 끌려갔는데 아직 소식을 몰라요.”

나는 이 칸에도 나처럼 끌려간 사람들을 찾는 사람이 있다는 걸 알고 조금 위안이 되었다. 봉천댁이 젖은 옷을 말리려고 난로 가까이 다가가며 오빠 또래의 남자에게 말했다.

“태석아, 주워 온 나뭇가지 좀 난로에 넣어라.”

“예, 고모.”

봉천댁에게 고모라고 하는 걸 보니 오빠 또래의 남자는 봉천댁의 조카인 것 같았다.

“얘, 젖은 옷이 얼면 더 추워. 얼른 가까이 와서 치마를 말리렴.”

봉천댁이 친절하게 말했다. 나는 불안한 마음이 조금 진정되었다. 봉천댁의 조카를 보니 문득 민혁 오빠가 떠올랐다. 나는 옷을 말리며 빨리 기차가 멈추기만 기다렸다. 기차가 서면 얼른 내려 식구들이 있는 곳으로 가야 하는데 혹시 이대로 영영 헤어지지나 않을까 점점 불안해졌다. 봉천댁의 조카는 계속 난로에 나뭇가지를 넣었다. 뒤쪽에서 춥다고 난로 곁으로 다가온 할머니가 봉천댁에게 물었다.

"아주머니 아들하고 딸인가 봐요. 남편은 없어요?"

봉천댁이 화들짝 놀라며 고개를 거세게 저었다.

"아유, 아니에요. 우리 태석이는 아들이 아니라 친정 조카예요. 그리고 이 애는 다른 칸에 탄 앤데 자기 아버지를 찾으러 왔다가 문이 닫히는 바람에 함께 있는 거예요."

봉천댁의 말에 할머니가 다시 물었다.

"조카라구요? 인물이 훤하네. 그런데 어째 부모와 안 가고 고모와 함께 있나요?"

봉천댁이 혀를 끌끌 차며 대답했다.

"아휴, 말도 마세요. 친정 식구들은 몇 년 전 학살 때 모두 일본 놈들에게 당했어요."

할머니가 봉천댁에게 다시 물었다.

"학살이라니? 그럼 간도학살! 일본 놈들이 저지른 그 끔찍했던 만행이요?"

"예, 맞아요. 일본 놈들이 그때 아주 마을을 다 불살라 버리고 몽땅 짓밟아 버렸지요."

봉천댁이 몸을 부르르 떨며 말했다. 그때 옆에 있던 아저씨가 물었다.

"나도 학살 소식을 들었는데 우리 조선인들이 얼마나 희생되었소?"

봉천댁의 얼굴이 벌게지며 목소리가 커졌다.

"얼마나 끔찍했는지 1년 사이에 조선인들을 싹쓸이하다시피 했어요."

봉천댁의 말에 옆에 있던 아저씨가 두 주먹을 불끈 쥐며 말했다.

"죽일 놈들, 신한촌의 끔찍했던 4월참변도 모자라서 그놈들이 또 간도에서 천벌을 받을 짓을 했군요."

그 아저씨도 4월참변을 겪은 것 같았다. 봉천댁이 다시 말했다.

"그냥 학살만 한 게 아니에요. 조선인들이 사는 동네를 몽땅 태워 버리고 약탈까지 했어요. 정말 우리 태석이나 나나 살아남은 게 기적이에요. 그때 생각을 하면 지금도 몸서리가 쳐집니다. 간도에서 우수리스크까지 간신히 도망을 와서 지금까지 어떻게 살아 냈는지 일일이 다 말할 수도 없어요. 도망을 다니느라 산속에서 얼어 죽을 뻔한 적도 있고, 며칠을 굶어 다 죽다가 살아나기도 했어요. 이제 일본군을 몰아내고 원수를 갚을 날만 손꼽아 기다리고 있었는데, 갑자기 이주를 시킨다니 도대체 어디로 가는지 답답해서 참 내."

봉천댁은 말을 하는 순간에도 분이 다시 끓어오르는 듯했다. 아저씨가 또 물었다.

"간도에서 어떻게 우수리스크까지 도망쳤습니까? 길이 험난했을 텐데요."

봉천댁이 태석이를 가리키며 대답했다.

"우리 태석이가 아니었으면 아마 길에서 얼어 죽었을 거예요. 태석이가 요리조리 길을 안 덕에 간신히 살아왔지요."

아저씨가 고개를 갸웃거리며 물었다.

"길을 알다니요? 아직 어려 보이는데 어떻게 험한 산길을?"

봉천댁이 자랑스럽게 말했다.

"우리 태석이는 어릴 때부터 독립운동을 했어요."

아저씨가 봉천댁의 말에 깜짝 놀라는 눈치였다. 태석이가 어릴 때부터 독립운동을 했다는 말에 나도 놀랐다. 독립운동을 했다면 어릴 때부터 총을 들고 일본군과 싸웠다는 말일까? 무슨 독립운동을 했다는 건지 나도 몹시 궁금했다. 나는 맘속으로 봉천댁의 조카가 오빠처럼 든든하게 느껴졌다. 그래서 오빠라고 불러야겠다고 생각했다. 같은 칸에 탄 사람들도 궁금한지 봉천댁과 태석이를 번갈아 바라보았다.

"그 나이에 독립운동을 했다니 참으로 대단하네."

"글쎄 말이야. 참 장한 청년이구만."

"훌륭해. 아, 조선이 빨리 독립을 해야 하는데 우리는 이렇게 낯선 땅으로 가고 있으니……. 도대체 언제나 해방이 될지."

사람들이 여기저기서 태석이를 칭찬하자 봉천댁이 어깨를 으쓱하며 말했다.

"우리 태석이는 정말 대단해요. 담력도 세고 눈치는 얼마나 빠른지 태석이가 글쎄 일본 놈들을 상대로 아주 펄펄 날았다니까요."

봉천댁의 말에 자꾸 물어보던 아저씨가 태석에게 물었다.

"이름이 태석이라구? 태석 청년, 어떤 일을 했는지 얘기 좀 해 보게나. 독립운동 얘기를 들으면서 추위도 물리쳐야겠네."

아저씨의 말에 태석이가 긴장된 눈빛으로 주위를 살폈다.

"괜찮아. 우리 모두 일본이라면 치를 떠는 까레이스키들이니까."

그러자 봉천댁도 태석에게 고개를 끄덕였다. 태석이가 이윽고 긴 이야기를 시작했다.

5 │ 소
년

밀
정

태석이 아홉 살 때였다. 그해 봄, 화련리에 있는 선배 집에서 열린 소년 선봉대원의 비밀 모임에 참석했던 일이 독립운동을 하게 된 계기가 되었다. 그날 모인 소년대원은 모두 열두 명이었다. 선배의 할아버지와 할머니는 집 앞과 뒤에 숨어서 망을 봐 주었다.

선배 소년대원이 태석에게 말했다.

"태석아, 넌 이제부터 통신 연락을 다녀야 해. 독립군을 돕는 아주 큰 임무야. 잘할 수 있겠니?"

"네, 조선의 독립을 위하는 일이라면 무슨 일이든 최선을 다하겠습니다."

그날부터 태석이는 독립군들과 만날 때 쓰는 암호 외우기와 비밀 쪽지를 처리하는 법, 위급할 때 현명하게 대처하는 방법들을 배우기 시작했다. 드디어 교육이 끝나고 태석은 나무꾼 차림을 하고 친척 집으로 심부름을 다니는 척하며 소년 선봉대 일을 시작했다.

태석은 자신이 하는 일을 식구들에게도 알리지 않았다. 만약 독립운동을 하는 것이 발각되는 날엔 식구들에게까지 화가 미칠 게 뻔했기 때문이다.

그런데 어느 날 짚신을 신고 밤길을 나섰다가 비밀 연락을 마치고 돌아오는 길에 갑자기 몰아친 눈보라에 그만 발과 귀에 동상이 걸리고 말았다. 어머니는 어디 가서 귀를 얼렸냐고 걱정을 했다. 태석은 꿩 올무를 놓으러 갔었다고 둘러댔다. 할아버지는 꿩 대가리가 동상에 좋은 약이라며 어디에서 꿩고기를 얻어 와 짓찧어 귀에 싸매 주었다.

소년 선봉대에서는 태석이 실수 없이 용감하게 비밀 통신원 일을 잘한다며 점점 더 먼 거리까지 통신 연락 일을 맡겼다. 태석은 용정구, 연길구, 의란구, 팔도구, 해란구를 다니며 통신 연락을 성공적으로 해냈다.

그러던 어느 날이었다. 해란구에서 연길구 쪽으로 비밀 쪽지를 들고 갈 때였다. 태석은 늘 한 손에 낫을 들고 나무꾼 차림을 하고 산길로 다녔는데 그날은 마차가 다니는 수렛길을 따라 걸었다. 그 길은 일본 영사관 특무대와 순사들이 하루에도 두세 번씩 오토바이를 타고 지나다니는 길이었다. 태석이 바삐 걷고 있는데 타타타타 하는 오토바이 소리가 들렸다. 태석은 얼른 산으로 올라가 비밀 쪽지를 나무 밑에 숨겼다. 그리고 물개암나무를 부리나케 베어 나뭇단을 만들었다. 바로 그때 오토바이를 탄 일본군이 오토바이에서 내리더니 태석에게 내려오라고 명령했다. 태석은 낫을 쥔 채로 내려갔다. 일본군이 다짜고짜 물었다.

"너, 여기서 뭐해?"

태석은 침착하게 대답했다.

"나무를 하는데요."

그러자 다른 군인이 태석에게 달려들어 몸을 뒤졌다. 그러나 태석의 몸에서 아무것도 나오지 않자 큰 소리로 명령

까레이스키, 끝없는 방랑

하듯 말했다.

"얼른 꺼져!"

일본 군인이 오토바이를 타고 사라지자 태석은 다시 산으로 올라가 나무 그루터기에 숨겨 놓았던 쪽지를 꺼냈다. 수레가 다니는 길로 가면 다시 일본군과 맞닥뜨릴 것 같아 산길로 돌아갔다. 곧장 가면 삼십 리 길인데 돌아서 말무덤 고개를 넘으니 육십 리도 더 되었다. 시내로 가려면 나무다리를 건너야 했다.

다리가 보이자 태석은 얼른 손에 들고 있던 낫을 길옆에 있는 큰 돌 밑에 감추고 다리목까지 걸어갔다.

그런데 갑자기 큰비가 내려 나무다리 밑으로 싯누런 물결이 거품을 일으키며 흘러내렸다. 도저히 헤엄을 쳐서 건널 수가 없었다. 다리 위에는 일본 순사가 장총을 들고 왔다 갔다 하는데 가끔 사람들의 짐을 검사하는 게 보였다. 태석은 다시 오던 길로 되짚어 가는 척하며 사람들의 무리가 많아지기를 기다렸다. 다리 건너편에는 콘크리트 벽돌로 지은 막사가 보였다. 그 막사를 무사히 지나쳐야 하는데 긴장이 되었다.

마침 그때 왁자지껄한 소리가 들렸다. 중국인들이 떠들며 다리 쪽으로 오고 있었다. 태석은 얼른 중국인들이 즐겨 쓰는 모자를 쓰고 슬그머니 그 무리에 섞여 들었다. 일본 순사는 태석도 중국인인 줄 알았는지 그대로 통과시켜 주었다. 태석은 저녁 무렵에야 목적지인 북산촌에 도착하여 가게가 촘촘하게 이어진 길로 들어섰다. 대문에 장대를 세운 집이 여러 채 보였다. 장대 끝에 가지각색으로 장식한 바람개비가 돌고 있었다. 많은 바람개비 중에서 바람개비 꼬리에 붉은 수술이 달린 장대가 보였다. 태석은 그 집 앞에 가서 서까래를 유심히 살폈다. 처마에서 세 번째 서까래에 붉은 칠이 칠해져 있었다. 그러나 언뜻 봐서는 전혀 알수 없는 표식이었다. 태석은 제대로 찾아왔다는 생각이 들었다. 태석은 대문을 조심스럽게 두드렸다.

"주인님 계십니까?"

안에서 남자의 목소리가 들렸다.

"거 누구요?"

태석은 암호로 물었다.

"주인님, 물감을 사지 않겠습니까?"

"무슨 물감이오?"

주인의 목소리에 긴장감이 배어 있었다.

태석은 외운 대로 다시 확인을 하고 대답했다.

"빨강 물감, 노랑 물감, 깜장 물감 세 가지가 있습니다."

주인의 목소리가 날카로웠다.

"모두 얼마나 있소?"

"빨강 물감 다섯 봉지, 노랑 물감 두 봉지, 깜장 물감 세 봉지 있습니다."

주인이 문을 열고 태석을 살폈다. 태석은 왼손을 꺼내 다섯 손가락을 꼽았다 폈다를 반복했다. 그제야 집주인이 태석의 손을 덥석 잡고 말했다.

"내가 몽땅 사겠다. 먼 길 오느라 수고했다."

태석은 안심이 되었다. 주인이 걱정스럽게 물었다.

"오는 길에 개들에게 물리지 않았니?"

태석도 암호로 대답했다.

"이리저리 피해서 무사히 왔어요. 그런데 여기는 미친개들이 없나요?"

집주인은 미친개들이 사방에 깔려 있다면서 항상 조심해야 한다고 말했다. 태석은 비밀 쪽지를 전하고 다른 쪽지를 받았다.

태석은 다음 날 일찍 비밀 쪽지를 가지고 화현리도 돌아와 해란강 나루터에 도착했다. 사공을 보자 문득 전날 만난 집주인의 말이 떠올랐다. 집주인은 사공의 얼굴이 내팽개친 메줏덩어리처럼 생기고 눈이 뱁새눈이면 일본군의 밀정이라고 했다. 태석은 사공의 얼굴을 살피다가 외나무다리에서 원수를 만났다는 생각이 들었다. 해란강을 무사히 건너야 하는데 밀정에게 발각되는 날엔 목숨이 위험했다. 태석은 짧은 순간에 사공을 속일 방법을 궁리했다.

'물고기를 잡아 어떻게 해 봐야지.'

태석은 얼른 바지를 걷고 강가를 오르내리며 돌 밑을 살

삽이 뒤져서 모래무지, 버들치들을 닥치는 대로 잡아서 강가에 나뒹구는 찌그러진 그릇에 담았다. 두어 사발쯤 잡은 다음 사공이 오기를 기다렸다. 이윽고 사공이 나루터에 배를 댔다. 태석은 얼른 사공에게 가까이 가서 퍼덕거리는 고기들을 일부러 손으로 저어 보여 주었다. 사공이 뱁새눈을 더 가늘게 뜨고 신기한 듯 태석을 째려보았다.

"햐, 고 녀석 솜씨가 제법인데 그래 뭐로 이렇게 많이 잡았니?"

태석은 이때다 싶어 얼른 물었다.

"사공님, 물고기 좋아하세요?"

사공이 침을 꼴깍 삼키며 말했다.

"사공이 물고기 싫어하는 거 봤누?"

태석은 속으로 '옳지!' 하고 얼른 말했다.

"그럼 이걸 모두 드릴 테니 저쪽으로 좀 건네주시면 안 돼요?"

사공의 입이 헤벌쭉 벌어졌다. 태석의 바람대로 사공이 선뜻 대답했다.

"그래. 어서 타렴."

사공의 말이 떨어지자마자 태석은 얼른 배에 올라탔다. 그런데 배가 강을 중간쯤 건널 때였다. 사공이 태석을 요리조리 살피더니 고개를 갸웃거리며 물었다.

"아, 저 말이다. 너 좀 수상해 뵌다. 물고기를 잡으러 왔

까레이스키, 끝없는 방랑

으면 물고기만 잡아 가면 되는데 왜 강을 건너는지 말해 봐라."

태석은 바짝 긴장한 채 둘러댈 말을 궁리했다.

"헤헤, 사공님. 강 건너 큰댁에 가야 하는데 혼자 얻어먹는 놈이라 뱃삯이 없어서요. 뱃삯 대신 고기라도 잡은 거죠. 고기가 싫으면 도로 주세요. 큰댁에는 다음에 가도 돼요."

태석은 일부러 능청스럽게 일어나서 고기가 있는 쪽으로 가며 말했다. 사공은 태석이 물고기를 도로 뺏기라도 할까 봐 얼른 배 안에 있는 통에 쏟아부으며 말했다.

"요즘 쥐새끼 같은 밀정 놈들이 다닌다는 정보가 있어서 말이야."

사공이 다시 태석을 쏘아봤다. 태석은 바짝 긴장이 되었지만 겉으로는 태연하게 보이려고 노력했다. 사공이 태석에게 다시 물었다.

"그런데 너는 왜 혼자 돌아다니냐? 부모님이 없어?"

태석은 최대한 불쌍한 표정을 지으며 말했다.

"부모님은 독립군한테 당했어요. 에이 하루빨리 원수를 갚아야 하는데……."

태석은 밀정인 사공과 한편인 척해야 의심을 받지 않을 것 같았다. 사공의 얼굴에 웃음기가 돌았다.

"야, 이제 보니 너도 우리 편이구나. 그래. 독립군 새끼들은 지독한 놈들이지. 너 우리 편 밀정 노릇 해 보지 않을래? 독립군 놈들이 소년 밀정을 쓴다는데 우리도 너 같은 밀정이 필요하단 말이야."

사공이 뱁새눈으로 태석을 요리조리 살피며 말했다. 태석은 자칫하다간 들통날지도 몰라 먼저 수를 썼다. 태석은 얼른 사공의 귀에 대고 말했다.

"실은 전 벌써부터 일본을 위해 밀정 일을 하고 있어요."

태석은 눈을 찡긋하며 어서 배가 강기슭에 닿기를 기다렸다. 그런데 사공이 태석에게 다짜고짜 물었다.

"뭐? 네가 일본 밀정 일을 하고 있다고? 그런데 내가 왜 여태 몰랐을까? 너 아무래도 수상해. 밀정이면 우리가 쓰는 암호를 대 봐. 얼른!"

위급할 때 대처하는 법을 배운 태석은 배운 그대로 사공에게 말했다.

"제 암호명은 검정기장씨예요. 제 이름은 오오이시."

사실 일본 이름이 따로 있는 건 아니었다. 얼결에 태석이란 이름을 일본식으로 해석해서 큰 돌이라는 뜻으로 말했다. 그제야 사공이 태석을 반기며 말했다.

"야, 오오이시 상! 물고기 잘 먹으마."

사공은 뱁새눈이 거의 감길 정도로 웃으며 말했다. 배가 건너편 강기슭에 닿자마자 얼른 내렸다. 사공이 등 뒤에서 부를 것 같았지만 뛰면 더 의심을 받을까 봐 천천히 걸었다. 등에서는 식은땀이 흘렀다. 태석은 그 후에도 계속해서 소년 밀정 일을 척척 해냈다.

태석이 열세 살 되던 해가 바로 5년 전이었다. 그날도 비밀 쪽지를 전하고 험한 산길로 들어서는데 동네에 연기가 자욱했다. 불길한 예감이 들어 동네 어귀에 들어서는데 피비린내가 코에 훅 끼쳤다. 태석은 가슴이 철렁 내려앉았다. 집들은 하나도 남김없이 모두 불에 타서 온통 쑥대밭이었다. 태석은 무서워서 산에 숨어 있다가 밤에 몰래 집으로 들어갔다. 그러나 식구들은 한 사람도 보이지 않았다. 부모님은 물론 할아버지, 할머니 그리고 어린 여동생들까지 불에 타 죽었고 동네 사람들도 모두 죽었다. 봉천에 살던 고모도 밤에 몰래 태석이네로 안부를 알아보러 왔다가 태석을 만났다.

그 후 태석은 고모와 함께 산을 넘고 내를 건너며 죽을 고비를 몇 번이나 넘겨 우수리스크로 도망쳤다. 태석은 고모와 함께 우수리스크에 살다가 이주 열차에 탄 것이었다. 태석이 긴 이야기를 끝내자 봉천댁이 말했다.

"태석이 말이 모두 사실이에요. 이 애와 난 살아 있다는 게 믿기지 않을 때가 많아요."

기차 안에 있던 사람들이 장하다며 태석의 어깨를 두드려 주었다. 나는 태석의 이야기를 듣는 동안 내가 다른 칸에 와 있다는 사실도 깜빡 잊을 정도로 이야기에 빠져 있었다. 태석이 갑자기 영웅처럼 느껴져 바라보기만 해도 가슴이 뛰었다. 불현듯 민혁 오빠가 또 떠올랐다.

기차는 쉬지 않고 계속 달렸다. 나는 기차가 빨리 멈추기를 기다렸다. 자꾸만 밖을 살펴도 계속 이어지는 자작나무 벌판에 하얀 눈만 보였다. 오줌이 마려울 때마다 봉천댁이 보살펴 줘서 얼마나 고마운지 몰랐다. 봉천댁은 불안해하는 내게 끼니때마다 누룽지를 챙겨 주며 말했다.

"이거 먹고 견뎌라. 기차가 서면 내가 네 엄마 있는 곳으로 데려다줄게."

하지만 여전히 불안한 마음은 가시지 않았다. 기차는 사흘이나 쉬지 않고 달려 나흘째 되는 날 점심때가 지나서야 조그만 간이역처럼 보이는 곳에 멈췄다. 나는 기차 문이 열리자마자 급히 내렸다. 봉천댁이 태석에게 말했다.

"태석아, 니가 얼른 데려다주고 와라. 혹시 못 찾으면 다시 데리고 와."

태석이가 봉천댁에게 급히 물었다.

"또 기차가 급히 출발하면 어떡하죠?"

"아니야, 전 정거장에서 음식을 끓일 시간도 안 주고 급히 출발했으니까 여기서는 시간을 좀 줄 거야. 뭐라도 끓여 먹어야 하니까."

태석이 봉천댁의 말에 안심이 되는 듯 내 뒤를 따라오며 물었다.

"너, 식구들이 탄 기차가 몇 번째 칸인지 아니?"

"앞에서 다섯 번째 칸일 거예요."

나는 이제 아버지를 찾는 것보다 엄마가 타고 있는 기차 간으로 돌아가는 게 급했다. 태석이가 앞장서서 다섯 번째 칸으로 급하게 뛰어갔다. 나도 헐떡거리며 뒤쫓았다. 내가 탔던 기차간이 보였다. 엄마와 할아버지가 나를 보자마자 소리쳐 불렀다.

"동화야! 어서 와! 아유, 얼마나 걱정을 했는지 몰라. 아 버진 못 찾았지?"

나는 엄마에게 고개를 저었다. 엄마가 몹시 실망스러운 표정으로 물었다.

"네 오빠는?"

오빠도 아직 돌아오지 않았는지 엄마가 물었다. 그때 내 뒤에서 오빠도 헐레벌떡 뛰어왔다.

"명철 오빠는?"

"명철이는 아까 왔어. 암튼 둘 다 무사해서 다행이다. 니 들 아무것도 못 먹었지? 배고프겠다. 어서 와라."

나는 기차에 들어가려다가 엄마에게 태석 오빠를 소개 했다.

"엄마! 이 오빠 이름이 태석인데 태석 오빠의 고모님이 내게 먹을 것도 주시고 춥지 않게 불도 쪼여 주고 도와줬어요."

내 말에 태석 오빠가 엄마와 할아버지한테 꾸뻑 인사를
했다.

"고마워요. 정말 고마워요. 고모님께도 인사 전해 줘요.
그런데 동화 너, 동식이랑 함께 있지 않았니?"

엄마가 태석 오빠에게 고맙다고 인사를 하며 내게 물었
다. 오빠가 얼른 대답했다.

"따로따로 아버지를 찾아보자고 했는데 그만 급히 출발
하느라 문이 닫혀 버렸어요. 나는 다른 칸에 있었어요. 엄
마, 그동안 거의 굶다시피 해서 배고파 죽겠어요."

배가 고파 금방 쓰러질 것처럼 보이는 오빠의 말을 들으
니 태석 오빠와 봉천댁이 더 고맙게 느껴졌다. 태석 오빠가
봉천댁이 있는 기차간으로 막 돌아가려 할 때였다. 나는 엄
마에게 급하게 말했다.

"엄마, 태석 오빠에게 뭐 줄 거 없어요? 나한테 누룽지도
많이 주셨는데."

내 말에 엄마가 태석 오빠를 붙잡으며 말했다.

"잠깐만 기다려요. 식량도 넉넉지 않을 텐데 우리 동화
에게 친절하게 대해 줘서 이거 좀 나눠 줄게요."

엄마가 보따리를 풀고 막 미숫가루를 꺼내려던 참이었
다. 호루라기 소리가 요란하게 들리더니 기차 문이 닫혔다.

"어머나, 또 벌써 출발하려나 보네. 어떡하지?"

태석 오빠가 급히 내리려고 문 쪽으로 다가서는 순간 문이 철커덕 닫혀 버렸다.

"아유, 저런, 이걸 어째? 아니 뭐라도 끓일 시간도 안 주고. 물통에 물도 채워야 하는데 어떡하지?"

태석 오빠가 문을 쾅쾅 두드리며 소리쳤다.

"내려야 해요. 저 좀 내려 주세요!"

그러나 내무인민위원들은 들은 척도 하지 않았다. 태석 오빠도 나처럼 꼼짝없이 갇혀 버렸다. 나를 데려다주러 왔다가 돌아가지 못한 태석 오빠에게 너무 미안했다.

"태석 오빠, 어떡해요?"

내 말에 태석 오빠가 오히려 담담하게 대답했다.

"할 수 없지 뭐. 다음에 기차가 서면 그때 돌아가야지."

할아버지도 태석 오빠에게 미안하다며 이왕 이렇게 된 거 어쩔 수 없다며 옆에 앉으라고 말했다. 나는 할아버지에게 태석 오빠를 자랑했다.

"할아버지, 태석 오빠는 독립운동을 했대요."

내 말에 할아버지와 노인이 눈을 동그랗게 뜨며 물었다.

"뭐? 독립운동!"

"네, 진짜 독립운동을 했대요."

나는 신바람이라도 난 듯 자랑스럽게 태석 오빠 이야기를 들려드렸다. 내 얘기를 들은 할아버지가 태석 오빠에게 말했다.

"장한 청년이야. 동식아, 명철아, 앞으로 이 청년과 형제처럼 잘 지내려무나. 낯선 곳에 가면 서로서로 힘을 합쳐야 해. 알겠니?"

오빠와 명철 오빠가 '예.' 하고 대답했다.

노인이 태석 오빠를 오래도록 바라보다가 혼잣말처럼 중얼거렸다.

"젊었을 땐 나도 너처럼 용감했는데……. 이제 이렇게 늙어 아무 짝에도 쓸모없는 신세가 되어 정처 없이 떠나고 있으니 가는 세월이 원망스럽구나."

태석 오빠가 노인에게 말했다.

"할아버지가 늘 존경하던 분이 있었어요. 그분이 활동하실 때는 일본군들이 벌벌 떨었다고 하셨는데……."

노인이 태석 오빠에게 물었다.

"그래? 그분이 누군데?"

"할아버지는 그분을 말씀하실 때 늘 '나는 홍범도'라고 하셨어요. 그분은 봉오동 전투에서 정말 굉장했대요."

할아버지와 노인이 동시에 입을 열었다.

"음, 봉오동 전투!"

태석 오빠가 다시 물었다.

"예. 어르신들도 그 유명한 봉오동 전투를 아시죠?"

할아버지가 먼저 대답했다.

"알다마다. 봉오동 전투를 모르면 까레이스키가 아니지.

나도 홍범도 장군님을 뵌 적은 없지만 우리 까레이스키들은 최재형 선생과 함께 두 분을 신처럼 받들었지."

나도 봉오동 전투는 할아버지로부터 귀가 따갑도록 들었다. 태석 오빠가 다시 입을 열었다.

"제가 한 살 때였대요. 우리 할아버지는 봉오동 전투에서 홍범도 장군님과 함께 싸우셨대요. 할아버지는 어린 저에게 늘 홍범도 장군님과 함께 일본군을 무찌를 때가 가장 행복했다고 하셨어요."

가만히 듣고만 있던 노인이 갑자기 눈빛을 반짝이며 태석 오빠에게 물었다.

"음, 그래? 태석이 넌 어디서 태어났니?"

"저는 훈춘에서 태어났어요. 하지만 일본군 눈을 피해 수도 없이 이사를 다녔어요."

"그랬구나. 나도 해란강 일대가 간도학살 때 쑥대밭이 되었다는 소식을 듣고 가슴이 너무 아팠는데……. 죽일 놈들, 아, 지금도 왕청, 연길, 화룡현에서 일본 놈들과 싸우던 때가 눈앞에 선한데 끝내 그놈들을 완전히 몰아내지 못한 게 천추의 한이야."

노인이 지그시 눈을 감고 연거푸 한숨을 내쉬며 입술을 깨물었다. 할아버지가 고개를 갸웃거리며 물었다.

"영감님도 간도 일대를 잘 아세요?"

"알다뿐이오. 독립군 시절에는 눈 감고도 다니던 곳이었소.”

노인의 말에 할아버지가 깜짝 놀라 말했다.

“아이고, 몰라뵈어 죄송합니다. 독립군이셨군요. 저희에게 함자라도 알려 주십시오.”

노인이 쑥스러운 듯 말했다.

“독립군이면 뭐합니까? 내게 특별하게 대할 필요 없소. 난 홍 씨라고 해요. 나도 여러분과 똑같은 신세로 목적지가 어딘지도 모른 채 끌려가고 있으니 참 기가 막혀서.”

할아버지가 노인의 말에 손사래를 치며 말했다.

“아휴, 무슨 말씀이세요. 나라를 빼앗긴 마당에 독립군만큼 자랑스런 분들이 또 있겠습니까? 저희는 이제부터 장군님이라 부르겠습니다요.”

나는 할아버지 말을 듣고서야 독립자금을 열심히 내던 할아버지가 자랑스럽게 느껴졌다. 할아버지가 홍 장군에게 물었다.

“까레이스키들을 이주시키는 이유가 일본의 밀정이 많기 때문이란 소문이 도는데 어떻게 생각하십니까?”

홍 장군이 잠시 생각하다가 입을 열었다.

“그것도 일본 놈들의 간교한 계략 때문에 까레이스키들이 피해를 보는 거요. 일본의 관동군은 장춘에 괴뢰정부를 세운 후 정찰부에서 밀정들을 가르치는 스파이 학교를 세웠어요. 그놈들이 첩자를 키워 소련 사람과 까레이스키들을 이간하는 겁니다."

　나는 홍 장군의 말에 깜짝 놀랐다. 바로 지난여름 총살당한 밀정들도 어쩌면 일본의 계략에 넘어간 사람들이 아닐까 궁금했다.

　기차가 계속 덜컹거리며 달렸다. 저녁때가 되자 엄마는 태석 오빠를 가족처럼 챙기며 먹을 것을 나눠 주었다.

　밤이 되니 기차 안에도 칠흑 같은 어둠이 계속되었다. 얼음처럼 차가운 밤바람은 판자 틈새로 사정없이 몰아쳤다. 더구나 바닥에도 틈새가 있어 이불을 깔고 덮어도 온몸이 꽁꽁 어는 것 같았다. 기차는 쉬지 않고 이틀을 더 달린 후에 서서히 속도를 늦추기 시작했다.

6 | 칼
    바
    람

기차가 서자마자 가장 급한 볼일이 대소변을 해결하는 것이었다. 시베리아의 칼바람을 간신히 견딘 사람들은 거의 동태가 된 듯 입도 얼고, 얼굴도 얼고, 손발도 얼어서 문이 열렸는데도 제대로 움직일 수가 없었다.

엄마가 태석 오빠에게 북어포를 내밀며 재촉했다.

"어서 가 봐요. 고모님이 걱정하실 텐데. 그리고 이거 너무 고마워서 주는 거니까 가서 요기나 해요."

태석 오빠가 고개를 저으며 말했다.

"아닙니다. 됐어요. 저도 신세를 졌는데요. 괜찮습니다."

할아버지가 그냥 가려는 태석 오빠의 손에 북어포를 쥐어 주었다.

"어서 받아요. 이렇게 장한 청년을 만나니 한결 마음이 놓여요. 같은 칸에 탔으면 좋았을걸. 그럼 우리 동식이한테도 좋을 텐데. 어서 가 봐요. 나중에 꼭 만납시다."

태석 오빠가 급히 가면서 말했다.

"예, 기회가 된다면 여기로 옮겨 올게요. 이만 가 보겠습니다."

태석 오빠가 꾸벅 인사를 하고 급히 돌아갔다. 나는 속으로 태석 오빠가 민혁 오빠였으면 더 좋겠다는 생각을 하며 멀어져 가는 태석 오빠를 한참 동안 바라보았다. 왠지 오랫동안 친했던 사이처럼 태석 오빠와 헤어지는 게 섭섭했다.

기차가 멈춰 선 역은 울란우데역이라고 했다. 엄마가 할아버지에게 물었다.

"기차가 얼마 동안 서 있을지 알아보고 죽이라도 끓여야 하지 않을까요?"

"그래야지. 또 금세 출발할까 봐 걱정되는구나. 어서 물통부터 채우자."

할아버지가 내무인민위원에게 얼마 동안 정차할지 물어보려 했지만, 그들은 기차에 연료를 넣느라고 눈코 뜰 새 없어 보였다. 엄마와 할아버지는 언 땅에 솥을 걸 자리를 찾았다. 나는 물그릇을 들고 사람들 뒤를 따라갔다.

하바롭스크 역사의 우물가에는 사람들이 붐벼 비집고 들어갈 틈도 없었다. 많은 사람이 기찻길에서 좀 떨어진 강가로 달려갔다. 나도 강으로 달려가면서 혹시 아버지를 만날까 두리번거렸다. 할아버지는 마른 나뭇가지를 모아 불을 붙이고 있었다.

우리는 어렵게 밥을 지었다. 그리고 뜨거운 국물도 만들었다. 아버지를 찾았다면 얼마나 좋을까 생각하니 가슴이 답답했다.

"오빠, 아버지에 대해 뭐 좀 알아봤어?"

오빠가 고개를 저으며 말했다.

"이 기차에는 없는 것 같아. 맘대로 돌아보지도 못하게 하는데 그런 사람들만 탄 기차간은 못 찾았어. 내가 있던

까레이스키, 끝없는 방랑

기차간 사람들 말로는 내무인민위원들만 탄 칸이 따로 있대. 그 칸엔 의자도 있고 난로도 있고 가축우리 같은 이런 곳이 아니래. 자기들만 따뜻한 칸에 타고 가면서 우리를 짐승보다 못하게 여긴다고 모두 분통을 터뜨렸어."

홍 장군이 고개를 끄덕이며 말했다.

"그래? 그렇다면 그곳에 탄 내무인민위원들은 이 기차가 어디까지 가는지, 또 행방불명된 사람들이 탔는지 안 탔는지 알고 있겠구먼. 나중에 기회가 되면 그 칸에 가서 여러 가지 자세한 것들을 알아볼 수 있겠어."

홍 장군의 말에 우리 식구는 모두 희망을 품었다. 할아버지가 안도의 숨을 쉬며 얼른 식사를 하라고 말했다. 우리는 모두 쌀이 익었는지 설었는지 살필 겨를도 없이 우선 입에 퍼 넣기 바빴다. 반찬은커녕 소금이면 족했다.

엄마는 며칠 동안 기차에서 시달리느라 얼굴은 반쪽이 되고 다리도 퉁퉁 부었다. 나도 온몸이 덜덜 떨렸는데 뜨거운 음식을 먹으니까 그제야 좀 살 것 같았다.

홍 장군이 오빠와 명철 오빠에게 말했다.

"판자를 좀 찾아보자. 뭐든 구해서 벌어진 틈새를 막아야겠어. 그래야 추위를 견딜 수 있을 텐데."

할아버지도 좋은 생각이라며 고개를 끄덕였다. 오빠와 명철 오빠는 판자를 구하러 밖으로 나갔다. 엄마가 걱정하며 말했다.

"얼른 돌아와라. 기차가 또 급히 떠날지 모르니까."

"네, 알았어요."

오빠가 급히 나가며 대답했다. 난 아버지를 찾아 또 다른 기차간을 돌아보고 싶었지만 지난번처럼 또 다른 칸에 갇힐까 봐 그만두었다.

잠시 후, 오빠들이 판자 조각들을 들고 돌아왔다. 먼저 내린 사람들이 주변을 샅샅이 뒤진 후라 쓸 만한 판자들은 별로 없더라고 했다. 어떤 사람들은 내무인민위원들의 눈을 피해 역사 건물에서 판자를 뜯어 가기도 했다고 말했다. 수많은 사람이 한꺼번에 기차에서 내려 먹거리를 끓여 먹고 땔감까지 구하느라 역은 마치 전쟁터처럼 와글와글 들끓었다.

기차 앞쪽에서는 석탄을 싣고 있었다. 많은 양의 석탄을 싣는 것으로 보아 이 기차가 아주 먼 곳까지 갈 것 같다고 사람들이 수런거렸다. 우리 아버지처럼 끌려간 가족들을 찾아 헤매는 사람들이 많다고 했다.

한나절쯤 지나자 내무인민위원들은 우왕좌왕하는 사람들에게 채찍을 휘두르며 기차에 빨리빨리 타라고 호루라기를 불어 댔다. 기차 안에서는 할아버지와 홍 장군이 주워온 나뭇조각들을 벌어진 틈새에 대고 끈으로 얽어매어 바람을 막느라고 바빴다.

엄마는 얼굴이 점점 파리해졌다. 같은 칸에 탄 사람들이 엄마의 얼굴을 보고 걱정을 하며 구석에 자리를 마련하고 누우라고 했다. 나도 목소리가 변하고 콧물에 기침까지 심하게 나왔다.

사람들이 여기저기서 걱정스럽게 말했다.

"고뿔 들린 아이들을 따뜻하게 해 줘야 할 텐데……."

"추위는 갈수록 심해지는데 어찌 견딜지 모르겠소."

"맞아요. 라즈돌리노예역을 떠난 지 벌써 열흘이 다 되었는데 떠날 때보다 더 추워졌어요."

사람들 말을 들으니 나도 더 추운 것 같았다.

다시 기차가 움직이기 시작했다. 사람은커녕 집 한 채 보이지 않는 끝없는 눈벌판이 계속 이어졌다. 가도 가도 끝이 보이지 않는 자작나무 숲은 하얀색이라서 마치 죽음의 나라로 들어가는 길목처럼 을씨년스러웠다. 판자 틈새로 몰아치는 바람은 점점 더 거세졌다.

엄마는 오후부터 앓는 소리를 내기 시작했다. 할아버지 앞에서는 아무리 아파도 누운 적이 없는 엄마가 얼마나 아프면 신음 소리까지 내는지 나는 점점 걱정이 되었다. 만약 엄마가 일어나지 못하면 어떻게 해야 할까. 가슴이 점점 조여들었다. 할아버지가 엄마에게 힘을 내라며 걱정했다.

"큰일이구나. 만삭의 몸으로 이런 추위에 길을 나서는 게 아닌데. 어멈아, 마음 단단히 먹어야 한다."

엄마가 간신히 할아버지에게 말했다.

"산바라지 보따리도 빼앗겨 버렸으니 어떡해요? 하필이면 가장 중요한 그 짐을 군인들이 빼앗아 가다니. ……. 아버님, 마음이 왜 이리 불안한지 모르겠어요."

엄마의 말에 함흥댁이 혀를 쯧쯧 차며 말했다.

"우리가 무슨 죄를 졌나? 죄인이라고 해도 이런 대접을 받진 않을 거야. 이럴 때 남편이라도 곁에 있어야 마음을 놓을 텐데. 동화네나 우리나 앞으로 어찌 살아갈지 막막하기만 하니 어쩜 좋으냐. 동화야, 엄마가 아기를 낳으면 네가 엄마 대신에 할 일이 많아. 알았니?"

함흥댁의 말에 나는 그냥 고개만 끄덕였다.

울란우데를 떠난 기차는 이튿날이 되어도 쉬지 않고 계속 달렸다. 고뿔에 걸린 아이들이 밤부터 열이 끓기 시작했다. 함흥댁은 아기를 달래느라 진땀을 뺐다. 젖을 물려도 젖이 나오지 않는다고 했다. 함흥댁이 한숨을 쉬었다.

"생쌀을 씹어서 먹이는 수밖에 없겠어요."

함흥댁은 쌀을 입에 넣고 씹기 시작했다. 한참 씹은 후에 아이의 입에 뽀얀 쌀 물을 넣어 주었다. 아기는 그걸 받아먹고 나서야 겨우 울음을 그쳤다.

사흘이 지나도록 기차가 서지 않으니 대소변이 또 큰 문제였다. 아이들은 판자 틈새에 쪼그리고 앉아 용변을 보게 했지만 어른들은 참느라 얼굴이 노래졌다. 홍 장군이 큰 소리로 말했다.

"칼이든 뭐든 아무거나 뾰족한 것 있으면 모두 내놓으시오."

오빠가 깜짝 놀라 물었다.

"칼을 어디에 쓰시려구요?"

나도 홍 장군이 왜 칼을 찾는지 궁금했다. 혹시 칼을 가지고 내무인민위원들과 싸움을 하려는 건 아닌지 겁도 났다. 사람들은 고개를 갸웃거리며 부엌칼을 내놓았다. 홍 장군이 칼을 집어 들고 말했다.

"이대로 옷에 똥을 쌀 수야 없는 노릇 아니오? 자, 여기 구석진 곳에 동그랗게 구멍을 팝시다. 거기에 용변을 보게 해야 하니 어서 서둘러요. "

홍 장군의 말에 따라 몇몇 사람들이 고개를 끄덕이며 칼 끝으로 판자에 구멍을 냈다. 할아버지가 홍 장군에게 물었다.

"장군님, 바람 때문에 용변을 보면 아래로 내려가지 않고 위로 솟을 수도 있는데 어떻게 할까요?"

"직접 떨어지지 않도록 도구를 써야지요. 우선 급한 사람들부터 용변을 보게 해야겠소."

동그랗게 파낸 구멍에 그대로 앉으면 달리는 기차의 거센 바람 때문에 용변이 올라올까 봐 홍 장군은 그 위에 판자를 비스듬히 대고 대변을 보게 했다. 그러면 자연스럽게 아래로 굴러떨어졌다. 구석진 자리라도 냄새가 심했지만 그것은 어쩔 수 없는 일이었다. 처음엔 냄새가 심해서 괴로웠는데 어느 정도 시간이 지나자 냄새도 익숙해졌다.

여자들이 용변을 볼 때는 서로서로 몸으로 가려 주었다. 동그랗게 파낸 판자 구멍 주위에 오줌이 그대로 얼어붙어 바닥 위로 봉긋하게 솟아올랐다. 그동안 대변을 보면 모두 모아 놓았다가 기차가 서면 그때 밖에 버리곤 했는데 바로 해결되어서 좋았다.

밤이 되면 아픈 사람들이 더 늘어났다. 기침을 하는 노인들, 어린아이들은 밤새 고열과 통증으로 꼬박 밤을 새웠다. 갈수록 체력이 약해져서 하루하루 날을 더할수록 시르죽은 새끼 새처럼 눈꺼풀도 제대로 뜨지 못한 채 잠 속으로 빠져들곤 했다.

홍 장군이 잠든 사람들을 깨우라며 말했다.

"몸을 주물러서 잠을 깨우시오. 이대로 잠들면 자다가 얼어 죽어요. 어서 몸을 문질러야 합니다. 어떻게든 체온을 올려야 해요."

홍 장군은 기차에 탄 사람들의 지도자 같았다.

"나는 예전에 이보다 더 혹독한 추위를 얼마나 많이 겪었는지 모르오. 추위 속에서는 가장 위험한 게 잠이오. 절대 잠들지 못하게 하시오. 이번에 기차가 서면 무조건 땔감을 준비해서 솥을 화로 삼아 불을 여러 개 피워야겠소."

홍 장군의 말에 모두 고개를 끄덕였다. 얼마나 달렸을까.

새벽이 되었는지 밖이 훤하게 밝아 오기 시작했다. 날이 샐 무렵 추위가 가장 견디기 힘들었다. 할아버지가 밖을 살피며 오빠에게 말했다.

"동식아, 이번에 기차가 서면 먹을 것부터 사야겠다. 에미 몸이 걱정이다. 끼니때가 되어도 차를 세워 주지 않으니 빵이든 과자든 돈이 되는 대로 사야겠어. 이러다 모두 굶어 죽을지도 모르겠다."

할아버지 말에 다른 사람들도 깊숙이 넣어 둔 돈을 꺼내기 시작했다.

"맞아요. 먹을 걸 준비하는 게 우선이요. 며칠이나 더 갈지 모르지만, 먹거리야 남아도 되니까 먹거리부터 사도록 합시다."

날이 훤하게 밝았지만 기차는 멈출 기미가 보이지 않았다. 햇살이 비치자 추위가 조금씩 누그러지는 것 같았다.

밤새 죽음의 터널을 겨우 빠져나온 노약자들은 어서 빨리 기차가 서기를 기다렸다.

할아버지가 판자 틈새로 밖을 내다보며 중얼거렸다.

"이런 추위엔 뭐니 뭐니 해도 뜨거운 국물을 마셔야 해. 속을 덥혀야 이 추위를 이겨내지. 도대체 언제 차를 세워 줄 거야?"

그러나 기차는 또 꼬박 사흘을 더 달려 해가 질 무렵에야 간이역에 멈춰 섰다.

문이 열리자마자 막혔던 봇물이 쏟아지듯 사람들이 기차에서 밀려 나왔다. 상점을 찾아 두리번거렸지만 아무것도 없는 허허벌판이었다. 석탄을 실은 군용 트럭만 여러 대가 보였다. 군인들이 기차에 석탄을 옮겨 실었다.

할아버지는 솥을 꺼내 불을 피우려고 서둘렀다. 내가 마른 나뭇가지를 주우러 가느라 기차에서 멀어질 때였다. 내무인민위원들이 호루라기를 불며 소리쳤다.

"빨리 기차에 타라!"

할아버지가 애원하듯 호루라기 부는 사람들에게 말했다.

"이봐요! 밥이든 죽이든 끓여 먹을 시간을 줘야 할 것 아니오? 춥고 배고파서 더 이상 움직일 수가 없소."

그러나 내무인민위원은 같은 말을 할 뿐이었다.

"시간이 없소. 빨리 떠나야 한단 말이오."

"도대체 얼마나 더 가야 하는 거요?"

"우리도 모르오. 명령에 따라 움직일 뿐이오."

내무인민위원들의 강압적인 말에 다른 사람들도 화를 내며 대들었다.

"추위에 얼어 죽게 생겼단 말입니다. 죽이라도 끓일 시간을 줘야 할 것 아니오?"

"우리 말에 따르지 않는 사람은 처형해도 된다는 명령을 받았다. 차에 타지 않으면 우린 명령대로 할 수밖에 없다."

내무인민위원들이 어깨에서 총을 내리며 험악하게 말

했다.

　밥을 끓이려고 준비하던 사람들이 서둘러 불을 끄고 그릇들을 도로 챙겼다. 사람들이 기차에 오르자마자 기다렸다는 듯 문이 잠겼다.

　우리 식구는 기차가 설 때마다 혹시라도 아버지를 찾을 수 있기를 고대했지만 찾기는커녕 알아보지도 못한 채 급히 기차에 올라타느라 바빴다. 엄마가 기어들어 가는 목소리로 할아버지에게 겨우 말했다.

　"아버님, 시장하실 텐데 어떡하죠?"

　"나보다 에미 네가 큰일이구나. 뭐라도 좀 먹어야 기운을 차릴 텐데, 날곡식이라도 씹는 수밖에 없어."

　할아버지가 혀를 차며 식량 보따리에서 보리쌀을 나눠 주었다. 차 안에 있는 사람들 모두가 날곡식을 입에 넣고 우물거렸다. 그 후 며칠 동안 끼니는 대부분 날곡식이나 말린 먹거리로 해결했다. 간이역에서 잠깐잠깐 정차하긴 했지만 울란우데처럼 오래 머물지 않았다. 아픈 사람도 점점 늘어났다. 열이 펄펄 끓는 사람, 헛소리를 하는 사람. 배고파 칭얼대는 아이들은 기운이 없어 제대로 울지도 못했다.

　어느 순간 기운이 없어 축 늘어져 있던 엄마가 배를 움켜쥐고 가쁜 숨을 토해내기 시작했다.

ㄱ | 엄
　　마

나는 겁이 덜컥 났다. 함흥댁이 엄마를 살피며 걱정스레 말했다.

"만삭의 몸으로 기차에서 계속 덜컹거리니 배 속에 있는 애가 온전할 리 있겠어요? 애가 나올 모양인데 이 일을 어 떡하면 좋아요?"

함흥댁의 말에 누군가가 다급하게 외쳤다.

"차를 멈춰 달라고 소리쳐 봐요. 어서요!"

할아버지가 얼른 문 앞으로 가서 손으로 문을 쾅쾅 두드 리며 소리쳤다.

"이봐요! 차를 멈춰 주시오!"

그러나 할아버지의 목소리는 기차 바퀴 소리에 묻혀 들 리지도 않았다.

"할아버지, 제가 해 볼게요."

오빠가 더 크게 소리쳤다.

"기차를 멈춰 주세요! 급한 산모가 있다고요!"

오빠의 고함도 바람 소리 때문에 바로 앞 칸까지도 미치 지 못하는 것 같았다.

함흥댁이 엄마의 배를 쓸어 주며 걱정했다.

"기운이 있어야 애를 낳을 텐데 이 일을 어쩐대. 이봐요, 동화 엄마. 마음 단단히 먹고 기운을 내요."

엄마가 진통을 시작하자 남자들이 한쪽으로 자리를 비 켜 주었다. 여기저기서 걱정하는 소리가 들렸다.

"이 추위를 잘 견뎌야 할 텐데."

"그러게 말이에요. 애가 나오자마자 얼어 죽겠어요."

"이 일을 어찌하면 좋담!"

나는 사람들의 말을 듣자 더 불안해졌다. 함흥댁이 엄마의 팔을 잡고 힘을 내라고 했다. 엄마는 이를 악물고 기운을 쓰다가 몇 번이나 까무러쳤다.

엄마가 정신을 놓을 때마다 함흥댁이 엄마의 두 볼을 찰싹찰싹 때리며 정신을 차리라고 소리쳤다.

"동화 엄마! 잠들면 안 돼. 기운을 차리고 힘을 줘! 쉬면 큰일 난다니까."

함흥댁의 말에 엄마가 겨우 눈을 뜨고 다시 힘을 주었다. 하지만 금세 다시 까무러쳐 정신을 잃었다. 제대로 먹지 못해 기운이 없어 그렇다고 했다. 나는 엄마가 잘못될까봐 너무 무서웠다. 추위도 배고픔도 느낄 겨를이 없었다. 오직 엄마가 죽을까 봐 눈물이 마구 나왔다. 함흥댁이 연신 혀를 찼다.

"내 평생 애를 많이 받아 봤지만 이런 일은 처음이야. 이를 어쩌나? 애도 산모도 다 위험하니 이를 어째?"

기차 안에 있던 사람들도 모두 엄마를 살피며 초조해했다. 할아버지는 마치 실성한 사람처럼 기차 문을 계속해서 두드렸다.

"이봐요. 제발 좀 기차를 멈춰 주시오. 사람이 죽어 가요.

어서 기차를 멈추라구요. 제발!"

하지만 내무인민위원은 다른 칸에서 무슨 일이 일어나는지 알지도 못했다. 점심때가 지나고 저녁때도 지나고 밤이 되자 어두워서 잘 보이지도 않았다. 나는 너무 무서워서 울음도 나오지 않았다.

사람들은 엄마가 얼어 죽을지도 모른다며 이불과 옷가지들을 모아 바람구멍을 막고 또 막았다. 함흥댁은 쉬지 않고 엄마의 손발을 주물렀다. 같은 칸 안의 모든 사람이 엄마가 힘을 주면 함께 힘을 주고 엄마가 까무러치면 모두 한숨을 내쉬었다. 이윽고 기차가 기적을 울리며 속도를 서서히 줄이기 시작했다. 누군가 다급하게 말했다.

"기차가 멎으려나 봐요. 어서 의원을 불러 달라 합시다. 이대로는 애도 산모도 다 위험해요."

"허허벌판에 의원이 어디 있겠어요. 동화 엄마! 포기하면 안 돼요. 어서 힘을 줍시다. 어서!"

함흥댁이 엄마와 함께 또 호흡을 맞추었다. 엄마가 이를 악물고 얼굴에 경련을 일으키는 순간이었다. 기차가 천둥처럼 요란한 소리를 내며 크게 흔들렸다. 엄마를 보살피던 함흥댁도 나도 그대로 바닥에 나동그라졌다. 간신히 일어났지만 엉덩방아를 얼마나 심하게 찧었는지 온몸이 얼얼했다. 모두들 엄마가 걱정되어 살필 때였다. 엄마가 안간힘을 쓰는 순간 시뻘건 핏덩어리가 마룻바닥으로 왈칵 쏟아져 나왔다. 차 안에 있던 사람들이 반갑게 소리쳤다.

"됐어요. 애가 나왔어요."

함흥댁이 아기를 거꾸로 쳐들고 궁둥이를 때렸다. 하지만 핏덩이는 아무 반응이 없었다. 다음 순간 갑자기 찬물을 끼얹은 듯 차 안에 있는 사람들이 숨을 멈췄다. 너무 오래 진통을 한 탓에 아기가 질식했을 거라고 누군가가 말했다.

"어서 산모부터 살펴야 해요."

홍 장군의 말에 함흥댁이 핏덩이를 엄마 옆에 놓고 엄마의 얼굴을 살폈다.

"정신을 놓으면 안 돼요. 이제 기차가 멈췄어요. 조금만 참아요. 얼른 뜨끈한 국을 끓여 줄게요. 정신 놓지 말아요. 제발!"

함흥댁의 말에도 얼굴이 백지장처럼 하얘진 엄마는 아무 반응이 없었다. 엄마의 하얀 얼굴을 보자 나도 모르게 온몸이 사시나무처럼 떨렸다. 머리가 멍해지며 아득하게 어딘가로 빨려 들어가는 것 같았다. 나는 그대로 쓰러졌다.

"야! 동화야! 애가 왜 이래? 얼굴이 납덩이처럼 굳었네. 얘! 정신 차려! 너까지 왜 이러니? 물통이 비었어. 어서 밖에 가서 물 좀 떠 와. 어서!"

나는 함흥댁에게 뺨을 맞은 후에야 간신히 정신이 들었다. 허둥지둥 밖으로 나온 나는 허공에 뜬 기분이었다. 발이 땅에 닿는지 안 닿는지 마치 구름 위를 걷는 것 같았다.

기차가 선 곳은 허허벌판이었다. 도대체 왜 이런 곳에서 기차를 멈춘 것일까? 상점도 우물도 아무것도 보이지 않는 눈밭이었다. 자작나무들만 하얗게 줄지어 서 있었다. 너무 추워서 뭉쳐지지 않는 하얀 가루눈이 뿌옇게 흩날렸다.

기차에서 내린 사람들이 너도나도 눈을 퍼 담았다. 나도 정신없이 눈을 퍼다 물통에 넣었다. 물통에 눈을 가득 담고 몇 번이나 기차에 오르내려도 숨이 차거나 힘이 들지 않았다. 엄마가 잘못되면 어떻게 하나 오로지 그 생각뿐이었다. 아버지도 없는데 엄마마저 잘못될까 봐 무사하기만을 빌고 또 빌었다. 아기는 살았을까, 죽었을까? 내 눈앞에 시뻘건 핏덩이와 창백한 엄마의 얼굴이 번갈아 어른거렸다.

아기가 태어나면 응애! 하고 운다고 들었다. 그러나 아기는 내가 기차에서 내릴 때까지 아무 소리도 내지 않았다. 아기는 정말 죽은 걸까? 까무러친 엄마는 깨어날 수 있을까? 무서워서 허둥대며 눈을 가득 퍼서 기차에 오를 때였다. 함흥댁이 옷에 싸인 물건을 할아버지에게 내밀었다.

"동화 할아버지, 아무래도 잘못된 것 같아요. 어떻게 해야 할지……."

"이리 주시오. 동화야, 너는 얼른 쌀을 끓여라. 불을 꺼뜨리면 안 돼. 동식이 넌 이리 오너라."

할아버지가 오빠를 데리고 기차 뒤쪽으로 갔다. 할아버지의 발걸음이 몹시 휘청거렸다. 함흥댁이 혀를 차며 중얼거렸다.

"에이구, 세상에 나오자마자 저세상이라니. 뜨신 방에서 낳았으면 살았을 목숨일 텐데, 아휴 불쌍해라."

함흥댁의 말은 아기를 두고 하는 것 같았다. 나는 밖에서 솥에 쌀을 넣고 불을 때며 끓기를 기다렸다. 함흥댁이 내게 쌀 물을 떠 주며 말했다.

"이제 쌀도 얼마 남지 않았는데……. 동화야, 이 쌀 물을 엄마 입에 넣어 드려라. 어서!"

함흥댁이 떠 주는 쌀 물을 들고 엄마에게 갔다. 눈을 감은 채 누워 있던 엄마는 내가 흔들어 깨우자 간신히 눈을 떴다.

"동화야, 마, 만약에 내가 잘, 잘못되면 할아버지 모시고 오빠 잘 챙기고, 아버지가 차, 찾아올 때까지 잘 견뎌야 해. 꼬, 꼭 명심해야 한다."

엄마가 몇 번이나 숨을 고르며 간신히 말을 이었다.

"엄마, 나 무서워. 이거 드시고 얼른 일어나. 쌀 물이야."

나는 엄마를 바짝 그러안고 엄마 입에 쌀 물을 흘려 넣었다. 엄마의 치마는 불그스름한 핏물로 젖어 있었다. 엄마의 치마를 스칠 때마다 서걱서걱 소리가 났다.

"엄마! 엄마. 이거 드셔야 해요. 자. 아! 하고."

엄마는 쌀 물을 겨우 넘겼다. 나는 계속해서 쌀 물을 엄마 입에 떠 넣었다. 그때 할아버지가 빈손으로 기차 안으로 들어왔다.

"어멈아, 무조건 먹고 기운을 차려야 해. 동화야, 우리도 어서 솥을 비우고 불을 피워야겠다."

할아버지의 재촉에 밥인지 죽인지 맛을 느낄 겨를도 없이 꿀꺽꿀꺽 삼켰다. 얼마나 지났을까? 내무인민위원들이 다시 호루라기를 불면서 바삐 움직이는 게 보였다. 오빠가 할아버지와 함께 솥에 불씨를 담아 기차 안으로 들고 왔다. 홍 장군은 어디서 났는지 납작한 돌멩이를 주워 왔다.

"혹시 판자 바닥에 불이 붙으면 큰일이오. 이 돌을 밑에 깔고 그 위에 솥을 얹어 놓으면 안전할 거요. 너희는 어서 나뭇가지 좀 꺾어 와라."

홍 장군의 말에 오빠와 명철 오빠가 밖으로 나갔다. 내무인민위원들이 호루라기를 불었지만 사람들은 불을 피울 나무를 찾느라 쉽게 기차에 오르지 못했다. 그때 갑자기 총소리가 울렸다. 사람들이 말을 듣지 않자 공포를 쏘았다고 했다.

"저런 저 나쁜 놈들! 이젠 사람까지 죽일 셈인가?"

기차 안에 있던 사람들이 놀라 들어오라고 소리쳤다. 나도 밖에 있는 오빠가 걱정되어 얼른 타라고 소리쳤다. 밖에서 서성거리던 사람들이 총소리에 놀라 기차 안으로 뛰어 들어왔다.

잠시 후 기차가 기적을 울리며 움직였다. 배 속에 뜨거운 국물이 들어간 덕분인지 떨리던 몸이 조금 진정되었다. 이번에도 아버지에 대해 알아볼 시간은 전혀 내지 못했다. 엄마는 여전히 힘없이 누워 있었다. 할아버지가 불을 피운 솥을 엄마 옆으로 밀었다. 나는 엄마 옆에서 불을 꺼뜨리지 않으려고 나뭇가지를 조금씩 잘라 넣었다. 할아버지가 엄마를 걱정했다.

"어멈아, 기운 차려라. 아이는 잊어버려라. 시절을 잘못 타고났다 생각하고 얼른 네 몸부터 추슬러야 한다. 아들이 었는데 아깝지만 어쩌겠냐? 운명으로 받아들여야지."

엄마가 간신히 말했다.

"아버니임, 죄송합니다."

엄마는 할아버지 말에 겨우 입술만 달싹거리다가 다시 눈을 감았다. 엄마를 살피던 함흥댁이 갑자기 놀라 소리쳤다.

"아유, 이를 어째? 하혈을 하네. 하혈을!"

옆에 있던 사람들이 걱정을 하며 물었다.

"뭐라고요? 이런 이걸 어쩌나? 아이고. 산후에 하혈을 하면 위험한데……."

기차가 덜컹거릴 때마다 엄마의 치마 아래로 피가 흥건하게 흘러나왔다. 엄마의 얼굴은 하얗다 못해 입술까지 퍼렇게 변했다. 사람들은 서로 얼굴을 바라보며 한숨만 쉬었다.

나는 엄마의 몸에서 나오는 피를 닦지도 못하고 엉엉 울기만 했다. 엄마의 차디찬 몸이 얼까 봐 자꾸만 이불을 끌어다 엄마를 덮었다. 밤이 깊어지면서 칼바람이 사정없이 기차 안으로 몰아쳤다. 땔감이 충분하지 않아 새벽엔 솥에 피운 불씨마저 꺼져 버렸다. 함흥댁은 열이 펄펄 끓는 아기를 달래느라 정신이 없었다. 나도 밤새 기침을 하다가 깜빡 잠이 들었다.

잠결에 너무 추워 나도 모르게 엄마 품으로 파고들 때였다.

순간 느낌이 섬뜩했다. 엄마는 마치 꽁꽁 언 얼음덩어리처럼 차디찼다. 얼른 엄마의 가슴에 얼굴을 댔는데 숨소리가 들리지 않았다. 나는 머릿결이 곤두선 채 비명을 질렀다.

"엄마! 엄마아! 엄마아아아!"

사람들이 모두 놀라 깨었다.

"엄마가 숨을 안 쉬어요. 엄마, 엄마! 안 돼."

그러나 엄마의 몸은 돌덩이처럼 딱딱했다. 갑자기 하늘이 무너지는 느낌이었다. 오빠와 할아버지가 가까이 다가와 엄마를 만져 보았다. 이미 숨을 거둔 지 한참 지났다고 했다.

엄마는 출산을 앞두고 이런 기차를 타서는 안 되었다. 출산일이 두 달이나 남았다고 안심할 일이 아니었다. 이런 기차에 타게 될 줄을 누가 상상이나 했겠는가. 블라디보스토크를 떠나던 날이 불과 보름 전이었는데, 엄마는 이제 이 세상 사람이 아니었다.

할아버지는 정신이 나간 듯 아무 말도 못했다. 나는 울려고 해도 울음이 나오지 않았다. 오빠는 주먹으로 판자를 쾅쾅 치기만 했다. 함흥댁이 엄마의 시신을 한쪽으로 밀어놓고, 세상에 이런 참혹한 일을 언제까지 겪어야 하느냐며 울부짖었다.

기차는 죽은 엄마를 바닥에 뉘어 놓은 채 계속해서 달리고 또 달렸다.

8 | 얼어 죽은 사람들

우리 식구는 죽은 엄마 곁에서 초점을 잃은 채 말이 없었다. 입도 얼어붙어 버린 것 같았다. 밖을 내다보던 사람이 갑자기 소리쳤다.

"바다요! 바다. 저기 바다가 보여요."

판자 틈새로 바다가 보였다. 블라디보스토크에서 보던 바다보다 더 넓었는데 가운데만 물이 보이고 가장자리는 모두 얼음이었다. 기차가 다리 위로 한참이나 달렸다. 사람들은 멍하니 바다를 바라볼 뿐 아무 말도 없었다. 홍 장군이 침울한 표정으로 말했다.

"저건 바다가 아니고 바다만큼 넓은 바이칼 호수일 거요."

기차는 호수를 끼고 계속 달렸다. 차 안으로 몰아치는 칼바람은 물기를 머금어 더 견디기 힘들었다. 판자 틈새로 총알처럼 파고드는 바람을 맞으니 뼛속까지 시리고 아팠다.

호수를 끼고 한참을 달리던 기차가 드디어 서서히 속력을 줄이다가 멈춰 섰다. 그러나 사람들은 모두 얼어붙은 듯 선뜻 자리에서 일어날 수가 없었다. 그때 여기저기서 이런 외마디 소리가 터져 나왔다.

"아이고, 어머니! 일어나세요. 어머니가 숨을 안 쉬어요."

"아이고! 우리 아버지도! 세상에 이게 무슨 일입니까? 아버지, 눈 좀 떠 보세요!"

자는 줄 알았던 사람들이 깨어나지 않자 여기저기에서 비명을 질러 댔다. 함흥댁이 아기를 안고 안절부절못하며 아기를 불렀다.

"아가! 아가! 우리 아기가 열이 펄펄 끓어요!"

기차 안이 울음바다로 변했다. 바이칼 호수에서 불어오는 칼바람 때문이었을까? 극심한 추위와 싸우다가 그대로 잠이 들어 얼어 죽은 사람이 여러 명이었다. 몸이 쇠약한 노인들과 어린애들이 추위를 이겨내지 못하고 세상을 떠난 것이었다.

함흥댁의 아기는 열이 펄펄 끓어 경기를 했다. 함흥댁은 아기를 안고 어쩔 줄을 몰라 했다. 사람들은 일제히 내무인민위원들에게 원망을 쏟아냈다.

"사람이 죽었소. 한둘이 아니오. 모두 얼어 죽었단 말이오! 이제 어쩔 셈이오?"

얼어 죽은 사람은 내가 있는 기차간에도 여럿 있었다. 다른 칸에서도 많은 사람이 얼어 죽었다고 했다. 내무인민위원들이 기차간을 돌아다니며 죽은 사람들을 당장 기차 밖으로 꺼내라고 소리쳤다. 그들의 눈에는 죽은 사람들이 장작개비만도 못한 존재처럼 보이는 것 같았다. 오빠가 가까이 서 있는 내무인민위원에게 물었다.

"이제 다 온 겁니까?"

그 사람은 오빠를 쳐다보지도 않고 대답했다.

"아직 멀었다. 시체들을 처리하고 가야 한다. 빨리빨리 시체들을 밖으로 끌어내라!"

오빠가 그 사람 앞을 가로막으며 말했다.

"우리 엄마는 안 돼요. 우리가 살 땅으로 가서 엄마를 거기에 묻을 겁니다."

할아버지도 오빠의 말에 고개를 끄덕였다. 그러나 내무인민위원들은 기차간 안으로 들어와 죽은 사람들을 기차 밖으로 끌어냈다. 나는 오빠와 함께 엄마를 끌어안고 소리쳤다.

"안 돼요. 우리 엄만 안 돼요. 엄마를 버리고 갈 수는 없어요. 엄마. 엉엉."

나는 얼음덩이 같은 엄마의 가슴에 얼굴을 댔다. 그 순간 억센 손들이 나를 밀어냈다.

"저리 비켜!"

내무인민위원들이 마치 물건을 치우듯 다른 시체들을 끌어내고 엄마의 시체를 끌어내려고 했다. 오빠가 성을 내며 울부짖었다.

"안 돼요. 우리 엄만 우리가 모시고 갈 거예요. 손대지 마세요!"

할아버지도 사정하며 말했다.

"이렇게 버리고 갈 수는 없소. 우리가 가서 살 곳에 묻게 해 주시오."

내무인민위원이 할아버지와 오빠를 밀어내고 엄마의 시신을 차 밖으로 밀어 버렸다.

"저, 저런 죽일 놈들."

할아버지가 몸을 부들부들 떨며 이를 갈았다. 내무인민위원들이 기찻길 옆으로 시체들을 끌고 갔다.

"자, 빨리 눈으로 덮어 버려라. 서둘러! 시간이 없다."

내무인민위원들은 시체를 쓰레기 버리듯 눈밭에 던지고 사람들에게 눈으로 덮으라고 했다. 땅은 꽁꽁 얼어 연장이 있다 해도 한 뼘도 팔 수 없었다. 나는 엄마를 눈 속에 묻으면서도 울음이 나오지 않았다. 모든 감정도 얼어붙은 것 같았다. 눈 속에 엄마를 묻고 뒤돌아선 오빠가 칼날 같은 목소리로 내무인민위원에게 물었다.

"우리는 도대체 어디로 가는 겁니까?"

"목적지는 아직 멀었다. 여긴 이르쿠추크역이다. 시간이 없다. 빨리 기차에 타라."

내무인민위원들이 사라지자마자 대답을 들은 오빠가 두 주먹을 꼭 쥔 채 시뻘게진 얼굴로 사람들에게 소리쳤다.

"이대로 끌려갈 순 없어요. 결국은 다 죽을 겁니다. 여러분들은 어떻게 하겠습니까? 전 여기 남겠습니다. 여기서 한 발짝도 더 가지 않겠습니다. 저 눈 속에 내 어머니가 묻혔어요. 눈이 녹으면 어머니는 맨땅에 버려질 겁니다. 난 여기서 어머니 무덤을 만들고 어머니 곁에서 살 겁니다. 다

까레이스키, 끝없는 방랑

시 기차에 타면 모두 얼어 죽고 말 거예요. 나와 함께 여기 남을 사람들은 이쪽으로 모이세요. 할아버지, 엄마를 여기 버리고 갈 수는 없어요. 동화야, 어서 우리 짐들을 내려!"

오빠의 말을 듣고 몇몇 사람들이 주춤주춤 오빠 쪽으로 모여들었다. 명철 오빠가 함흥댁에게 말했다.

"동식이 말이 맞아요. 엄마, 우리도 여기서 내려요. 이대로 가다간 우리 모두 얼어 죽고 말아요."

그러나 함흥댁은 명철 오빠를 말렸다.

"난 왠지 불안하다. 저 사람들이 쉽게 말을 들어줄 것 같지가 않아. 명철아, 조금 기다려 보자. 우리 아기도 이렇게 아픈데 당장 밖에서 집도 없이 어떻게 살아?"

그러나 몇몇은 오빠 옆으로 다가서며 말했다.

"우리도 당신과 함께 행동하겠소. 아주머니, 죽어 나가는 사람들 못 봤어요? 이대로 가다가는 다 얼어 죽고 말 거예요. 기차간마다 죽어 나간 사람이 도대체 몇 명인지 헤아릴 수도 없어요. 우릴 데려가려면 난방 시설이 된 다른 기차로 바꿔 태워 달라고 합시다. 그러지 않으면 우린 이곳에서 한 발자국도 움직이지 않겠다고 버텨 봅시다."

죽은 사람을 눈 속에 파묻고 온 사람들도 오빠처럼 분노로 몸을 떨며 이대로 갈 수 없다고 했다.

"우리가 왜 이런 대접을 받아야 하오? 우린 더 이상 가지 않겠소. 모두 마음을 합칩시다."

어느새 오빠와 뜻을 같이하려는 사람들이 한 무리가 되었다. 오빠는 그들을 보자 더 힘이 생기는 것 같았다. 나는 점점 더 초조해졌다. 그때였다. 태석 오빠가 숨을 헐떡이며 우리가 탄 기차 안으로 뛰어 들어왔다.

"동화야, 궁금해서 와 봤어. 엄마는 어디 계시냐?"

나는 태석 오빠를 보자 눈물부터 나왔다. 태석 오빠는 엄마가 돌아가신 걸 알고 나를 안타깝게 바라보았다. 나는 태석 오빠에게 얼른 오빠 좀 말려 달라고 매달렸다. 태석 오빠가 오빠의 손을 잡고 구석으로 끌고 갔다.

"동식아, 그만둬. 분위기가 이상해. 저 뒤쪽에서도 너처럼 반항하는 사람들이 있었는데 그들을 어딘가로 끌고 가는 것 같았어. 앞장서서 나서는 사람들 모두 저들의 표적이 되고 손해만 본단 말야. 지금까지 우리를 어떻게 대했는지 보면 몰라? 말이 통하는 사람들이 아니야. 넌 아버지를 만나야 해. 이 기차 어딘가에 타고 있을지도 몰라. 그러니까 이 기차를 타고 끝까지 가야 해. 네 엄마는 돌아가셨지만 할아버지와 동생은 어쩌려고 그래?"

태석 오빠의 말에 오빠가 고개를 거세게 저었다.

"아냐, 나 혼자가 아니잖아. 형도 얼른 결정해. 모두 함께 행동하자고!"

"안 돼. 자칫하면 개죽음당할 수 있어. 동식아, 꼼짝 말고 있어. 나도 기회를 봐서 고모님 모시고 이 칸으로 옮겨 타야겠어. 기다려!"

태석 오빠가 급히 되돌아갔다. 나는 태석 오빠가 이 칸으로 옮겨 온다는 말이 얼마나 반가운지 몰랐다. 할아버지가 오빠에게 말했다.

"동식아, 태석이가 이리 온다니 조금만 기다려 보자. 신중하게 생각하고 행동해야 해."

"할아버지, 이대로 갈 수는 없어요. 얼어 죽을 게 뻔한데 계속 끌려갈 수 없다구요."

"동식아, 진정해라. 이럴 때일수록 침착해야 해."

"할아버지, 어떻게 진정할 수가 있어요? 엄마가 돌아가셨잖아요. 흐흑, 흑! 이대로 가다간 우리 모두 엄마처럼 되고 말 거예요."

할아버지가 오빠를 말리면서 홍 장군에게 물었다.

"장군님, 어찌하면 좋겠습니까?"

홍 장군도 반대했다.

"손자를 말리시오. 우리가 아무 이유도 없이 강제 이주를 당하는 것 보면 모르겠소?"

오빠가 홍 장군에게 버럭 성을 냈다.

"상관하지 마세요. 전 어머니를 눈 속에 버리고 떠날 수가 없어요."

할아버지가 계속해서 오빠를 말렸다.

"동식아, 진정해라. 제발. 우린 모두 피해자야. 모두 힘을 합해야 해."

그러나 오빠는 점점 더 거칠어졌다. 그때였다. 한 무리의 내무인민위원들이 오빠를 향해 다가왔다. 오빠까지 잘못되면 어떻게 할까. 나는 숨이 멎는 것 같았다.

더 │ 반
항
자

"여긴 이르쿠츠크역이다. 석탄 차가 와야 하는데 길이 막혀 늦어진다고 연락이 왔다. 석탄 차가 올 때까지 여기서 기다려야 한다. 너희는 지금부터 우리와 함께 땔감을 구하러 가자."

바짝 긴장했던 나는 내무인민위원의 말을 듣고 안도의 숨을 내쉬었다. 그들은 땔감을 구하기 위해 젊고 힘이 센 사람들을 골라 숲으로 데리고 갔다. 땔감은 기차에 탄 사람들에게도 필요했다. 죽이라도 끓여야 하고 불이라도 피워 추위를 덜어야 했으니까.

석탄을 실은 차는 며칠이 지나도 오지 않았다. 내무인민위원들은 날마다 오빠처럼 젊은 사람들을 데리고 자작나무 숲에서 땔감을 구해 오느라 바빴다.

그러는 동안에 태석 오빠와 봉천댁이 우리 칸으로 옮겨 왔다. 우리는 모두 헤어진 가족을 만난 것처럼 반가웠다. 봉천댁이 나를 보자마자 안쓰럽다며 말했다.

"엄마가 돌아가셨다며? 아유, 세상에 어떻게 그런 일이. 쯧쯧."

나는 봉천댁의 말에 또 눈물이 나왔다.

"우리 태석이가 나보고 어린 동화가 불쌍하다면서 독립군 할아버지도 계시니 얼른 옮기자고 어찌나 조르던지, 내무인민위원들도 석탄이 오기만 기다리느라 정신이 없는 틈을 타서 서둘러 여기로 왔어요."

할아버지가 봉천댁의 말을 반기며 말했다.

"어서 오세요. 그렇잖아도 우리 동화를 친절하게 보살펴 주셔서 얼마나 고마운지 모릅니다. 잘 오셨어요. 고맙습니다."

봉천댁은 날마다 우리 모두의 식사 준비를 해 주었다. 나는 봉천댁이 점점 더 고마웠다.

석탄차를 기다리는 동안 어린아이들이 또 홍역으로 죽어 갔다. 사람들은 이제 감정도 다 말랐는지 아이들이 죽어도 울 힘이 없는 것 같았다.

죽은 아이를 눈 속에 묻은 사람들 중에는 차라리 죽는 게 낫다는 이도 있었다.

"먹지도 못하고 세상에 나와 고생만 하다 가는구나. 저 세상에 가거든 부디 좋은 복을 타고 다시 태어나거라."

나도 눈 속에 묻은 엄마를 생각하면 가슴이 찢어지는 것 같았다.

"오빠, 이럴 때 아버지를 찾아보면 좋겠어. 석탄차가 올 때까지는 기차가 안 떠날 텐데."

내 말에 명철 오빠도 반갑게 말했다.

"그래. 나도 아버지를 찾아볼게. 일단 내무인민위원들의 눈에 거슬리지 않게 행동하면서 은밀하게 알아보자."

"석탄차가 더 늦게 왔으면 좋겠어. 그동안에 아버지를 꼭 찾았으면……."

난 왠지 아버지를 다시 만날 것 같은 기분이 들었다.

기차는 블라디보스토크를 떠난 후 이르쿠츠크역에서 가장 오래 머물렀다. 오빠는 아버지를 찾아보면서 밤만 되면 내무인민위원들 몰래 사람들을 만나 설득했다.

"물이 있으면 살 수 있어요. 바이칼 호수가 바다보다 넓으니 이곳에서 농사를 지으면 돼요. 아버지를 찾으면 전 여기서 살 거예요. 당신들도 잘 생각하셔야 해요. 이대로 가다간 모두 얼어 죽고 만다니까요."

오빠의 말에 어떤 사람들은 고개를 끄덕이고 어떤 사람들은 고개를 갸웃거렸다.

"저들이 우리 얘기를 순순히 들어줄까요?"

"한두 사람이라면 몰라도 우리 모두 힘을 합쳐 단체 행동을 하면 저들도 어쩌지 못할 거예요."

확신에 찬 듯한 오빠의 말에 함흥댁이 고개를 저으며 명철 오빠에게 말했다.

"명철아, 넌 잠자코 있어. 섣부른 행동은 하지 말자."

그러나 명철 오빠도 오빠의 말을 따르기로 결심한 것 같았다.

"동식이 말이 맞아요. 가다가 모두 얼어 죽는다니까요."

오빠가 명철 오빠의 말을 반기며 함흥댁에게 다짐하듯 말했다.

"아주머니, 제 말이 맞아요. 어차피 가다가 다 얼어 죽어요. 전 남아서 여기서 죽는다 해도 엄마 곁에 있고 싶어요. 그러니까 아주머니가 할아버지와 동화 좀 설득해 주세요. 이대로 가면 정말 모두 얼어 죽어요."

오빠의 말에 할아버지가 고개를 저었다.

"일단 애비가 이 기차에 탔는지 안 탔는지 그것부터 알아보자."

할아버지의 말에 오빠가 그제야 설득을 멈췄다.

이르쿠츠크역에서 기차가 멈춘 지 일주일째 되는 날, 오빠가 내무인민위원에게 조심스레 아버지에 대해 물었다고 했다. 그러나 내무인민위원은 전혀 모른다고 했다. 나와 오빠는 몹시 실망스러웠다. 아버지가 꼭 이 기차에 탔을 것 같아 언젠가는 만날 수 있다고 생각했는데, 이제 그 기대마저도 접어야 할 것 같았다.

기차가 멈춘 지 열흘째 되는 날, 드디어 석탄을 실은 트럭과 말을 탄 군인들이 함께 나타났다. 홍 장군이 군인들을 보며 어두운 얼굴로 말했다.

"저 군인들은 어디서 왔을까? 일개 소대는 될 거 같은데. 무슨 일이지?"

군인들은 도착하자마자 가운데 기차간으로 들어가 내무인민위원들과 하루 종일 뭔가를 의논하는 것 같았다. 오빠는 사람들을 다시 설득하기 시작했다.

"지금부터가 중요해요. 석탄이 왔으니 싣는 대로 곧 출발할 겁니다. 절대 더는 못 가겠다고 버텨야 해요. 한두 사람도 아니니까 우리 요구를 들어줄 수밖에 없을 거예요."

명철 오빠도 함흥댁을 재촉했다.

"그래, 엄마. 단체 행동을 하면 저들도 우리를 맘대로 못할 거야. 엄마도 내릴 준비를 하세요. 시간이 별로 없어요."

"명철아, 우리를 무작정 이주시키는 것 보면 모르겠니? 저들은 말이 통하지 않아. 게다가 네 동생이 지금 열이 펄펄 끓어 파리 목숨처럼 위태위태해."

함흥댁은 아기를 안고 명철 오빠에게 고개를 저었다. 나도 점점 초조해졌다.

"오빠, 나 무서워 죽겠어. 할아버지, 빨리 오빠 좀 말려요."

내 말에 오빠가 눈을 크게 부릅뜨며 화를 냈다.

"바보야, 엄마가 돌아가셨어. 추위에 얼어 죽었단 말이야. 이 기차를 계속 타고 가다가는 우리도 얼마 못 가서 모두 얼어 죽어. 내가 알아서 할 테니 할아버지 모시고 얼른 내려."

오빠는 이제 누구의 말도 들을 것 같지 않았다. 오빠 말대로 여기서 내리면 민혁 오빠도 더는 볼 수 없을 것이었다. 생각이 민혁 오빠에게 미치자 어떻게든 오빠를 말려야 했다. 오빠를 어떻게 말릴까 궁리하던 나는 갑자기 배를 움켜잡고 마룻바닥에 주저앉았다. 할아버지가 놀라서 내게

다가왔다. 나는 얼른 할아버지에게 눈을 찡긋하고 배가 더 아픈 것처럼 '아이고, 배야' 하고 신음 소리를 냈다. 오빠가 깜짝 놀라 내 옆으로 다가와 소리쳤다.

"넌 또 왜 갑자기 배가 아프다는 거야?"

"모, 몰라. 조금 전까지 괜찮았는데 지금은 일어날 수도 없어. 오빠, 나, 나 좀 살려 줘."

나는 두 손으로 배를 움켜잡고 끙끙 앓는 소리를 냈다. 그런데도 오빠가 나를 끌고 기차에서 내리려 했다. 나는 질질 끌려가면서 일부러 더 아픈 척 꾀병을 부렸다. 태석 오빠가 나를 살피며 얼마나 아프냐고 물었다. 나는 오빠 눈에 띄지 않게 괜찮다고 눈을 끔뻑거렸다. 그때였다. 오빠가 나를 돌아보다가 내 눈짓을 보고 말았다. 순간 오빠가 내 뺨을 철썩 때리며 말했다. 오빠에게 맞은 내 뺨에서 불이 번쩍했다.

"이렇게 중요한 순간에, 너 이게 무슨 짓이야? 철딱서니 없게. 엉!"

나는 울면서 오빠에게 매달렸다.

"오빠, 왜 때려? 어어엉. 엄마도 없는데 아버지는 안 만날 거야? 아버지가 우리를 찾아올 건데, 오빠가 여기 있으면 아버지가 우리를 어떻게 찾아? 엉엉."

내가 울면서 매달리는데도 오빠는 더 성이 나서 나를 윽박질렀다.

"이 바보야. 엄마처럼 얼어 죽고 싶어? 어서 내려! 명철이는 벌써 내렸단 말이야."

오빠가 막무가내로 내 팔을 끌고 기차에서 내리려 할 때였다. 나는 할아버지를 부르며 안 따라가려고 발을 질질 끌며 버텼다. 그때였다. 오빠가 내 뺨을 또 힘껏 때렸다. 그 바람에 내가 넘어질 듯 비틀거리자 태석 오빠가 번개처럼 달려와 오빠에게서 내 팔을 풀어내며 오빠에게 소리쳤다.

"야, 왜 동생을 때려? 말로 하지."

"형, 놔요. 말을 안 들으니까 그러잖아요. 이대로 가다가 개죽음당할까 봐 그래요. 우리 식구 일이니까 상관하지 말아요."

오빠가 태석 오빠에게 거칠게 말했다. 태석 오빠가 오빠의 손에서 나를 빼내려다가 둘 사이에 치고받는 싸움이 되어 버렸다. 나는 오빠를 말리면서도 태석 오빠가 오빠를 때릴까 봐 겁이 났다. 그때였다. 한 무리의 군인들이 기차에 타지 않겠다고 모인 사람들 앞으로 다가가며 소리쳤다.

"너희는 더 못 가겠단 말이지. 그럼 여기 남게 해 주겠다. 자, 어서 이쪽으로 모여라."

군인들이 사람들의 등에 총부리를 대고 한쪽으로 줄을 세웠다. 사람들 속에 명철 오빠도 언뜻 보였다. 오빠가 급하게 말했다.

"저것 봐. 우리 요구를 들어준다잖아. 동화야, 어서 내려.

할아버지, 빨리요! 형도 함께 내려요."

오빠의 말에 태석 오빠가 날카로운 눈빛으로 군인들을 살피며 말했다.

"안 돼. 난 느낌으로 알 수 있어. 저 군인들 눈을 봐. 안 돼. 내리지 마."

태석 오빠가 아까보다 더 세게 고개를 저었다. 함흥댁도 그들을 보자 불안한 목소리로 명철 오빠를 향해 소리쳤다.

"명철아, 명철아! 어서 돌아와! 빨리!"

그러나 명철 오빠는 이미 총을 든 군인들에게 에워싸여 잘 보이지도 않았다. 총을 든 군인들 서너 명이 우리가 탄 기차로 다가오며 물었다.

"주동자는 어디 있나?"

순간 할아버지가 오빠를 구석으로 급하게 밀었다. 오빠가 얼결에 넘어지듯 구석으로 쓰러졌다. 군인들이 우리가 탄 기차간으로 막 올라오려고 할 때였다. 내무인민위원이 급하게 뛰어오며 소리쳤다.

"시간이 없소. 저자들을 빨리 처리하고 출발시켜요. 시간이 너무 지체되었소."

그 말에 내무인민위원들이 급히 자기 칸으로 되돌아갔다. 사람들을 에워싸고 있던 군인들이 모여 있는 사람들을 데리고 자작나무 숲 쪽으로 가 버렸다. 잠시 후 총소리가 연이어 들렸다.

"탕탕탕 타당 탕탕 탕탕탕탕."

기차 안에 있던 사람들의 눈이 휘둥그레졌다.

"아니, 이게 무슨 소리요?"

"아이고. 우리 명철이, 명철이가 안 보여요. 명철아! 명철아! 아이고, 이게 무슨 일일까. 우리 아들 명철이를 불러 줘요. 명철아!"

함흥댁이 아기도 잊은 채 기차 밖으로 내리려 했다. 그때였다. 군인들이 밖에서 문을 잠갔다. 함흥댁이 털썩 주저앉았다. 몇 발의 총소리가 다시 들렸다.

할아버지가 오빠를 붙잡고 말했다.

"아이고. 동식아, 큰일 날 뻔했다. 저 저런 몹쓸 놈들. 아이고 세상에."

내 가슴도 너무 놀라 쿵쿵 뛰었다.

"그것 봐, 오빠. 오빠도 하마터면."

나는 가슴이 떨려서 말을 이을 수가 없었다. 함흥댁이 기차 바닥에 주저앉은 채 넋두리를 해 댔다.

"아이고, 내 아들. 동식이 너 때문이야. 괜히 네가 선동해서 우리 명철이가 죽었어. 우리 명철이 살려 내. 아이고 명철 아부지. 우리 명철이가 죽었습니다. 아이고 내 새끼. 명철아, 명철아!"

함흥댁의 아이가 자지러지게 울었다. 봉천댁이 함흥댁을 일으켜 안았다. 오빠는 정신이 나간 사람처럼 판자 틈새로 멍하니 자작나무 숲을 바라보았다. 밖을 살피던 태석 오빠가 몸을 부들부들 떨며 말했다.

"군인들만 돌아오고 있어. 끌고 간 사람들은 하나도 없어요. 모두 다 죽였나 봐요."

할아버지가 오빠를 끌어안으며 말했다.

"동식아, 똑똑히 봤지? 이제 저놈들 앞에서 눈도 똑바로 뜨면 안 되겠다. 불평이라도 했다가는 무슨 일을 당할지 모르겠어. 저놈들 눈에 띄지 않게 꼭꼭 숨어 있어라. 아이고 세상에!"

하마터면 오빠도 잃을 뻔했다고 생각하니 나도 눈앞이 아찔했다. 자작나무 숲에서 나온 군인들은 석탄을 싣고 온 트럭에 타자마자 떠나 버렸다. 기차는 아무 일도 없었다는 듯 다시 기적을 울리며 달리기 시작했다. 홍 장군이 한숨을 쉬며 분통을 터뜨렸다.

"저, 저런 죽일 놈들. 사람 목숨을 한낱 파리 목숨처럼 가볍게 여기다니. 세상이 어찌 되려고."

할아버지가 오빠를 더 안쪽으로 숨기며 한숨을 내쉬었다. 기차간은 죽어 나간 사람들과 군인에게 죽은 사람들의 빈자리 때문에 훨씬 널널했다.

오빠는 혼자 구석에서 웅크리고 앉은 채 아무 말이 없었다. 함흥댁은 한동안 정신없이 떠들다가 그제야 생각이 난 듯 봉천댁에게서 아기를 받아 젖을 물리려 했다. 아기는 기운이 없어 젖을 빨지 못했다. 함홍댁이 눈물을 흘리며 젖을 짜서 아기 입에 흘려 넣었다. 아기는 입술만 달싹거릴 뿐 제대로 넘기지도 못했다.

"아이고, 아가. 아가! 눈 좀 떠 보거라. 우리 아기가 왜 이래요? 아가!"

모두들 함홍댁을 차마 마주 볼 수가 없었다. 함홍댁은 아기를 안은 채 오빠에게 명철 오빠를 살려 내라고 윽박질렀다. 할아버지가 연거푸 한숨을 내쉬었다. 아버지를 만날 수 있으리라는 믿음도 점점 희미해져 갔다.

추위는 점점 더 심해졌다. 블라디보스토크를 떠날 때가 9월 중순이었는데 10월 중순으로 접어들어 어느새 여섯 달 동안이나 계속되는 시베리아 겨울의 한복판에 와 있었다.

기차는 이르쿠츠크를 떠난 후부터 계속 달렸다. 이르쿠츠크에서 너무 오래 정차한 탓에 이주 일정이 늦어진 탓이라고 했다. 어쩌다 잠시 쉬는 곳은 새하얀 눈벌판으로, 역을 한참 지나치거나 한참 전에 정차해서 사람들이 물건을 살 수 없도록 했다. 그래서 각 칸마다 떠도는 소문들이 무성했다. 까레이스키들이 정거장에 내리면 상점에 물건이 하나도 남아나지 않아서 일부러 물건을 살 수 없게 한다고도 했다. 추위 때문에 땔감으로 쓰려고 역사의 나무판자를 다 뜯어 가기 때문이라고도 했다. 까레이스키들이 내렸던 역 근처가 거의 오물로 뒤덮였다고도 했다. 홍 장군은 까레이스키들을 강제로 이주시키는 사실이 외부에 퍼져 나가지 않게 하려고 일부러 역이 아닌 다른 외진 곳에 정차했을 거라고 했다.

노인 몇 명이 추위를 이겨 내지 못하고 또 영영 눈을 감았다. 기차가 연료를 채우기 위해 정차할 때마다 이제 기차간에서 시체를 꺼내 눈밭에 묻는 일이 아무렇지도 않게 느껴졌다. 전염병이 돈다는 소문이 돌자 내무인민위원은 정차할 때마다 각 칸을 돌며 죽음의 그림자가 드리운 사람들을 골라 낸다고 했다. 게다가 조금이라도 반항하는 사람들은 가차 없이 총살한다고 했다. 사람들은 아무리 아파도 아픈 척을 하지 않았다. 가족 중에 죽은 사람이 있어도 내무인민위원에게 알리지 말아야 한다며 기차가 서면 몰래 시체를 눈 속에 묻기도 했다.

열이 펄펄 끓던 함흥댁의 아기는 심하게 기침을 해 대다가 점점 숨결이 거칠어졌다. 약은커녕 젖도 나오지 않아 함흥댁은 발만 동동 굴렀다. 아기에게 해 줄 수 있는 것은 그저 끌어안고 달래다가 너무 보채면 업고 어르는 게 고작이었다. 아기는 함흥댁의 등에 업힌 채 자는 듯 숨이 멎었다. 그러나 함흥댁은 아기를 그대로 업고 죽음을 인정하지 않았다. 사람들은 함흥댁이 명철 오빠를 잃은 후로 제정신이 아니라고들 했다.

자작나무 숲은 갈수록 더 깊어졌다. 홍 장군은 이곳이 타이가 지대라고 말했다.

식량은 거의 다 떨어져 갔다. 추위에 얼어 죽는 사람보다 굶어 죽는 사람이 더 많이 생겨나기 시작했다. 내무인민위원에게 이런 사정을 아무리 얘기해도 그들은 단지 까레이스키들을 이주시키는 목적 이외에는 아무것도 관심이 없었다.

살아 있는 사람들은 최후까지 손대지 않으려 했던 종자를 꺼내 먹으며 죽지 않을 만큼만 연명했다. 살아남은 사람들의 가슴엔 살을 에는 삭풍보다 더 혹독한 슬픔의 강물이 홍수처럼 밀려들었다.

가족을 잃은 사람들은 말이 없거나 눈을 뜨고 있어도 초점이 흐렸다. 오빠도 그중 한 사람이었다. 이르쿠츠크에서 군인들에게 끌려간 사람들이 총살을 당한 후부터 오빠는 내무인민위원들 눈에 띄지 않게 숨어 지내야 했다.

함흥댁은 죽은 아기를 계속 등에 업고 자장가를 불렀다. 사람들은 그 모습을 보고 눈물도 흘리지 못한 채 속울음을 삼켰다. 함흥댁은 명철 오빠의 죽음으로 받은 충격이 너무 커서 실성을 한 거라고 했다. 함흥댁은 특히 오빠와 눈만 마주치면 사납게 변해 갑자기 눈에서 빛을 뿜어내며 소리쳤다.

"야, 동식아, 이놈아! 빨리 우리 아들 명철이 살려 내! 네

놈이 우리 명철이를 죽였으니 당장 살려 내란 말이야!"

함홍댁이 고래고래 소리를 질러도 섣불리 나서서 말리는 사람이 없었다. 블라디보스토크를 떠나 한 달이 넘도록 추위와 허기에 지쳐 한숨도 제대로 쉬지 못했다.

"얼마나 더 가야 우리를 내려놓을지……."

누군가 판자 틈새로 밖을 내다보다가 모처럼 밝은 목소리로 소리쳤다.

"저기! 저 까마득하게 보이는 게 산이오? 구름이오?"

다른 사람이 힘없이 대꾸했다.

"가도 가도 눈벌판뿐, 사막이나 다를 게 없소. 먹은 게 없으니 이제 헛것이 보이나 보오."

그때였다. 기차가 서서히 속력을 줄이는 것 같았다.

"산이에요. 산. 아주 크고 높은 산맥이 보여요. 눈으로 덮이긴 했지만 분명한 산이에요."

사방을 아무리 둘러봐도 허허벌판만 보이다가 그나마 산이 보이니 뭔가 희망이 솟는 듯했다. 홍 장군이 혼잣말처럼 말했다.

"아마, 지금 보이는 저 산이 천산산맥일 거요."

"천산산맥이오? 그럼, 헛것이 아니고 진짜 산이란 말이네요."

굶주림과 기다림, 추위에 지친 사람들에게 눈으로 덮인 산은 마치 신기루처럼 보였다.

기차가 멎자 내무인민위원이 나타나서 기차 문을 열었다.

"다 왔소. 빨리빨리 짐들을 챙겨 내리시오."

사람들은 모두 믿기지 않는다는 표정으로 사방을 두리번거렸다.

"다, 다 왔다구요? 정말이오? 여기서 내리란 말입니까?"

무려 한 달 열흘 동안 기차에서 죽다가 살아난 상태라서 모두들 어리둥절했다. 멀리 산인지 구름인지 까마득하게 보이는 것만 빼고는 아무리 둘러봐도 허허벌판일 뿐 사람은커녕 집도 나무도 아무것도 보이지 않는 눈밭이었다. 내무인민위원이 급하게 재촉했다.

"어서 내리라니까요!"

내무인민위원의 재촉에 사람들이 기차에서 내렸지만 발걸음은 허공을 딛는 듯 비틀거렸다. 할아버지처럼 기운이 없는 노인들은 몇 발자국 떼지도 못하고 그대로 쓰러졌다. 나는 기차에서 내린 사람들을 하나하나 살피며 아버지를 찾느라 정신이 없었다. 그러나 까레이스키들이 전부 이곳에서 내리는 것이 아니었다. 앞에서 몇째 칸까지만 내리고 다른 칸은 아예 문을 열지도 않았다. 군인들이 나타나 사람 숫자를 세는 사이 뒤쪽 칸에 탄 사람들이 판자 틈새로 밖을 향해 소리쳤다.

"문 좀 열어 주시오! 우리는 왜 안 내려 줍니까?"

또 돌덩이 같은 대답이 돌아왔다.

"당신들은 더 가야 한다."

궁금한 사람들이 금세 되물었다.

"모두 한곳으로 가는 게 아니오?"

"아니다. 가면서 여러 곳에 내릴 것이다. 이곳이 첫 번째 이주지 우슈토베이다."

내무인민위원들은 마치 쓰레기를 싣고 와 쏟아 내고 가 버리듯 했다. 내린 사람들에게 어떻게 해야 하는지, 어디로 가야 하는지, 아무것도 알려 주지 않았다. 다시 기차가 움 직이자 벌어진 판자 틈새로 밖을 내다보던 사람들이 잘 살 라며 손을 흔들었다.

기차에서 내린 나는 혹시 다른 칸에서 아버지가 내리지 않았을까 두리번거렸다. 하지만 아버지를 찾을 수가 없었 다. 멀어져 가는 기차를 보며 할아버지에게 하소연했다.

"할아버지, 어떡해요? 아버지가 더 뒤 칸에 탔을지도 모 르는데……."

그러나 기차는 내 맘을 아는지 모르는지 서서히 속도를 높였다.

그때였다. 함흥댁이 소리치며 울부짖었다.

"우리 명철이가 안 내렸소. 우리 아들을 내려 줘요!"

함흥댁이 쏜살같이 선로로 뛰어갔다. 얼마나 빠른지 몰 랐다. 그런데 함흥댁의 등에 죽은 아기가 없었다. 아마 내 릴 때 어디로 떨어진 것 같다고 누군가 말했다. 홍 장군이 그 모습을 보고 혀를 차며 말했다.

"차라리 잘됐소. 안 그러면 죽은 애를 계속 업고 다닐 텐데……. 이 무슨 비극인지, 참."

바람처럼 달리던 함흥댁이 눈 쌓인 선로에 주저앉아 명철 오빠를 계속 불렀다. 그 모습을 보고 모두 눈물을 흘렸다. 태석 오빠가 달려가 함흥댁을 일으켜 부축했다.

"아주머니, 정신 차리세요!"

"놔! 놓으란 말이야. 동식이 저 애가 내 아들을 죽게 한 웬수야. 내 아들, 내 아들을 살려 내. 명철아! 명철아!"

함흥댁이 울부짖다가 오빠에게 사납게 달려들었다. 오빠가 엉거주춤 뒤로 물러났다.

오빠는 정신이 나간 것처럼 부들부들 떨며 함흥댁의 악살을 그대로 모두 받았다.

10 | 우슈토베

연해주를 떠난 지 40여 일 만에 밟은 땅은 집도, 나무도, 바람을 피할 바위도 없는 허허벌판의 눈 세상이었다. 멀리 아득한 구름 위로 천산산맥이 신기루처럼 보였다. 사방 어디를 보아도 사람의 그림자는커녕 움직이는 물체라고는 아무것도 없었다.

기차에서 내린 사람들은 같은 칸에 탔던 사람들끼리 한 무리가 되어 뭉쳤다. 마치 드넓은 창공에 떼 지어 나는 새 떼들처럼 무리 지어 움직이기 시작했다. 여기저기서 넋두리를 쏟아 냈다.

"도대체 여기가 어디요?"

"집 한 채 없는 허허벌판에 이대로 짐짝처럼 내려놓고 죽으라는 거요, 살라는 거요?"

"개미 새끼 하나 안 보이니 누구한테 물어야 하오?"

우리도 홍 장군을 중심으로 같은 칸에 탔던 사람들끼리 움직이기로 했다. 할아버지의 얼굴엔 어느새 수염마다 고드름이 대롱대롱 매달렸다. 홍 장군이 할아버지에게 말했다.

"무조건 움직입시다. 이대로 있으면 그냥 얼어 죽고 말겠소."

"예, 어디든 찾아갑시다. 이미 기차는 가 버렸고, 이제 살아도 함께 살고 죽어도 함께 죽는 수밖에 없어요."

할아버지의 말에 사람들이 허탈하게 물었다.

"도대체 어디로 간단 말이오?"

"얼어 죽으라는 것보다 더 기가 막히오. 차라리 기차 안이 낫소. 얼음 구덩이에 내려놓고 죽으라는 것이지. 이런 곳에서 어떻게 한겨울 추위를 이겨 내겠소? 당장 어디에 짐을 부릴 곳도 없소. 지친 몸을 의지할 곳도 없으니 오늘 저녁도 못 넘기고 모두 얼어 죽을 거요."

홍 장군도 할아버지를 거들었다.

"죽어 묻힐 구덩이라도 찾아가야 하오. 황량한 이 칼바람에 얼마나 견디겠습니까? 나무가 있나, 바위가 있나, 사방팔방 바람막이는커녕 아무것도 의지할 것이 없으니 눈집이라도 지어야지요. 이대로 서 있다가는 동태처럼 얼어요. 이대로 죽을 수는 없지 않소. 저기 보이는 언덕까지 가서 언덕 밑에 눈집을 지읍시다. 그래야 바람을 조금이라도 피할 수 있어요. 자, 어서 움직입시다."

홍 장군과 태석 오빠가 앞장섰다. 눈길이라 발을 옮기는 대로 다리까지 푹푹 빠졌다. 손과 발은 이미 감각이 사라진 지 오래였다. 기운이 없는 노인들은 허벅지까지 푹푹 빠지는 눈 위에서 풀썩풀썩 쓰러졌다가 간신히 일어나 몇 발짝 걷고는 또 쓰러져 버렸다. 멀리 신기루처럼 보이는 천산은 다가가면 다가갈수록 점점 더 멀리 도망치는 것 같았다.

사람들은 서로서로 힘을 북돋아 주며 말을 건넸다.

"쓰러지면 안 돼요. 계속 움직여야 합니다. 여기까지 와서 죽을 수는 없어요. 어서 기운을 내세요."

나는 우리보다 먼저 도착했을 민혁 오빠를 만나야 한다는 생각에 사방을 두리번거렸다. 그러나 온 천지가 하얀 눈 세상인 이곳에서 민혁 오빠를 꿈꾸는 것조차 미친 짓 같았다. 아무리 둘러봐도 사람의 흔적이라고는 찾을 수 없었다. 흰색은 죽음을 연상시켰다. 살아 있음을 느낄 수 없는 땅, 살아 있는 푸른빛은 고사하고 마른 풀도 보이지 않는 죽음의 땅이었다. 사람들의 검은 머리칼도 하얗게 눈에 덮여 마치 유령들이 움직이는 것 같았다.

"더 이상 못 가겠어요. 도저히 더는, 더는 움직일 수가 없어요."

약한 사람부터 하나둘 눈밭에 쓰러져 갔다. 태석 오빠는 쓰러진 사람들이 그대로 잠들까 봐 억지로 일으켜 세웠다.

"움직이지 않으면 그대로 얼어 죽어요. 서로 몸을 비비고 무조건 힘을 써서 몸에서 열을 내야 해요. 그래야 살아요. 조금만 더, 조금만 더 가요. 바로 저 앞에 언덕이 보여요. 마지막 힘을 다해 저 언덕 아래까지만 갑시다."

사람들은 서로서로 기운을 내라며 격려했다. 오빠는 할아버지를 부축하지도 않고 나무토막이 걸어가듯 혼자서 뚜벅뚜벅 걸었다. 나는 간신히 할아버지를 부축하며 오빠를 불렀다.

"오빠, 할아버지 좀 모시고 가. 나 힘들어."

그래도 오빠는 내 말을 알아들었는지 못 알아들었는지

아무런 반응이 없었다. 가끔 함흥댁의 눈치를 보느라 흘낏거렸다.

이윽고 언덕 아래까지 다가갔다. 멀리서 야트막하게 보이던 곳은 갈대밭이었다. 마른 갈대가 무성했는데 갈대가 그리 반가운 건 난생처음이었다.

"이 갈대를 꺾어 우선 바닥에 깔고 앉을 자리를 만들어야겠어요."

태석 오빠의 말에 사람들은 맨손으로 갈대를 꺾기 시작했다. 언 손이 갈댓잎에 베어 피가 흘러도 아픈 줄 몰랐다. 여자들은 부엌칼을 연장 삼아 갈대를 꺾고 또 꺾었다. 홍 장군이 조금 아늑해 보이는 언덕을 가리키며 말했다

"저 언덕 바로 아래의 눈을 걷어 내고 이 갈대를 깔고 앉을 자리를 만듭시다. 갈대라도 있으니 천만다행이오."

홍 장군의 말에 모두 언덕 밑의 눈을 걷어 내기 시작했다. 눈을 치우던 태석 오빠가 말했다.

"눈 속의 땅은 얼지 않았어요."

"그래? 그럼 굴을 팔 수 있겠다. 자, 어서어서 구덩이를 파고 그 안에서 밤을 견뎌야 하오. 어서 움직입시다."

홍 장군의 말에 사람들이 보따리 속에서 무엇이든 연장이 될 만한 것들을 꺼내 손에 쥐었다. 할아버지도 오빠에게 힘을 내라며 말했다.

"땅을 파고 갈대로 지붕을 이으면 우선 눈바람을 피할

수 있겠어. 동식아, 너도 어서 움직여라."

오빠는 할아버지의 말도 들었는지 못 들었는지 전혀 반응이 없었다.

"얘야, 어서 정신 좀 차려! 그 일은 어쩔 수 없는 일이었다. 네 탓이 아니야."

할아버지가 오빠의 어깨를 흔들며 나무라듯 말했다. 그래도 오빠는 먼 산만 바라보며 아무 대꾸도 하지 않았다. 홍 장군이 땅을 파며 오빠를 걱정했다.

"시간이 해결할 거요. 너무 엄청난 충격을 받아서 그래요. 그나저나 함흥댁까지 저러니 참."

태석 오빠와 나도 온 힘을 다해 땅을 파기 시작했다. 갈댓잎에 언 손이 터져 피가 흘렀지만, 오직 몸을 누일 잠자리를 마련하려는 생각에 아픔도 고통도 느낄 겨를이 없었다.

그러나 제대로 된 연장도 없이 맨손으로 파는 구덩이는 좀처럼 깊어지지 않았다.

"젠장, 이러다 우리 모두 얼어 죽고 말겠소. 도대체 우리가 뭘 잘못했길래 이런 곳에 버려져야 하오?"

사람들은 어둠이 삼켜 버린 허허벌판에 대고 넋두리를 했다.

"용기를 냅시다. 스스로 포기하면 죽는 거요. 죽음한테 지지 말고 살아야 한다는 의지를 가집시다. 서로서로 체온을 맞대고 견뎌야 해요. 일을 해야 얼어 죽지 않아요. 몸에서 열을 내야 살아남습니다."

홍 장군이 앞장서서 사람들을 한곳으로 모이게 했다. 맨손으로 꺾은 갈대들을 이불 삼아 서로서로 몸을 맞대고 죽음 같은 밤을 버텨 내기로 했다. 멀리서 늑대 울음소리가 들렸다.

"불을 피워야겠어요. 저놈의 늑대들이 언제 우리를 덮칠지 몰라요. 그나마 이 갈대라도 있으니 다행이야."

태석 오빠가 갈댓잎을 뜯어 불을 피웠다. 사람들은 불이라도 피울 수 있어서 얼어 죽지는 않을 거라고 했다.

다음 날, 눈을 뜨자마자 다른 사람들도 우리처럼 무리를 지어 여기저기에 구덩이를 파기 시작했다. 토굴처럼 길게 파 들어가자 땅속으로 엉킨 나무뿌리들이 많았다. 그 뿌리들을 캐는데 무척 힘이 들었다.

"참 이상한 일이네. 땅 위로는 나무줄기가 하나도 안 보이는데 땅속에 웬 뿌리가 이렇게 많담?"

"워낙 척박한 땅이라 땅 위로는 잎이나 줄기를 뻗을 수 없나 보오. 물길을 찾아 땅속으로 이렇게 뻗어야 살 수 있나 보오."

홍 장군의 말에 사람들이 중얼거렸다.

"무슨 나무인지는 몰라도 우리 신세나 진배없구만."

"우리도 끈질기게 버텨 내야지. 암, 이대로 죽을 수는 없어."

오후가 되자 제법 여러 사람이 들어가 누울 수 있는 긴 토굴이 만들어졌다. 굴속에 들어가면 땅에서 나오는 온기가 그나마 몸을 데워 주었다. 태석 오빠가 언 손을 호호 불며 할아버지에게 말했다.

"그만 파도 될 것 같은데요."

"그래. 그만 파고 입구가 무너지지 않게 기둥을 세워 보자. 참 그런데 기둥을 할 만한 나무가 있어야 하는데."

할아버지가 한숨을 내쉬며 말했다. 나무 하나 보이지 않는 눈벌판이라 기둥으로 삼을 만한 게 아무것도 보이지 않았다.

"할아버지, 기둥도 없고 새끼줄도 없어요. 갈댓잎을 이엉처럼 엮어야 지붕을 덮을 수 있을 텐데 뭐로 엮어요?"

내 말에 홍 장군이 고개를 끄덕였다.

"그렇구나. 나무 한 그루도 없는 이런 황무지에서 어떻게 겨울을 나지? 이건 우릴 죽으라고 버린 거나 마찬가지야."

태석 오빠가 두리번거리며 말했다.

"그렇다고 가만히 있을 수는 없잖아. 뭐라도 찾아봐야지."

"그래요, 오빠. 새끼가 없으면 이불 홑청이라도 뜯어 끈을 만들어요. 어서 기둥을 무엇으로 할지 궁리해 봐요."

"맞아, 죽을 고비를 몇 번이나 넘겼는데 이대로 주저앉을 수는 없지."

태석 오빠가 내 말에 고개를 끄덕였다. 그때 내 눈에 굵은 갈대가 보였다.

"이 갈대로 기둥을 만들어요."

내가 갈대를 들어 보이자 할아버지가 고개를 저었다.

"그게 무슨 힘이 있나? 지붕을 얹으려면 기둥이 튼튼해야 해. 나무가 있다 해도 아주 굵어야 기둥으로 쓸 수 있을 텐데."

할아버지 말에 나는 퍼뜩 좋은 생각이 떠올랐다.

"하나로 안 되면 이걸 여러 개 합쳐서 기둥을 만들면 되지 않을까요? 아 참, 땅속에서 파낸 나무뿌리 있잖아요? 그 뿌리와 갈대를 합쳐서 기둥을 만들어요."

내 말에 태석 오빠의 눈이 반짝 빛났다.

"그래, 맞아. 그러면 되겠다. 어서 나무뿌리와 갈대를 여러 개 합쳐 보자."

내 말에 태석 오빠가 갈대를 여러 개 겹쳐 보이며 고개를 끄덕였다. 우슈토베의 갈대는 줄기가 굵었다. 길이가 여남은 자는 족히 될 거라고 했다. 갈대 줄기를 여러 개 묶으려면 우선 끈이 필요했다. 칡넝쿨이라도 있으면 금세 노끈을 꼴 수 있으련만 도무지 끈으로 쓸 만한 게 없었다. 나는 옷 보따리를 풀어 이불 홑청을 찾았다. 봉천댁이 나를 보며 말했다.

"동화야, 이불 홑청은 다음에 써야 하니 엄마 치마는 어때? 엄마 치마는 이제 필요 없으니까. 이 치마로 끈을 만들면 어떠니?"

나는 엄마 치마를 보는 순간 울컥 눈물이 솟았다. 엄마 치마를 찢는다 생각하니 엄마를 갈기갈기 찢는 것 같아 가슴이 꽉 막혔다.

"안 돼요. 흐흑. 엄마 치마는 안 돼요. 엄마! 흐흑."

봉천댁이 당황하며 나를 끌어안았다.

"그래. 미안하다. 미안해."

내가 우는 바람에 할아버지도 고개를 돌리고 하늘만 쳐다보았다. 태석 오빠도 돌아서서 일손을 놓고 눈물을 훔치고 있었다. 나는 얼른 마음을 진정시켰다.

할아버지가 내 눈치를 살피며 봉천댁에게 말했다.

"우선 이 이불 홑청을 찢어 끈을 만듭시다."

나는 그제야 눈물을 훔치고 이불 홑청을 가늘게 찢어 끈을 만들고 갈대를 묶었다. 모두들 움막을 짓느라 정신없이 일하는데 오빠는 함흥댁의 눈치를 보며 안절부절못하고 있었다. 정신이 나간 사람처럼 멍하니 먼 산만 바라볼 때도 있었다. 나는 오빠를 이해하려 해도 순간순간 오빠가 조금씩 원망스러웠다. 왜 태석 오빠처럼 씩씩하게 거들지 않는지 속도 상했다. 나는 오빠와 정답게 이야기를 나누며 학교에 다니던 시절이 몹시 그리웠다. 태석 오빠가 내 마음을 읽었는지 오빠에게 다가가 등을 어루만지며 말했다.

"네 잘못이 아니야. 마음의 짐을 벗어. 안 좋은 기억은 빨리 잊는 게 약이야. 얼른 이리 와."

태석 오빠가 오빠의 손을 끌고 갈대 기둥을 엮으라고 시켰다. 할아버지가 태석 오빠에게 고개를 끄덕이며 말했다.

"그래, 태석이 네가 동식이를 친동생이려니 하고 보살펴 줘라. 너무 끔찍한 충격을 받아서 저러니 어쩌면 좋으냐?"

"염려하지 마세요. 시간이 약이 될 겁니다. 제가 잘 보살필게요."

나는 태석 오빠가 정말 고마웠다. 그 후로 오빠는 태석 오빠의 눈치까지 보기 시작했다. 태석 오빠는 오빠가 잠시도 가만히 있지 못하게 계속 일을 시켰다. 그래야 이상한 행동을 할 겨를이 없다고 했다.

갈대 기둥을 토굴 입구에 세우고 웬만한 바람에도 움직이지 않도록, 파낸 흙으로 단단히 토굴 입구를 다졌다. 다른 기차간에 탔던 사람들도 우리처럼 토굴을 파고 그제야 한숨을 돌렸다. 식구들과 이웃들이 토굴 안에 개미처럼 바글바글 모여 체온을 맞댔다. 태석 오빠가 일부러 오빠에게 재촉했다.

"동식아, 어서 할아버지를 누우시게 해. 너무 지치셨어."

나는 오빠와 함께 태석 오빠가 시키는 대로 할아버지를 눕게 했다.

"동화야, 우선 눈을 퍼다 끓여서 물을 만들어. 난 동식이와 땔감으로 쓸 나무뿌리와 갈댓잎을 뜯어 올게."

태석 오빠가 오빠를 데리고 막 토굴 밖으로 나설 때였다.

"어딜 가? 우리 명철이는 어쩌고?"

갑자기 함흥댁이 오빠에게 달려들어 멱살을 움켜쥐고 마구 흔들며 울부짖었다.

"우리 명철이 살려 내! 빨리 내 아들 살려 내라구! 아아, 명철아! 흐흑."

태석 오빠가 함흥댁을 간신히 진정시켰다. 함흥댁의 울음소리에 놀란 할아버지도 함흥댁을 달랬다.

"진정해요. 우리 동식이를 내가 말렸어야 했는데……. 우리 모두 다 피해자들이오. 명철이 일은 정말 안타깝소. 하지만 어찌하겠소? 죽은 사람은 죽은 사람이고 산 사람은 어서 정신을 차려야지요."

"어떻게 진정할 수 있어요? 우리 명철이가 죽었다구요. 동식이가 선동해서 그래요. 동식이 때문이란 말이에요. 우리 명철이 살려 내! 살려 내라구!"

함흥댁이 눈 바닥에 주저앉아 몸부림을 쳤다. 오빠가 또 먼산바라기를 하며 몸을 떨기 시작했다. 나는 오빠가 안타까웠다. 오빠가 아니라 철없는 동생처럼 느껴지기도 했다. 봉천댁이 불을 피우며 중얼거렸다.

"어서 죽이라도 끓여야겠어요. 속이 비어서 더 저러는

것 같아. 양식도 얼마 없는데 큰일이네."

홍 장군이 사람들에게 말했다.

"씨앗만 남기고 남은 양식을 모두 한데 모읍시다. 이제 살아도 같이 살고 죽어도 같이 죽을 수밖에 없어요."

봉천댁이 홍 장군의 말에 고개를 끄덕였다.

"그래요. 씨앗은 우리의 마지막 희망이에요."

사람들은 서로 약속이라도 한 듯 남은 곡식을 한데 모았다. 그중에서 굶어 죽어도 절대 손대지 말아야 할 최소한의 씨앗을 따로 떼어 놓았다. 나는 깨끗한 눈을 퍼다 솥에 부었다.

"이제 곧 연해주에 두고 온 벼와 가축들을 처분해서 보상을 해 주겠죠. 그때까지만 버티면 돼요. 매끼 한 줌씩만 죽을 끓여서 연명합시다."

홍 장군은 위급할 때마다 우리 모두를 이끄는 대장 같았다. 할아버지와 태석 오빠도 어려운 일이 있을 때마다 홍 장군에게 물어보곤 했다. 나는 정신이 오락가락하는 함흥댁보다 봉천댁에게 더 의지가 되었다.

봉천댁이 쌀을 한 줌 펐다가 다시 조금 덜어 내고 솥에 넣었다. 급하게 끓인 죽은 말이 죽이지 미음이나 마찬가지인 멀건 국물이었다. 배 속에 뜨거운 국물이 들어가니 금세 졸음이 쏟아졌다. 이제 죽고 사는 건 하늘에 맡기는 수밖에 없다며 서로서로 포개듯 자리를 잡고 누웠다.

다시는 일어날 수 없을 만큼 지친 사람들은 그대로 죽음 같은 잠 속으로 빠져들었다. 신한촌의 온돌방에 비할 수는 없었지만 그동안 기차에서 칼바람을 맞으며 견디던 잠자리에 비하면 한결 편안하여, 오랜만에 다리를 뻗을 수 있었다.

밤이 지나고 아침이 되었다. 밀가루같이 가는 눈발이 그치고 아침 햇살이 빛났다. 사람들은 겨울잠에서 깬 개구리처럼 느릿느릿 자리에서 일어났다. 나는 눈을 뜨자마자 할아버지부터 살폈다. 할아버지가 자리에서 일어나다가 그대로 쓰러졌다.

할아버지는 물갈이를 한 탓인지 멀건 죽밖에 먹은 게 없는데도 낮부터 좌악! 좌악! 설사를 하기 시작했다. 우슈토베는 소금기가 많아 땅 위에 오래 쌓인 눈도 순수한 물이 아닌 모양이었다. 눈을 녹여 끓인 물인데도 소금기가 많았다.

사지가 축 늘어진 할아버지가 다시 일어날 수 있을까 더럭 겁이 났다. 엄마도 없고 오빠도 정신이 나간 상태라 마음을 놓을 수 없는데 할아버지까지 잘못되면 어떻게 해야 할지 눈앞이 캄캄했다.

"할아버지는 너무 지치셨어. 이제 네가 할아버지를 간호해야 해. 동화야, 넌 꼼짝 말고 할아버지 곁에 있어. 마음 강하게 먹고. 동식인 내가 잘 보살필게."

이제 태석 오빠가 우리의 보호자처럼 느껴졌다. 나도 태석 오빠를 친오빠처럼 의지하기로 했다.

그때였다. 태석 오빠가 말을 하다 말고 갑자기 두리번거렸다.

"그런데 함흥댁이 안 보인다. 어디 갔지?"

"어! 좀 전에 있었는데……. 명철 오빠 찾는다고 또 무작정 나간 거 아닐까?"

"내가 나가 볼게."

내가 밖으로 막 나가려던 찰나 함흥댁이 토굴 안으로 들어서며 갑자기 소리쳤다.

"동화야, 우리 명철이 어디 있니? 응? 너 명철이 못 봤어?"

나는 아무 대답도 못하고 할아버지 곁으로 피했다. 할아버지가 내 손을 꼭 잡고 쯧쯧 혀를 차며 말했다.

"동화야, 함흥댁을 잘 보살펴라. 네 오빠도 그렇고 함흥댁도 그렇고 너무 엄청난 일들을 겪어서 그래. 내가 어서 일어나야 할 텐데 큰일이구나."

나는 아버지가 빨리 찾아오기를 간절하게 빌었다.

"할아버지, 아버지가 여기로 찾아올까요?"

"집에 돌아왔다면 문에 붙은 편지를 보고 곧 뒤따라올 게다. 기다려 봐야지."

난 함흥댁도 얼른 제정신으로 돌아오기를 바라며 말했다.

"명철 오빠 아버지도 함께 오면 얼마나 좋을까요?"

"그러게 말이다. 기다려 보자."

블라디보스토크를 떠날 때만 해도 어리광을 피우던 내

가, 이제 엄마도 없이 할아버지와 오빠의 보호자가 되어야 하고 살림까지 맡아야 한다는 사실이 얼마나 두려운지 몰랐다.

아버지는 집으로 돌아왔을까? 돌아왔다면 내가 방문에 붙여 놓은 편지를 보고 이곳으로 식구들을 찾아올 게 분명했다. 이제 한 가닥 희망은 아버지를 기다리는 일이었다. 아버지만 돌아오면 모든 게 걱정 없을 것 같았다.

함흥댁은 추위도 모르고 배고픔도 느끼지 못하는 듯 날마다 명철 오빠를 찾으러 가야 한다면서 정처 없이 길을 나서곤 했다.

"신기한 일이지. 죽은 어린애는 완전히 잊어버렸나 봐. 그나마 다행이야. 명철이도 잊어버릴 수 있다면 좋을 텐데, 가슴이 아파서 볼 수가 없네. 아유, 쯧쯧."

봉천댁이 함흥댁을 볼 때마다 혀를 찼다.

태석 오빠는 오빠를 데리고 땔감으로 쓸 갈대와 나무뿌리를 캐러 다녔다. 할아버지는 점점 더 기운을 잃어 갔다. 어느 날 토굴 입구에 서서 아버지의 소식을 기다리고 있는데 멀리서 희미하게 무언가가 움직이는 게 보였다. 사람인지 짐승인지 분간도 할 수 없었지만 움직임은 점점 더 선명해졌다. 나는 얼른 토굴 속으로 들어가 사람들에게 알렸다. 남자들은 연장을 찾아 손에 들었다. 아파서 누워 있는 사람들만 빼고 모두 나와 움직이는 물체에 시선을 꽂았다.

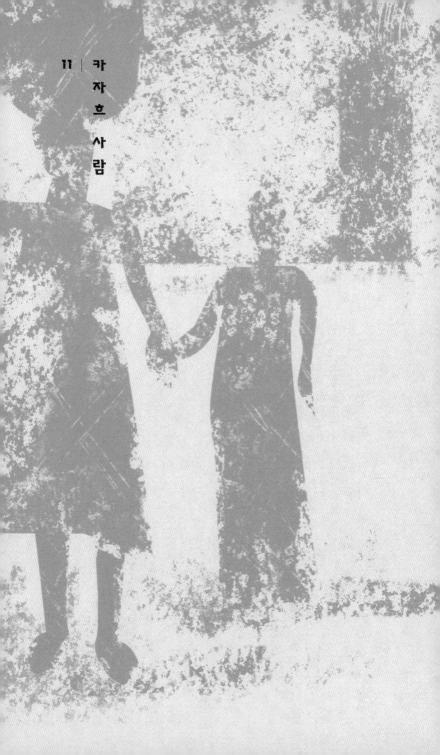

11 │ 카
     자
     흐
     사
     람

함흥댁이 갑자기 소리쳤다.

"저기 우리 명철이가 오고 있어요. 명철 아버지하고 돌아오고 있네요. 명철아! 에미 여기 있다. 어서 와. 어서!"

함흥댁이 손을 흔들며 달려 나갔다. 드디어 움직이는 형체가 사람으로 드러났다. 두 사람이었다. 나는 아버지와 명철 아버지가 아닐까, 가슴이 설레기 시작했다. 그러나 몸은 물론 얼굴까지도 털모자로 덮어쓰고 있어서 남자인지 여자인지도 구분할 수가 없었다. 우슈토베의 겨울 날씨는 얼굴이나 머리까지 털모자를 쓰지 않으면 그대로 피부가 얼어 동상이 걸릴 정도였다.

나는 걸음걸이를 살피며 아버지이기를 간절히 바랐다. 그러나 그들의 모습이 점점 가까워지면서 실망스럽기 시작했다. 걸음걸이와 키로 보건대 아버지가 아니었다. 사람들은 낯선 자들을 불안한 눈길로 살폈다.

이윽고 그들이 가까이 다가왔다. 다행히 그들의 손엔 아무것도 들려 있지 않았다. 그걸 확인한 뒤에야 사람들은 들고 있던 칼이나 낫을 슬금슬금 내려놓았다. 두 사람 중에서 한 남자가 우리에게 다가와 러시아 말로 물었다.

"어디서 왔소?"

홍 장군이 그들을 상대했다.

"우리는 까레이스키예요. 연해주에서 이주를 당했습니다. 여긴 어디요?"

"여긴 카자흐스탄의 우슈토베라는 마을입니다. 그런데 어떻게 이런 겨울에 이리로 오게 되었소?"

"우리도 왜 이주를 당했는지 알지 못하오. 당신들이 사는 마을은 여기서 얼마나 떨어져 있소?"

"우리는 여기서 멀리 떨어진 알마아타에 사는 카자흐인이오. 사냥을 하다가 당신들을 보게 되었소. 이 겨울에 짐승 말고는 이곳에 사람이 있을 리 없는데 궁금해서 와 본거요."

카자흐 사람들의 말이 끝나자 홍 장군이 간절하게 말했다.

"부탁이오. 우린 먹을 게 떨어졌소. 불을 피울 땔감도 구하기 어려워요. 제발 도와주시오. 너무 굶어서 얼마나 버틸지도 모르오. 게다가 아픈 사람들도 많소."

홍 장군의 말에 두 사람이 고개를 끄덕이며 말했다.

"여긴 나무가 없으니 싹싸울 나무 뿌리를 캐어 땔감으로 쓰도록 하시오."

"싹싸울 나무요?"

홍 장군이 고개를 갸웃거리며 다시 물었다. 그들이 말한 싹싸울 나무란 토굴을 팔 때 본, 땅속으로 뿌리를 얼기설기 뻗은 바로 그 나무였다.

"싹싸울 나무는 땅 위로는 조그만 덩굴이 고작이지만 땅속으로는 어마어마하게 많은 뿌리를 뻗고 사는 나무요. 그 뿌리를 땔감으로 쓰면 겨울을 날 수 있을 거요."

카자흐 사람의 말에 우리는 이 땅이 얼마나 척박한지 알수 있었다. 카자흐 사람이 돌아가려 하자 함흥댁이 그들에게 다시 소리쳤다.

"이보오. 우리 아들은 어데 있소? 우리 명철이 말이오."

그 사람들이 어리둥절한 채 우리를 바라보았다. 나는 함흥댁이 또 이상한 말을 할까 봐 함흥댁의 손을 잡고 움막으로 들어갔다. 이곳에 사는 사람을 만나니 조금 희망이 생겼다. 모두 그들이 양식을 가져다주기를 기다렸다. 그러나 해가 뉘엿뉘엿 넘어갈 때까지 사람은커녕 짐승조차 보이지 않았다. 사방을 아무리 살펴도 사람이 살 만한 곳이 보이지 않자 모두가 귀신을 본 건 아닐까 불안해 했다. 나는 민혁 오빠에 관해 묻지 못한 게 후회가 되었다.

"카자흐 사람들은 블라디보스토크에서 처음 이주해 온 사람들이 어디 있는지 알 텐데 다음에 오면 꼭 물어봐야겠어."

"첫 이주 열차라니?"

태석 오빠가 내 물음에 어리둥절해서 물었다.

"잘 아는 배우가 있는데 첫 번째 이주 열차를 타고 우리보다 먼저 떠났대. 여기서 그 사람들을 만날 줄 알았는데……. 어디로 갔을까?"

"다음에 오면 꼭 물어봐."

태석 오빠가 짧게 대답했다.

사흘이 지난 점심 무렵, 알마아타에 산다는 두 사람이 다시 나타났다. 그들은 빵과 약간의 고기와 기름을 가져다 주었다. 그러나 그들이 가져온 빵과 고기는 턱없이 부족했다. 그들도 겨울엔 끼니를 굶는 사람이 많다고 했다. 기름은 밤에 불을 밝힐 때 쓴다고 했다. 늑대를 쫓는 데 불이 가장 효과가 있다며 잘 사용하라고 했다.

낯선 곳에서 작은 것을 나누는 마음이 얼마나 고마운지 몰랐다. 아픈 사람은 자기 집의 마구간이 비어 있으니 그곳으로 가서 겨울을 나는 게 좋겠다고 했다. 아프거나 약한 사람들은 움막보다 마구간이라도 찾아들어야 하는 형편이었다.

"마을은 여기서 얼마나 떨어져 있나요?"

나는 할아버지를 그곳으로 옮겨서 겨울을 나면 어떨까 하고 물었다.

"말을 타고 하루 종일 달려왔으니 걸어서 가려면 사흘은 걸릴 거요."

나는 깜짝 놀랐다. 그렇게 먼 곳으로 할아버지만 옮길 수는 없었다. 신한촌에 남은 가축들과 추수를 하지 못한 벼 대신에 받을 보상금을 기다려야 했다. 게다가 그 사람들의 말대로라면 우리는 맘대로 오갈 수도 없었다.

"당신들은 강제 이주를 당한 거요. 소비에트 연방 공화국의 허가장이 있어야 마을 밖으로 나갈 수 있어요."

까레이스키, 끝없는 방랑

"허가장이라뇨? 그걸 누가 줍니까?"

홍 장군이 고개를 갸웃거리며 물었다.

"이제 소비에트 연방 조사국에서 조사를 나올 거요. 자세한 건 그 사람들한테 물어보시오."

그 말을 듣자 우리 모두 공민증도 빼앗긴 상태라는 게 생각났다.

"다른 사람들은 어디에 내렸습니까? 우리보다 먼저 떠난 사람들이 있어요. 그들은 극장의 배우들인데 혹시 알고 있습니까?"

나는 민혁 오빠를 생각하며 희망을 품고 물었다.

"우리도 자세한 것은 모릅니다. 이 근방에는 당신들 말고는 없습니다."

나는 그들의 대답이 너무 실망스러웠다. 민혁 오빠는 어디에 있을까? 카자흐 사람들의 말로는 곧 내무인민위원들이 와서 몇 명인지 상황을 파악할 것이라고 했다. 친절한 카자흐 사람들은 그 후에도 가끔 음식을 가지고 찾아오곤 했다. 그들이 오는 날은 빵과 필요한 물건들을 얻을 수 있었다.

이주 후에 준다던 보상금은 언제쯤 줄까 날마다 기다리는 게 일이었다.

"우리가 중죄인도 아닌데 황무지에 버려두기야 하겠어? 곧 무슨 조치가 있겠지."

할아버지는 눈만 뜨면 아버지와 내무인민위원이 오길 기다렸다. 그러나 두 달이 넘도록 개미 새끼 한 마리도 얼씬하지 않았다.

어느 날 아침에 일어나 보니 함흥댁이 보이지 않았다. 바람을 쐬러 나갔나 싶어 밖을 살폈지만 황량한 벌판 어디를 보아도 움직이는 건 아무것도 없었다.

"혹시 어젯밤에 늑대들에게……."

지난밤에 유난히 크게 들리던 늑대들의 울음소리를 떠올리며 몸서리를 쳤다.

"도대체 어디로 간 걸까요? 어젯밤에 늑대들이 많이 울었는데."

사람들이 걱정하며 밖을 살폈다. 나는 괜히 불안한 마음이 앞섰다. 아침도 먹는 둥 마는 둥 하고 우리는 모두 함흥댁을 찾아 나섰다.

봉천댁이 초조하게 말했다.

"그 사람들이 다녀간 뒤로 함흥댁은 정신이 완전히 나간 것 같았어. 밤에도 한숨만 내리 쉬고 뭐에 놀란 사람처럼 벌떡 일어나 밖에 나갔다 들어오곤 했는데 도대체 어딜 간 걸까?"

"늑대에게 물려 갔으면 고함이라도 쳤겠지. 아무 흔적도 없는 걸 보면 돌아가는 길을 알아보러 간 게 틀림없어."

"어딘 줄 알고 길을 나서? 말도 통하지 않는데……. 그리고 그 사람들 얘기 못 들었어? 밖으로 나가려면 허가장이 있어야 한다잖아. 혹시 우슈토베역에 간 거 아닐까?"

"글쎄 말이야. 내무인민위원회 사람들은 도대체 언제 오는 거야?"

함흥댁은 점심 무렵까지 소식이 없었다. 홍 장군이 태석오빠에게 말했다.

"이럴 때 말이라도 있으면 말을 타고 돌아볼 수 있을 터인데……. 태석이가 우슈토베역까지 다녀오는 게 좋겠다. 늑대들 때문에 어둡기 전에 다녀와야 해. 어서 서둘러라."

해가 뉘엿뉘엿 질 무렵 함흥댁을 찾으러 간 태석 오빠가 금방 쓰러질 것 같은 함흥댁을 업고 나타났다. 나는 반가움보다 먼저 화가 났다.

"모두 얼마나 걱정했는지 알아요? 가면 간다고 말을 하고 가셨어야죠."

나는 순간 함흥댁의 정신이 온전치 못한 것을 잊고 푸념을 하다가 나도 모르게 눈물이 나왔다. 눈물은 금세 모두에게 전염되었다. 나는 스탈린 동지가 우리 모두를 늑대들의 세상에 버린 것 같다는 생각이 들었다. 낮이면 까마귀들이 푸르디푸른 하늘에 원을 그리며 음습한 울음을 울어 댔다. 밤엔 늑대들의 천국처럼 느껴졌다. 늑대들은 날이 지날수록 극성스럽게 울었다.

어느 날 밤이었다. 초저녁부터 늑대들의 울음소리가 요

란했다. 사람 냄새를 맡고 바슈토베산에 사는 늑대들이 토굴 근처로 내려왔을 거라 했다.

"불을 피워야 해."

태석 오빠가 불을 피우고 밤이 샐 때까지 돌아가며 지키기로 했다.

이슥한 밤 화롯불이 사위어 갈 때였다. 늑대들이 연이어 어린 아이의 울음소리처럼 섬뜩한 소리를 내며 울기 시작했다.

12 | 늑대의 습격

토굴에 누웠던 함흥댁이 벌떡 일어나 쏜살같이 밖으로 나갔다. 처음엔 뒷간에 가는 줄 알았는데 잠시 후 늑대 울음에 섞인 함흥댁의 고함 소리가 들렸다

"명철아, 기다려! 내가 갈게. 명철아!"

무의식중에 어떤 행동을 할 때는 초인적인 힘이 발휘되는 거 같았다. 아들의 이름을 부르며 늑대 울음소리가 들리는 곳으로 무작정 뛰어가는 함흥댁이 얼마나 빠른지 몰랐다. 할아버지를 간호하느라 뒤척이던 나는 얼른 사람들을 깨웠다.

"얼른 일어나세요. 함흥댁 아줌마가 위험해요. 어서요!"

태석 오빠가 무슨 일이냐며 벌떡 일어났다.

"아줌마가 늑대 우는 소리를 듣고 밖으로 뛰어나갔어요. 명철 오빠를 부르며……."

"뭐! 언제?"

태석 오빠가 묻는 소리에 사람들이 놀라 눈을 떴다.

"동식아, 어서 나와! 불을 피워야 해."

태석 오빠가 횃불을 만드는 틈에 갑자기 오빠가 작대기를 들고 늑대 울음소리가 들리는 곳으로 무작정 뛰어갔다. 너무 급작스러운 일이라서 누가 말릴 틈도 없었다.

"동식아, 함께 가야 해. 불이 있어야 한다니까. 어서 멈춰! 위험해!"

태석 오빠가 아무리 불러도 오빠는 뒤도 돌아보지 않고

늑대의 습격

무작정 앞으로 내달렸다. 함흥댁의 목소리는 늑대들의 울음소리에 섞여 잘 들리지도 않았다. 마음은 급한데 갈댓잎이 눅눅해서 불이 잘 붙지 않았다.

"큰일 났다. 저 늑대들이 떼거리로 달려들면 함흥댁도 위험하고 동식이도 위험해. 어서 불이 붙어야 할 텐데. 안 되겠어. 가면서 붙이자."

태석 오빠가 앞장서서 늑대들이 우는 곳으로 뛰어가며 오빠를 불렀다.

"동식아, 돌아와! 위험해. 아주머니! 어서 돌아오세요."

그러나 태석 오빠의 말소리는 어둠 속에서 멀리 가지 못했다. 사람들은 움막 밖으로 나와 계속 불을 피우며 동식 오빠와 함흥댁이 무사하기만 빌었다.

나는 어둠 속에서 흔들리는 불빛만 뚫어져라 바라보았다. 불빛은 점점 멀어졌다.

"빨리 날이 새야 저 늑대들이 도망갈 텐데……. 그런데 함흥댁한테 시달리기만 하던 동식이가 왜 갑자기 뒤따라 뛰어갔을까?"

봉천댁이 고개를 갸웃거리며 걱정했다.

"그러게 말이야. 아직 마음을 추스르지도 못한 것 같은데……."

"제 딴엔 함흥댁을 구하려고 갔는지도 몰라."

"아니에요. 오빠는 아줌마를 얼마나 무서워하는데요. 그럴 리가 없어요."

나는 세게 고개를 저었다. 오빠는 이르쿠츠크에서 명철 오빠가 희생된 후로 함흥댁만 보면 몸을 덜덜 떨며 얼굴이 사색이 되었다. 그런 오빠가 함흥댁을 구하러 갔다고는 생각되지 않았다.

움막에 남은 사람들은 불을 더 활활 피웠다. 늑대들의 울부짖음 사이로 아들의 이름을 부르는 함흥댁의 목소리와 태석 오빠가 동식 오빠를 부르는 소리가 뒤섞여 어둠을 갈랐다.

몇 사람이 횃불을 들고 태석 오빠의 뒤를 쫓았다. 가장 위험한 사람이 함흥댁이라고 했다. 맨몸으로 늑대들의 무리 속으로 들어가면 늑대들의 공격을 받을 게 뻔했다. 나는 오빠가 걱정되어 가슴이 조마조마했다.

"안 되겠어. 횃불을 더 만들어 어서 뒤따라가 봐야겠어. 이렇게 오래 걸릴 리가 없는데 무슨 일이 있는 거 아닐까?"

사람들이 불안에 떨며 안절부절못했다. 홍 장군이 서두르라고 재촉했다.

"아무래도 불길해. 어서 갈대에 불을 붙여 가 봐요. 절대 불을 꺼뜨리면 안 돼요."

사람들이 불이 붙은 갈대 묶음을 가지고 태석 오빠가 간 길로 급하게 뛰어갔다.

그때 멀리서 비명 소리가 들렸다. 함흥댁의 울부짖음이

었다. 드디어 불길한 일이 벌어진 것 같았다. 뒤이어 오빠의 비명, 태석 오빠의 고함, 늑대들이 깨갱거리는 소리가 연이어 들렸다. 모두 가슴을 조였다.

"어떡하죠? 모두 늑대에게 당한 건 아니겠죠?"

"아닐 거야. 여러 명이 갔으니까. 늑대들은 불을 보면 도망쳐."

"늑대들이 한두 마리가 아니라서 걱정돼요. 이렇게 황량한 곳에서 피 맛을 보고 떼거리로 덤벼들면 어떡해요."

"불이 있으니까. 기다려 봅시다. 제발 아무 일 없어야 할 텐데."

"날이 빨리 새면 좋은데. 지금 몇 식경이나 됐소?"

모두 발을 동동 구를 때였다. 멀리서 가물거리는 불빛이 보였다. 불이 꺼지지 않았으니 얼마나 반가운지 몰랐다. 불빛이 점점 가까이 다가왔다. 사람들이 불빛 쪽으로 뛰어갔다. 나도 오빠를 부르며 달렸다. 태석 오빠가 축 늘어진 함흥댁을 업고 오고 있었다. 오빠는 다리를 절며 사람들에게 의지해서 걸어오고 있었다.

"오빠! 다리 왜 그래? 많이 다쳤어?"

"늑대에게 물렸어. 함흥댁을 구하다가."

태석 오빠가 대신 대답했다.

"아줌마, 거긴 왜 갔어요? 아줌마 때문에 오빠가, 오빠가. 흐흑."

내가 오빠의 다리를 보며 울면서 함흥댁에게 넋두리를 할 때였다.

"동화야, 그만두지 못해!"

오빠가 버럭 성을 내며 나를 노려보았다. 나는 순간 오빠의 얼굴이 납덩이처럼 변하는 걸 보았다. 오빠는 갈수록 내게 거칠게 굴었다. 이제 동생인 나도 몰라보는 게 아닐까 싶을 정도였다.

'정말로 오빠가 함흥댁을 구하러 갔을까?'

나는 조용히 고개를 저었다. 태석 오빠가 함흥댁을 내려놓으며 말했다.

"동식이 아니었으면 큰일 날 뻔했어요. 우리가 달려갔을 때 늑대들이 아주머니에게 달려들고 있었어요. 동식이가 늑대 무리로 뛰어들지 않았으면 아마 아주머니는 큰 화를 당했을 거예요. 이만하길 천만다행입니다. 늑대들이 얼마나 포악한지 동식이가 몽둥이를 휘두르는 동안 늑대들이 뒤에서 동식이 다리를 물었어요. 동화야, 얼른 물을 데워. 동식이 상처가 덧나면 큰일이야."

"정말 큰일 날 뻔했구나. 그나저나 동식이 상처가 빨리 나아야 할 텐데. 약을 구할 수 없으니 상처가 덧나지 않게 잘 나아야 할 텐데."

홍 장군이 걱정했다.

"늑대들이 피 맛을 봐서 또 공격할 수도 있으니 밤마다 불을 꺼뜨리지 말고 피워 대비해야 하오. 서로 순번을 정해 불침번을 서야 할 것 같소."

태석 오빠가 알았다며 고개를 끄덕이며 말했다.

"이번 일로 동식이도 함흥댁 아주머니도 제정신을 차리면 좋겠어요. 아주머니가 엉뚱한 행동을 또 하지 못하도록 잘 지켜봐야 합니다."

오빠는 며칠간 열이 펄펄 끓더니 헛소리를 자주 했다. 이대로 가다간 다 얼어 죽는다느니, 함흥댁에게 잘못했으니 제발 용서해 달라느니, 하루하루가 지옥 같다느니, 마음속에 짐으로 쌓인 말들을 다 토해 내는 것 같았다. 나는 그런 오빠를 지켜보며 수없이 속울음을 삼켰다. 도대체 우리 가족이 왜 이렇게 되었을까? 아버지는 행방불명, 엄마는 눈밭에, 할아버지는 쇠약해지셔서 언제 꺼질지 모르는 모닥불 같았다. 그런데 오빠마저 저러니 하루하루가 지옥 같았다. 오빠가 눈동자를 이상하게 뜨고 '아버지는 도대체 어디 계세요?' 하며 몸부림을 칠 때는 함께 부둥켜안고 울기도 했다.

함흥댁은 그 후로 좀 진정이 되는 듯해서 다행스러웠지만 오빠는 상태가 점점 더 나빠졌다. 열은 내릴 기미도 없이 펄펄 끓고 고열 때문인지 헛소리도 심해졌다. 할아버지와 나는 오빠를 지켜보면서 얼마나 울었는지 몰랐다. 오빠는 보름도 넘게 앓다가 갑자기 늑대처럼 울부짖기도 하고 사납게 소리를 칠 때도 있었다. 그렇게 무서워서 눈치를 보던 함흥댁에게 넋두리를 퍼붓기도 했다.

"오빠, 제발 정신 좀 차려 봐. 어서 일어나. 나는 어떡하라고 오빠! 제발 정신 차려!"

내가 울면서 오빠를 부둥켜안았더니 오빠가 더 이상한 얼굴로 나를 쏘아보았다. 나는 오빠가 점점 무서워졌다. 오빠는 허공에 대고 함흥댁에게 빌기도 했다.

"아주머니, 저도 명철이를 생각하면 당장 죽고 싶다구요. 아주머니는 명철이가 아들이지만 제게는 둘도 없는 친구였어요. 명철이뿐이 아니에요. 자작나무 숲으로 끌려가서 죽은 모든 사람들이 밤마다 저에게 달려들어요. 너 때문이라고, 살려 달라고 아우성쳐요. 모든 걸 잊는 방법은 저도 죽는 길인데, 우리 할아버지랑 내 동생 동화 때문에 어떻게 해야 할지 모르겠어요. 우리 동화는 아직 어려요. 아주머니 동화를 봐서라도 용서해 주세요. 저도 미쳐 버릴 것 같아요."

나는 오빠의 잠꼬대를 통해 오빠의 괴로움을 들여다보았다. 가슴이 찢어지는 것 같았다. 오빠가 너무 불쌍했다. 나는 오빠에게 애원하듯 말했다.

"알았어, 오빠. 오빠가 얼마나 괴로운지 알았어. 오빠, 이제 그만 잊고 일어나. 오빠가 없으면 난 어떡하라고."

내가 울면서 오빠에게 말하자 오빠는 나를 물끄러미 바

늑대의 습격   163

라보았다. 그 얼굴 그 표정이 마치 딴 세상 사람 같았다. 홍 장군이 그런 오빠를 보면서 말했다.

"아무래도 이상한 생각이 드오. 내가 독립군이었을 때 산속에서 너구리에게 물린 부하가 있었소. 꼭 동식이와 같은 증상이었소. 그러다 그만 그 부하는 희생되고 말았는데."

나는 홍 장군의 말에 덜컥 겁이 났다.

"듣기 싫어요. 우리 오빠는 아니에요. 안 죽는다구요."

나는 홍 장군의 말처럼 오빠도 죽을까 봐 겁이 났다. 그래서 홍 장군에게 거칠게 말했다. 태석 오빠가 내 시선을 피해 한숨을 내쉬었다. 오빠는 하루하루가 다르게 야위어 가고 숨결도 거칠어졌다.

며칠이 지났다. 알마아타에 사는 카자흐인이 또 빵과 기름을 가지고 찾아왔다. 그들은 빵이 식을까 봐 털가죽에 싸서 가져왔는데 그만큼 마음이 따뜻한 사람들이었다. 그들은 오빠의 병에 대해 자세히 이야기를 해 주었다. 그들은 오빠가 공수병에 걸린 것 같다고 말했다. 공수병은 늑대나 야생동물에게 물려서 생기는 병인데 특별한 약도 없다며 걱정해 주었다. 게다가 오빠의 영양 상태도 안 좋고, 회복하면 좋겠지만 몹시 걱정된다고 우리를 위로했다. 태석 오빠도 함흥댁도 오빠처럼 늑대에게 물리지 않은 게 천만다행이라고 했다. 난 점점 깊은 수렁으로 빨려 들어가는 기분

까레이스키, 끝없는 방랑

이 들었다. 오빠를 보면 볼수록 함흥댁이 원망스러웠다. 홍 장군도 이미 짐작하고 있었다며 말했다.

"내가 걱정했던 그 병이 맞아. 내 부하가 겪은 증세와 똑같아. 동화 할아버지도 아프신데 정말 어찌해야 할지, 왜 이런 일들을 우리가 겪어야 하는지, 참으로 가슴이 아프오."

"그러게 말입니다."

태석 오빠도 한숨만 내쉬었다. 나는 날마다 아버지가 빨리 와 주기만 빌었다.

그러던 어느 날이었다. 우슈토베에 내무인민위원들이 찾아왔다. 그들은 우슈토베에 있는 까레이스키들을 모두 조사한다고 했다. 우리는 드디어 빼앗겼던 공민증과 남기고 떠나온 가축과 벼의 보상금을 받게 되는 줄 알았다. 이제야 살길이 생겼다며 잔뜩 기대를 하고 있었다.

그러나 내무인민위원은 공민증은 돌려줄 수 없다고 말했다. 뿐만 아니라 보상은커녕 우리 까레이스키들은 이곳에서도 내무인민위원회의 감시를 받아야 하며 거주지를 옮길 수 없다고 다시 못을 박았다. 결국 우리는 다른 곳으로 움직일 수 없는 죄인들과 같은 처지라는 것만 확인할 수 있었다. 할아버지가 간신히 몸을 일으켜 내무인민위원에게 물었다.

"우리가 떠날 때 두고 온 가축과 농사지은 벼는 언제 보상해 줍니까? 우린 지금 가져온 곡식도 다 떨어졌소. 이런 황무지에서 어떻게 살란 말이오? 논이 있소? 밭이 있소? 게다가 식물이 살 수 없는 소금 땅이오. 낮에는 독수리가 우글거리고 밤에는 늑대들이 우릴 노리고 있어요. 이주를 시켰으면 살 도리를 마련해 줘야 할 것 아니오?"

기운이 없는 할아버지가 마지막 기운을 모두 모아 항의했다. 그러나 내무인민위원들은 한결같았다.

"우린 명령만 전하러 왔을 뿐이오. 우리가 아는 건 없소."

그들이 말에 올라타려고 했다. 나는 말 앞으로 가서 두 팔을 벌려 가로막았다.

"잠깐만요. 신한촌에서 끌려간 까레이스키들은 어디 있습니까? 우리 아버지도 끌려갔는데 지금까지 소식이 없어요. 또 우리보다 먼저 이주를 당한 까레이스키들은 어디에 살고 있습니까? 우린 그들을 만나야 합니다. 아버지도 만나야 하고 먼저 기차를 타고 온 배우들도 만나야 해요."

"우린 모른다고 하지 않았니. 우린 아무것도 몰라."

"제발 알아봐 주세요. 부탁이에요. 먼저 온 배우들과 끌려간 사람들의 행방을 알아봐 주세요. 부탁이에요."

내 말은 바람이 되어 공중으로 날아가 버리고 그들은 들은 척도 하지 않고 말을 타고 가 버렸다. 한 가닥 희망마저도 모두 헛된 바람이었다. 내무인민위원이 다녀간 뒤로 할아버지의 건강도 점점 더 나빠졌다. 홍 장군은 할아버지가 희망이 모두 사라져 의지를 잃은 탓이라고 걱정했다.

할아버지는 얼굴도 새까맣게 변하기 시작했다. 얼굴도 눈동자도 노랗게 변하더니 배가 점점 불러 왔다. 먹지도 못하는데 왜 배가 불러 오는지 이해가 되지 않았다. 점점 숨을 쉬는 것도 힘들어 했다. 홍 장군은 할아버지의 배에 물이 찼다고 했다. 제대로 먹지 못해 영양이 모자라서 생기는 병이라고 했다. 나는 날마다 조마조마한 마음으로 할아버지 곁을 지켰다.

그즈음 오빠는 정신까지 오락가락했다. 중얼거리는 말마다 원망과 회한이 가득했고 나와 할아버지를 걱정하는 내용이었다. 나는 그런 오빠가 너무 가여워서 결심을 하고 함흥댁에게 울면서 호소했다.

"아줌마, 부탁이 있어요. 오빠에게 마음의 짐을 벗으라고, 괜찮다고, 어서 정신 좀 차리라고 말해 주세요. 누구보다 아줌마의 위로와 용서가 필요해요. 오빠의 가슴에 맺힌 응어리를 풀어 줄 사람은 아줌마밖에 없어요. 아줌마를 엄마처럼 모실게요. 제발 부탁드려요."

나는 목이 메어 더 이상 말을 이을 수가 없었다. 무작정 함흥댁에게 매달린 채 흐느끼며 졸랐다.

"오빠가 저러다 죽을지도 몰라요. 죽기 전에 아줌마가 오빠의 한을 좀 풀어 주세요. 오빠가 아줌마를 구하다가 늑대에게 물렸잖아요. 제발 제 말 좀 들어주세요."

함흥댁은 흐느끼는 나를 물끄러미 바라보다가 고개를 끄덕였다. 진심과 눈물이 통한 걸까? 잠깐이라도 함흥댁의 온전한 정신이 돌아온 것 같았다. 나는 이때다 싶어서 함흥댁의 손을 잡아끌고 헛소리를 하는 오빠 앞으로 다가갔다. 함흥댁이 오빠의 손을 잡고 눈물을 흘리며 말했다.

"동식아, 어서 일어나라. 흐흑. 너라도 살아서 내 아들 노릇을 해 줘야지. 우리 사이에 용서할 일도 용서받을 일도 없어. 다만 너무 엄청난 슬픔에서 헤어나지 못한 게 죄라면 죄다. 동식아, 어서 일어나거라. 제발."

함흥댁을 지켜보던 사람들의 눈가가 젖어 들었다. 함흥댁이 다시 말했다.

"내가 왜 거기까지 갔는지 모르겠어요. 명철이가 날 부르는 것 같았어요. 동식이가 아니었으면 나도 벌써 늑대 밥이 되었을 텐데……. 도대체 우리가 무슨 죄가 많아서 이런 고통을 당해야 합니까? 왜요? 왜! 흐흑. 흑."

"아주머니, 이제 정신이 돌아와서 다행이에요. 제발 앞으로는 정신 줄을 놓지 마세요."

태석 오빠가 함흥댁의 손을 잡고 부탁하듯 말했다. 홍장군이 탄식을 하며 입을 열었다.

"황무지 같은 낯선 땅에서 앞으로도 겪어야 할 힘든 일들이 수없이 많을 텐데 누구 탓이라고 할 수 있겠습니까?

까레이스키들의 아픔이고 불행입니다. 동식이가 마음의 짐을 빨리 내려놓고 기운을 차려야 할 텐데 정말 큰일입니다."

홍 장군의 말에 모두 고개를 끄덕였다.

그 후 일주일쯤 지난 때였다. 불덩이 같던 오빠가 열이 조금 내린 것 같았다. 나는 너무나 반갑고 좋았다.

"오빠, 이제 됐어. 열이 내렸어. 어서 이거 먹고 기운 내."

나는 봉천댁이 쑤어 준 미음을 오빠 입에 떠 넣어 주며 말했다.

"동화야, 태석이 형 좀 불러 줘. 어서!"

오빠는 기운이 없어서 간신히 말했다. 나는 얼른 태석 오빠를 불렀다. 태석 오빠가 급히 들어와 오빠 곁에 앉았다.

"동식아, 이제 얼른 기운 차리자. 이만큼 회복된 게 다행이야. 열이 펄펄 끓어서 얼마나 걱정했는지 몰라."

오빠가 태석 오빠의 손을 간신히 잡고 말했다.

"형, 부탁이 있어. 나, 난 아무래도 틀린 것 같아. 어젯밤 꿈에 엄마랑 아버지랑 둘 다 만났어. 형, 우리 할아버지와 동화 좀 부탁해. 동화가 너무 불쌍해. 그 여리고 곱던 손이 갈댓잎에 터지고 갈라져서 거, 거북등같이 되어 버렸어. 형, 내 동생 도, 동화를 보면 가슴이 찢어지는 거 같아. 음. ……
동화를 강하게 만들려고 내가 일, 일부러 동화에게 거칠게 대했어. 내가 왜 그랬을까. 형, 우리 도, 동화를 잘 부, 부탁해."

오빠가 숨이 차서 중간중간 말을 잇지 못하고 끊었다가 다시 말했다. 나는 눈물이 펑펑 쏟아졌다.

"야, 동식아. 무슨 그런 쓸데없는 말을 해? 이제 함흥댁도 정신이 돌아왔어. 어서 기운 차리고 일어날 생각만 해. 마음을 단단히 먹어. 포기하지 말고."

"아, 아냐. 난 내가 알아. 다시 못 일어날 거야. 혀, 형에게 이 부탁하려고 간신히 기운을 냈어. 내 부, 부탁 꼭 드, 들어 줘야 해."

오빠는 간신히 말을 마치고 축 늘어졌다.

"오빠, 오빠마저 없으면 할아버지도 저렇게 아프신데 나 혼자 어떡하라고? 안 돼. 오빠. 어서 일어나!"

나는 입술을 깨물며 눈물을 참았다. 오빠는 금세 다시 열이 끓기 시작했다. 나는 눈을 퍼다 오빠의 이마에 얹고 계속 팔다리를 주물렀다. 함흥댁이 오빠 곁으로 다가와 손을 잡고 말했다.

"동식아, 니가 이대로 가 버리면 난 또 어떡하니? 나를 구하느라 그랬는데 네가 가면 내가 어떡해 살아? 어서 일어나라. 제발!"

아무리 넋두리를 해도 오빠의 숨결은 점점 거칠어졌다. 할아버지도 오빠 머리맡에서 시시각각 변하는 오빠를 살폈다.

　　　　　　　　　　까레이스키, 끝없는 방랑

사람들은 점점 상태가 악화되는 오빠를 보며 태석에게 남은 식구들을 부탁하려고 마지막 기운을 낸 거라고 했다. 오빠는 나와 눈을 마주치면 간신히 입술을 달싹거렸다.

"동화야, 꼭 살아남아야 해. 아, 아버지가 오실 거야. 미, 미안하다."

오빠는 스스로 마지막이라고 생각하는 것 같았다. 나는 뭘 어떻게 해야 할지, 너무나 막막했다. 어떻게 하면 오빠가 다시 기운을 차릴 수 있을까? 태석 오빠가 곁을 지켰지만 점점 얼굴이 어두워졌다. 오빠는 며칠 후부터 미음도 넘기지 못했다. 난 오빠의 손을 잡고 막무가내로 졸랐다.

"오빠, 나 혼자서 어떡해. 안 돼. 오빠. 빨리 일어나. 얼른 일어나란 말이야. 제발 죽지 마. 아무것도 안 해도 좋아. 그냥 내가 다 할게. 그냥 살아만 있어 줘. 오빠. 흐흐흑."

나는 오빠가 정신을 못 차린다고 원망했던 일들도 후회가 되었다. 또 며칠이 지났다. 오빠가 숨을 몰아쉬며 말했다.

"동화야, 너 때문에 누, 눈을 못 감겠어. 누, 눈을 감을 수가 없어. 혀, 형 꼭 부탁해. 동화를……."

오빠는 계속 입술을 달싹거리다 그대로 눈을 감았다. 태석 오빠가 나에게 울먹이며 말했다.

"동화 때문에 차마 눈을 못 감겠다더니. 동식아, 아무 걱정하지 말고 이제 편히 쉬어라. 어휴, 불쌍해라."

할아버지도 나를 붙잡고 흐느꼈다.

"하늘도 무심하지. 이 늙은이를 잡아갈 것이지. 낯선 땅에 오자마자 왜 우리 동식이까지…… 으흐흐흐, 흐흑."

할아버지가 울자 사람들 모두 서럽게 울었다. 함흥댁도 몸부림치며 통곡했다.

"명철이를 잡아갔으면 동식이라도 곁에 남겨 둬야지. 어떻게 살라고. 도대체 남은 사람은 어떻게 견디라고! 어떻게!"

오빠를 눈 속에 묻는 날, 엄마를 버리고 갈 수 없다던 오빠의 모습이 생각나 하루 종일 눈물 바람을 했다. 제대로 땅을 팔 수 없어 오빠도 엄마처럼 눈을 헤치고 묻었다. 나중에 날씨가 풀리면 다시 무덤을 만들어 제대로 묻기로 했다.

그 후부터 나는 슬퍼할 겨를도 없이 할아버지 간호에 매달렸다. 이제 내 곁에는 할아버지뿐인데 할아버지도 위태위태했다. 울 힘이 남아 있으면 그 힘으로 땔감을 모아 불을 피워야 하고, 땅을 헤집어 풀뿌리라도 캐내어 먹거리를 마련해야 했다. 할아버지의 기운을 돋울 만한 게 있을 리 없지만 그래도 뭔가를 찾아 헤매는 동안 내 처지를 잊을 수가 있었다. 할아버지 때문에 항상 움직여야 했고, 태석 오빠는 그런 내 곁을 늘 살펴 주었다. 그러나 할아버지는 하루하루 기운을 잃어 갔다.

그러던 어느 날이었다.

13 | 할
아
버
지

할아버지가 모처럼 밝은 목소리로 나를 불렀다. 나는 할아버지가 금세 자리를 털고 일어날 것 같아 잔뜩 기대가 되었다.

"동화야, 올해 몇 살이지?"

"열네 살이에요. 왜요? 할아버지."

나는 오랜만에 생기가 도는 할아버지의 얼굴이 반가워 새로운 힘이 솟는 것 같았다.

"이제 곧 봄이 오겠지. 곧 올 게야. 애비도 아직 소식이 없는 걸 보면 무사할 것 같지가 않구나."

"할아버지, 걱정은 그만하고 얼른 일어나세요. 봄이 오면 할아버지와 함께 밭도 일구고 씨앗도 뿌려야 해요."

나는 할아버지 곁으로 바짝 다가앉으며 밝은 목소리로 대답했다.

"동화야, 우리 조상님들의 뼈가 묻힌 곳이 함경도 경원 땅이라는 거 잊지 않았지?"

"그럼요. 할아버지가 절대 잊지 말라고 하셨잖아요."

"그래. 우린 언젠가 그곳으로 돌아가야 한다. 어찌어찌하다가 남의 나라 땅을 떠돌고 있지만 우린 까레이스키라는 걸 잊지 말아야 해. 우리 동화는 나중에 꼭 까레이스키와 혼인해야 한다. 내 말 명심해."

"할아버지, 전 이제 겨우 열네 살이에요. 어서 일어나실 생각만 하세요."

"내가 아무래도 기운이 다한 것 같구나."

나는 할아버지 말에 바짝 긴장이 되었다. 오빠도 마지막 숨을 거두기 전에 상태가 반짝 좋아졌던 기억이 떠오르자 가슴이 철렁 내려앉았다. 나는 얼른 도리질을 치며 할아버지의 두 손을 꼭 잡았다.

"할아버지, 곧 봄이 올 거예요. 봄이 오면 새로 집도 짓고 할아버지도 따뜻한 방에서 편안하게 모실게요. 얼른 일어나셔야 해요."

할아버지도 내 손을 꼭 잡고 놓지 않았다. 그때 내 옆에서 할아버지를 지켜보던 태석 오빠가 말했다.

"마음이 약해지시면 안 됩니다. 어서 기운 차리세요."

"그래야 할 텐데 영 기운이 없구나. 동화야, 함흥댁도 잘 보살펴라. 모두 불쌍한 처지야. 엄마라고 생각하고 따뜻하게 대해 줘라. 어린 너한테 모든 걸 맡기다니, 미안하구나. 미안해."

"할아버지, 쓸데없는 걱정하지 마세요."

나는 할아버지 앞에서 울지 않으려고 입술을 깨물었다.

"태석아, 홍 장군님 좀 불러 다오. 동화 너도 내 옆에 있어라."

태석 오빠가 급히 홍 장군을 부르러 갔다. 나는 할아버지가 왜 홍 장군을 찾는지 궁금해서 잠자코 있었다. 태석 오빠가 홍 장군과 함께 할아버지 곁으로 다가왔다. 할아버

　　　　　　　까레이스키, 끝없는 방랑

지가 홍 장군을 보고 말했다.

"저어, 부탁이 있어서 오시라고 했습니다."

"무슨 부탁이오?"

"전 장군님이 예삿분이 아니란 걸 알고 있었어요."

모두 할아버지의 말에 어리둥절했다. 할아버지가 다시 말을 이었다.

"제 부탁을 꼭 좀 들어주십시오. 제가 아무래도 오래 버티지 못할 것 같습니다. 우리 동화 좀 잘 살펴 주십시오."

나는 할아버지가 무슨 말을 하려는지 어리둥절했다.

"무슨 말씀을 하시려고."

"장군님, 우리 집안도 대대로 독립운동을 했어요. 경원에서 함께 연해주로 온 최재형 선생과 같이……. 크흠 흠. 그때가 참 좋았지요. 지금 장군님이 우리 곁에 계셔서 참으로 든든했습니다. 크크 큼. 음."

할아버지가 숨이 찬 듯 잠시 말을 쉬었다. 홍 장군이 할아버지에게 물었다.

"연해주에 있을 때 최재형 선생과 함께 일했죠. 그분을 잘 아신다구요?"

"예. 저는 장군님이 그 유명한 홍 장군님인 줄 알고 있었습니다. 진즉에 여쭤보고 싶었지만 조심스러워서요. 크 크 음."

할아버지의 말에 홍 장군이 담담하게 말했다.

"섣불리 신분을 내세울 수가 없는 세상이 되어 버렸어요. 또 이제 와서 그게 뭐 필요합니까. 지금은 아무것도 할 수 없는 처지가 되어 버린걸요. 최재형 선생 그분이 4월참변에 허망하게 돌아가시지만 않았어도…… 암튼 최 선생과 한 고향이라니 반갑습니다. 이제 어서 기운을 차리셔야죠."

"홍 장군님, 이젠 눈을 감아도 안심할 수 있을 것 같습니다. 동화야, 이 어르신이 바로 그 유명한 홍범도 장군님이시다. 앞으로 내가 없어도 장군님을 나처럼 생각하고 의지해야 해."

나는 깜짝 놀랐다. 태석 오빠도 봉천댁도 눈이 휘둥그레졌다. 나는 그냥 성이 홍씨인 장군이라고만 생각했는데 홍범도 장군이란 말에 모두 놀랐다. 홍 장군이 조용히 말했다.

"우리만 알고 있어야 편합니다. 그래서 일부러 내 신분을 드러내지 않았어요. 그런데 용케도 나를 알아보셨군요. 어서 기운을 차리세요. 나도 이제 나이가 많아서 언제까지 살 수 있을지 장담을 못하니까요."

우리는 모두 우러르는 눈빛으로 홍 장군을 바라보았다. 할아버지가 빙그레 웃으며 말했다.

"이제 눈을 감아도 마음을 놓을 수 있을 것 같아요."

홍 장군이 할아버지의 손을 잡고 말했다.

"허허, 마음을 굳게 먹으셔야죠. 어서어서 기운을 차리셔서 일어날 생각을 하시오. 우리 까레이스키가 일본 놈들을 상대로 독립운동을 한 게 이번 이주 정책과 큰 관련이 있을 게요. 그러니 내 신분을 드러내지 않는 게 좋을 게요. 모두 알겠소?"

홍 장군이 우리에게 부탁하듯 말했다. 할아버지가 고개를 간신히 끄덕였다.

"그래서 저도 일부러 모르는 척했습지요. 동화야, 말을 많이 했더니 피곤하구나. 나 좀 누워야겠다."

나는 할아버지가 자리에 누워 잠드는 것을 보고 한참 동안 곁을 지켰다. 다행히 할아버지는 숨소리도 고르고 편안해 보였다. 나는 그제야 안심을 하고 살짝 밖으로 나왔다. 태석 오빠와 홍 장군은 한 뼘이라도 땅을 일궈 씨앗을 뿌리기 위해서 다시 갈대밭으로 갔다. 온통 눈 세상이던 끝없는 벌판은 어느새 눈이 군데군데 녹아 드문드문 흙이 드러난 곳들이 보였다.

태석 오빠를 따라가려던 나는 흙빛을 보자 아직 싹이 나지 않는 봄나물이라도 캘 수 있을까 싶었다. 분명 호미로 흙을 파헤치면 물기를 통통하게 머금고 새싹을 틔울 준비를 한 뿌리들이 내 손끝을 반길 것만 같았다.

'새싹이 언 땅을 밀어 올리고 있을 거야. 혹시 메싹이라도 있으면 할아버지에게 보약이 될 거야.'

나는 얼른 호미를 가지러 움막으로 뛰어갔다. 할아버지

는 곤한 단잠에 빠진 듯했다. 할아버지가 깰까 봐 호미를 들고 발소리를 죽였다. 내가 움막 밖으로 나가려 할 때였다. 뭔가가 움막 안에서 잡아끄는 것 같은 느낌이 들었다. 문득 발길을 멈추고 할아버지를 살폈다. 그 순간 유난히 하얀 할아버지의 얼굴을 보고 이상한 느낌이 들었다. 나는 급히 할아버지 곁으로 다가가 얼른 할아버지의 이마를 짚었다. 순간 너무나 고요해서 가슴이 철렁 내려앉았다.

"할아버지."

작은 소리로 할아버지를 불러 보았다. 아무 대답이 없었다. 다시 할아버지를 큰 소리로 불렀다.

"할아버지!"

하지만 할아버지는 아무 반응이 없었다. 나는 미친 듯이 울부짖었다.

"할아버지! 할아버지! 아 안 돼요. 안 돼요!"

태석 오빠가 깜짝 놀라 달려왔다.

"오빠! 할아버지가 이상해. 흐흑, 할아버지!"

뒤이어 함흥댁도 뛰어왔다. 나는 제정신이 아니었다. 땅바닥에 주저앉아 아무리 발버둥을 쳐 봐도 이미 끊어진 할아버지의 숨결을 되살릴 수는 없었다. 나도 죽고 싶었다. 아니, 죽어야 했다. 모두 다 죽었는데 혼자서 살아갈 자신이 없었다. 할아버지가 나와 작별하려고 마지막 힘을 냈다는 사실에 가슴이 쓰리고 아팠다. 오빠가 마지막 말을 할 때와 똑같았는데 그걸 알아차리지 못했다는 사실에 가슴을 쥐어뜯고 싶었다. 나는 몸부림치며 울다 그대로 쓰러졌다. 나는 숨만 붙어 있을 뿐, 손끝 하나 움직일 수 없었다.

내가 정신을 차렸을 때 함흥댁과 봉천댁이 내 몸을 주무르고 있었다. 나는 한참 만에 다시 기운을 차렸다. 태석 오빠가 앞장서서 사람들과 함께 할아버지를 움막에서 가까운 오빠의 무덤 옆에 묻었다. 언 땅이라 흙을 깊이 팔 수 없어 나중에 땅이 완전히 녹으면 오빠의 무덤과 함께 제대로 만들기로 했다. 몸이 약한 사람들이 봄의 문턱에서 할아버지처럼 세상을 떠났다. 사람들이 할아버지 무덤 앞에서 허공을 향해 넋두리를 해 댔다.

"한겨울에도 끈질기게 버텨 내던 사람들이 봄이 오는 길목에서 한 고개를 못 넘고 저세상으로 가 버리니, 이런 비통한 일이 어디 있담!"

"환절기가 가장 위험하오. 새봄을 맞으려면 몸에도 새로운 힘이 솟아야 하는데 그 힘이 모자라면 저세상으로 떠나곤 합니다. 우리 까레이스키들은 참으로 기막힌 운명들이오. 어쩌다 이리 멀리까지 밀려와 이렇게 또 죽어 가야 하는지……."

홍 장군이 할아버지 무덤 곁에 앉아 어느새 열 손가락으로도 셀 수 없을 만큼 늘어난 무덤들을 바라보며 한숨을 쉬었다.

14 | 무
덤
의

언
덕

강제 이주 열차를 타고 오면서 추위에 얼고 뼛속까지 상한 사람들은 얼음이 버석거리는 움막에서 겨울을 나는 동안 마지막 남은 기운까지 모두 써 버린 듯했다. 그들은 봄의 문턱에서 환절기를 이겨 내지 못하고 눈을 감았다. 봄바람이 불어와 밭을 일구고 씨앗을 뿌려야 했지만 사람들은 초봄부터 초상을 치르기에 바빴다.

시신을 넣을 관도, 묏자리를 제대로 팔 연장도 없이, 입던 옷을 입혀 그대로 땅에 묻었다. 새봄을 맞았지만 살기 위해 밭을 일구기 전에 무덤의 언덕부터 만들어야 했다.

무덤이 생길 때마다 늑대와 전쟁을 해야 했다. 다른 움막에서도 몸이 약한 사람들과 노인들이 세상을 떠났는지 며칠에 한 번씩 통곡 소리가 들렸다. 나는 밤이 되면 늑대들이 오빠 무덤과 할아버지 무덤을 파헤칠까 봐 잠들 수가 없었다.

"오빠, 늑대들이 할아버지 무덤을 파헤치면 어떡하지?"

내가 울먹이며 걱정할 때마다 태석 오빠가 위로해 주었다.

"괜찮을 거야. 걱정 말고 어서 자."

그래도 나는 안심이 되지 않아 아침이 되면 할아버지 무덤가에 가서 돌이든 뭐든 닥치는 대로 주워 무덤을 덮으며 하염없이 눈물을 흘렸다.

눈물은 살아 있는 한 마르지 않는 샘물 같았다. 그토록 많은 눈물을 흘렸는데도 어디에 눈물이 고여 있었을까 싶

무덤의 언덕   183

게, 흘러도 흘러도 점점 더 많이 솟아 나왔다. 할아버지 무덤에서 슬픔에 젖어 있을 때면 태석 오빠가 늘 함께했다.

"동화야, 내가 없었으며 어떡할 뻔했니? 이렇게 될 줄 알고 운명의 여신이 나를 너에게 보냈나 봐. 네가 기차에서 아버지를 찾던 날, 문이 안 닫혔으면 넌 네가 탄 기차간으로 돌아갔을 거고, 지금 혼자서 이 고통을 껴안고 있겠지. 내가 이만큼이라도 너에게 힘이 되어 다행이야."

태석 오빠의 말에 나도 그때를 떠올렸다. 그때 나와 태석 오빠 사이에 어떤 운명이 이어진 것인지도 몰랐다.

"오빠, 고마워. 사실 오빠를 처음 만난 날, 소년 밀정 이야기를 들려줄 때 난 오빠가 얼마나 멋졌는지 몰라. 그전까지 나는 추수를 하고 나면 독립자금부터 떼어 놓는 할아버지를 이해하지 못했거든."

내 말에 태석 오빠가 피식 웃으며 나를 바라보았다.

"난 너를 처음 봤을 때 꼭 내 동생을 보는 것 같았어. 조금 닮기도 한 것 같고, 내 동생도 나를 무척이나 따랐는데 그 애가 불에 타 죽었다는 걸 알고 너무 슬펐지. 물론 온 가족이 당한 일이지만…… 날 무척 따르던 동생도 구하지 못하고 무슨 독립운동을 했나 싶어 많이 괴로웠어."

나를 바라보며 말하는 태석 오빠의 눈에 물기가 어렸다.

"오빠 여동생은 몇 살이었어?"

"너랑 동갑이야. 너 열네 살 맞지?"

나는 말없이 고개를 끄덕였다. 태석 오빠가 이어 말했다.

"이르쿠츠크에서 네 엄마가 돌아가셨다는 말을 들었을 때 진짜 내 동생처럼 가여운 생각이 들었어. 그래서 고모한테 네가 탄 칸으로 옮겨 가자고 졸랐지. 내 동생에게 못다 한 오빠 노릇을 너에게라도 하면서 내 마음의 짐을 덜고 싶었는지 몰라."

나는 말없이 태석 오빠를 바라보았다. 태석 오빠가 다시 말했다.

"운명이 아니었다면 너를 바래다주러 가서 반대로 내가 그 기차간에 갇히는 일이 일어났겠어? 한참 정차할 줄 알았던 기차가 그렇게 급하게 출발한 것도 운명이 아니었을까? 문득문득 그런 생각이 들어."

태석 오빠의 말을 듣고 보니 정말 그런 것도 같았다. 어쨌든 지금 이 순간 태석 오빠마저 없었으면 난 어떻게 견딜까 생각하니 얼마나 다행인지 몰랐다.

"고마워, 오빠. 흐흑!"

진심으로 고마움을 전하고 싶었는데 금세 눈물이 나왔다.

"이제 내가 지켜 줄게. 울지 마."

태석 오빠의 말이 더 슬프게 들렸다. 나는 입술을 깨물며 슬픔을 삭였다. 이제 누구보다 더 강해져야 했다. 그래야 이 낯선 땅에서 살아남을 수 있을 터였다.

"아버지가 빨리 찾아와야 할 텐데. 정말 살아서 돌아오실까?"

내 말에 태석 오빠가 먼 하늘을 바라보며 말했다.

"동화야, 너는 나보다 행복한 거야. 기다리는 아버지라
도 있으니까. 나도 어딘가에 우리 부모님이 살아 계신다면
이렇게 암담하진 않을 텐데. 동화야, 희망을 잃지 마. 포기
하지 않으면 언젠간 꼭 찾아오실 거야."

태석 오빠의 말에 나도 먼 하늘을 바라보며 고개를 끄덕
였다.

"아버지를 만나면 언젠간 고향으로 돌아갈 거야. 가는
길에 기찻길 옆에 묻은 우리 엄마도 제대로 무덤을 만들어
드릴 거야. 할아버지의 부탁도 꼭 들어드려야 해."

내 말에 태석 오빠가 물었다.

"할아버지 부탁? 무슨 부탁이니?"

"조상들의 뼈가 묻힌 고향으로 꼭 돌아가라고 하셨어."

"그럼, 연해주 신한촌으로?"

"아니, 할아버지의 고향 조선. 함경도 경원이야."

"꼭 마음으로 빌면 그렇게 될 거야. 함께 노력하자."

나는 할아버지와 오빠가 태석 오빠와 나를 지켜보는 것
같은 착각이 들어 사방을 두리번거렸다. 태석 오빠가 내게
손을 내밀며 말했다.

"자, 이제 일어나. 가자."

태석 오빠와 내가 막 일어설 때였다. 함흥댁이 할아버지

무덤을 향해 올라오고 있었다. 함흥댁을 보니 지난 일들이 떠올라 가슴이 아팠다.

"동화, 여기 있었구나."

함흥댁의 얼굴이 유난히 핼쑥해 보였다.

"꿈자리가 하도 이상해서 왔다. 명철이가 꿈에 나타나서 동식이를 괴롭히지 말라고 간곡하게 부탁을 하더구나. 둘이 영혼으로 만났겠지. 동식이에게 너무 미안해. 나 때문에 늑대에게 물려 결국 이렇게 되었다고 생각하니 너무 괴로워."

함흥댁이 눈물을 훔치며 오빠의 무덤을 손으로 토닥거렸다. 나는 함흥댁의 말에 걷잡을 수 없이 눈물이 나왔다.

"아줌마, 다신 정신 놓지 마세요. 전 이제 아줌마밖에 없어요. 흐흑!"

"알았어. 미안하다. 동화야, 앞뒤 집에서 이제 너와 나, 단둘만 살아남았구나. 이를 악물어야지. 악착같이 살아남아서 이 엄청난 슬픔을 딛고 일어서야지. 동화야, 난 이제 너를 내 딸이라 여기며 살 거야. 너도 날 원망하지 않았으면 좋겠다."

"아줌마, 다신 정신 놓지 마세요. 전 이제 아줌마밖에 없어요. 원망보다 당장 의지가 필요해요. 아줌마 제발 아프지 마세요. 흐흑."

나는 함흥댁의 두 손을 꼭 잡았다. 이제는 정말 아픈 사람이 생길까 봐, 또 누가 나의 곁을 떠날까 봐 겁부터 났다.

태석 오빠가 함흥댁에게 부탁하듯 말했다.

"아주머니, 정말 걱정 많이 했어요. 이제라도 정신이 들어서 다행이에요. 의지할 데 없는 동화를 딸처럼 생각하고 보살펴 주세요."

"모두에게 미안해. 앞으로는 정신 똑바로 차릴게."

함흥댁이 언제 그랬냐 싶게 말짱해져서 얼마나 다행인지 몰랐다.

할아버지가 돌아가신 후부터 나는 홍 장군을 할아버지처럼 생각했다. 홍 장군은 나이가 많아 힘든 일은 못했지만 장군님과 함께 있다는 것만으로도 힘이 되었다. 태석 오빠는 밤이 되면 홍 장군에게 독립군 얘기를 듣는 걸 좋아했다. 하지만 태석 오빠는 고된 일에 시달려 몸이 녹초가 되었고, 얘기를 끝까지 듣지도 못하고 먼저 곯아떨어지곤 했다.

15 | 씨앗도둑

5월이 한참 지나서야 우슈토베의 바람결이 조금 포근해졌다. 봄이 오고 눈이 녹자 가장 시급한 일은 먹을 물을 구하는 것이었다. 그동안은 눈이나 얼음을 퍼다 녹여 먹었기에 물을 구하는 일이 그리 어렵지 않았다. 그러나 얼음이 녹고 눈이 사라지자, 물을 찾아 길어 와도 소금기가 너무 많아 가라앉혔다 먹어야 했다. 장이 약한 사람들은 설사를 쫙쫙 해 댔다. 우슈토베에 갈대가 많다는 것은 땅에 소금기가 많다는 증거였다. 먹거리도 부족한데 그나마 먹은 것도 흡수를 못하고 설사를 하는 사람들은 온몸이 축 늘어져 눈꺼풀마저 간신히 뜰 정도였다.

땅이 녹자 서둘러 밭을 일궜다. 대충 일군 밭에 옥수수를 심기로 하고 자루째 가져온 옥수수에서 알갱이를 털어 낼 때였다. 이웃 움막에서 사람이 찾아와 말했다.

"먹을 게 없어서 우리 애가 죽어 가요. 죽이라도 쑤게 제발 좀 나눠 주세요."

나는 씨앗으로 쓸 것밖에 없어 어찌해야 할지 몰랐다.

"미안해요. 우리도 겨우 옥수수죽으로 연명하고 있어요. 씨앗으로 남겨 둔 게 전부인데……."

"당장 먹을 게 없어 사람이 죽어 간다는데 씨앗 타령이라니, 정말 너무하네요."

이웃 사람이 원망스럽게 말했다. 나는 할 수 없이 몇 개되지도 않는 옥수수 중에서 두 자루를 내주었다. 그 사람들이 돌아가자마자 또 누가 나눠 달라고 찾아올까 봐 얼른 밭에 심어 버렸다.

날씨가 풀리자 해야 할 일이 너무 많았다. 임시로 만든 오빠와 할아버지의 무덤을 다시 만드는 일도 급했다. 나는 오빠와 할아버지의 새 무덤을 만들면서 또다시 강물 같은 슬픔을 쏟아 냈다. 눈물이라도 실컷 쏟으니 후련한 것 같았다. 이제 하루라도 빨리 살아남을 궁리를 해야 했다.

벼를 심으려면 논부터 만들어야 하는데 모두 갈대가 자라는 염분 땅이라 논이 없었다. 멀리 알마아타에 사는 사람들의 말로는 카자흐인들은 양 떼나 말을 키울 뿐 벼농사는 짓지 않는다고 했다.

"까레이스키는 밥을 먹어야 해. 밥을 먹으려면 볍씨를 뿌려야 하는데 이런 소금 땅에서는 벼가 자랄 수 없어요."

홍 장군의 말에 태석 오빠가 걱정스레 물었다.

"그럼 어떡해요?"

홍 장군이 가르치듯 말했다.

"논을 만들자면 우선 소금기를 빼야 해. 논이 될 만한 곳을 골라 우선 물길을 만들어 물을 가둬야지. 네댓 번 가뒀다 뺐다 반복하면 소금기가 많이 줄어들 거야."

우리는 홍 장군의 말에 따라 낮은 지대에 있는 갈대를 뽑아내기 시작했다. 나는 손에서 피가 날 때마다 오빠의 마지막 넋두리가 생각나 눈물이 나곤 했다.

192

"동화야, 굵은 갈대는 놔둬. 내가 뽑을게. 손 많이 아프지?"

태석 오빠가 나를 안쓰럽게 바라보며 물었다. 나는 오빠의 마지막 말이 생각나서 얼굴을 붉혔다. 태석 오빠가 오빠의 부탁으로 나에게 마음을 쓰는 것 같았다. 이제 나에게는 태석 오빠가 가장 든든한 버팀목으로 느껴졌다.

나는 태석 오빠를 따라 억척스럽게 갈대를 뽑았다. 사람들은 일을 하다가 힘이 들면 까레이스키들은 가장 강한 사람들이라고 스스로 위로하며 힘을 냈다.

"애초에는 연해주에도 벼농사는 없었대요. 기껏 콩, 옥수수, 기장, 조나 심어 먹었는데 우리 까레이스키들이 논을 만들어 벼농사를 짓기 시작했대요. 할아버지가 그러셨어요."

"그래, 맞아. 우리 민족은 없는 것도 만들어 내는 사람들이지. 기껏 논을 일궈 벼농사를 잘되게 해 놓았는데 이렇게 멀리 와 버렸으니 참. 그래도 또 부지런히 논을 일궈야죠. 우린 꼭 해내고 말 거예요. 지금은 힘들지만 이제 소금기를 다 빼내고 물을 댈 논을 만들면 황금 들판이 되겠지요. 반드시 그렇게 될 거예요."

"암만요. 할 수 있다고 생각하면 하게 되어 있어요. 할 수 없다고 생각하면 안 되겠지만 우리는 반드시 해낼 겁니다. 반드시."

사람들은 서로서로 부추기며 용기를 냈다. 갈대는 굵고 억세었지만 우리의 손끝에 닿으면 안 되는 게 없었다. 새벽에 일어나 늦은 밤까지 갈대를 뽑아내고 논을 만들기 시작했다. 하지만 소금기가 밴 땅이라 당장 볍씨를 뿌릴 수가 없었다. 그래서 강물을 끌어와 새로 만든 논에 물을 가두었다가 빼내기를 반복해야 했다. 물을 가두고 염기를 빼는 동안 우리는 모두 집을 짓기 위해 벽돌을 찍었다. 토굴에서 간신히 겨울을 버텨 냈지만 이제 추워지기 전에 집을 지어야 했다. 우리는 갈댓잎과 마른 풀잎을 섞어 흙과 반죽을 해서 벽돌을 찍어 그늘에 말렸다.

나는 할아버지가 돌아가시던 날 내게 당부하던 생생한 목소리를 잊을 수가 없었다. 아니 잊어서는 안 되었다. 기찻길 옆에 버려진 엄마와 낯선 땅에 묻힌 오빠를 생각하면 아무리 힘들어도 이를 악물고 버티는 힘이 되었다.

날씨가 제법 따뜻해지자 비가 내리는 날도 많았다. 비가 오는 날은 빗물을 모두 가둬 갈대를 뽑아낸 논으로 물길을 돌렸다. 가까이에 있는 카라탈강의 작은 물줄기까지 논으로 돌렸다. 몇 번이나 되풀이해서 소금기를 빼낸 논에 드디어 볍씨를 뿌리려고 물에 담가 놓은 날 밤이었다.

막 잠이 들려는 순간이었다. 밖에서 이상한 소리가 들렸다. 물소리 같기도 하고 발소리 같기도 했다. 나는 봉천댁과 함께 자리에서 벌떡 일어나 잠이 든 태석 오빠를 흔들어

깨웠다.

태석 오빠는 깜짝 놀라 일어나면서 늑대들이 왔을지도 모른다고 불을 켜고 밖을 살폈다. 그런데 그때 시커먼 물체들이 볍씨를 담가 놓은 근처에서 황급히 사라지는 게 보였다.

불빛이 없는 걸로 보아 늑대는 아닌 것 같았다.

"누, 누구요?"

태석 오빠가 소리치며 뛰어나갔다. 검은 그림자가 화들짝 놀라 도망치는 게 보였다.

"오빠, 뭐예요? 늑대예요?"

나는 무서워서 벌벌 떨며 물었다. 오빠가 어서 나와 보라고 말했다. 등불을 들고 밖에 나가 보니 볍씨가 어지럽게 널브러져 있었다.

"세상에나! 이것 좀 봐. 누가 볍씨를 훔치러 왔었어. 급하니까 질질 흘리고 갔는데 반도 더 가져갔어."

봉천댁이 바닥에 깔린 볍씨를 휘저으며 말했다.

"지난번엔 옥수수를 달라고 오더니……. 혹시 그 사람들일지도 모르겠어요. 얼마나 절박했으면 씨앗까지 훔치러 왔을까? 사정을 다 아니 너무 딱하네요."

오죽하면 씨앗까지 훔치러 왔을까 생각하니 안타까운 마음이 더 들었다. 다음 날 아껴 두었던 볍씨를 마저 꺼내 담갔다. 그런데 그날 밤 또 볍씨를 훔치러 왔다가 태석 오빠한테 붙잡혔다. 알고 보니 집안에 환자가 있는데 쌀이 한

톨도 없어서 벼라도 훔쳐서 암죽을 끓이려 했다면서 사정을 했다. 홍 장군이 그들에게 나무라듯 말했다.

"서로 믿음을 잃으면 나중에 더 큰 일을 당할 때 어찌하렵니까. 게다가 죄짓고 사는 일이 얼마나 힘든 줄 모르십니까? 딱한 사정을 말하면 집마다 십시일반으로 한 줌씩 모아서라도 도울 수 있지 않겠어요? 같은 처지에 서로 아픔을 같이 나눠야지. 도둑질을 하다니요?"

홍 장군의 말에 이웃 사람이 흐느끼며 말했다.

"흐흑. 미안합니다. 오죽하면 이런 짓을 했겠습니까? 차마 물에 담근 볍씨까지 달라는 말이 안 나와서 한 줌만 가져가려 했습니다. 정말 잘못했습니다."

"그래도 도둑질을 해서는 안 되지요."

봉천댁이 볍씨를 한 줌 건져서 그 사람에게 주면서 말했다.

"이거 조금이지만 가지고 가서 암죽이라도 끓여 주세요. 우리도 이게 마지막입니다. 어서 농사를 지어 내년부턴 배불리 먹어야죠. 어서 가져요."

이웃 사람은 고개를 푹 숙이고 볍씨를 가지고 갔다. 우리도 옥수숫가루로 겨우겨우 끼니를 때우는데 사람이 죽어 간다니 참으로 안타까웠다. 나중에 알고 보니 여기저기에서 씨앗을 도둑맞았다는 사람들이 많았다. 미처 씨앗을 챙겨 오지 못한 사람들도 있어서 차마 달라고 하지 못하고 조금씩 훔쳐다가 자기네 밭에다 심는다고 했다.

"암튼 씨앗을 잘 간수해야겠다. 눈에 뜨이면 무조건 가져간대."

봉천댁이 걱정스럽게 말했다.

"볍씨뿐이 아니라 다른 씨앗도 훔치러 다닌대. 다른 곳에서는 밭에 심은 씨앗도 파 갔다는 말도 들리던데. 아유, 참 세상에 이런 일까지 일어나다니. 우리는 무슨 씨앗이 남았지?"

"이제 참외와 수박씨를 심어야 하는데."

"집 안에 놔두지 말고 항상 몸에 지니고 있다가 심어야겠어."

나는 봉천댁의 말에 안전하게 전대를 하고 전대 안에 씨앗을 지니고 다니기로 했다. 우리는 볍씨를 뿌리고 참외씨와 수박씨는 전대를 하고 몸에 지니고 다녔다.

며칠 후 씨앗을 심을 때도 사람들 눈에 띄지 않을 때에 심었다. 사람들이 낯선 땅에서 살아남기 위해 물불을 가릴 처지가 아니라서 그렇다고 했다. 거짓말로 아픈 사람이 있다고 핑계를 대고 씨앗을 얻으러 다니는 사람도 있다고 했다.

우슈토베의 여름은 습하고 무더웠다. 햇볕이 쨍쨍 내리쬐는 날엔 모든 게 타 죽을 것처럼 뜨거웠다. 씨앗을 심은 지 보름쯤 지났을 때였다. 사람들 눈을 피해 싹이 나왔나 보러 갔더니 싹이 몇 개밖에 없었다. 숱한 발자국이 찍

흰 걸 보니 누군가 솎아 간 게 분명했다. 그래도 다 가져가지 않아서 다행이었다. 분명히 이주할 때 씨앗을 챙기지 못한 사람들일 것이라 생각하니 동정이 갔다. 새싹이라도 잘키우면 좋으련만 너무 어릴 때 뽑아 가서 혹시 말라 죽지는 않을지 오히려 내가 걱정되었다.

함흥댁이 모종을 잘 돋워 주며 말했다.

"이것마저 또 뽑아 갈까 봐 걱정이다. 밤낮으로 지킬 수도 없고."

"아줌마, 나도 그게 걱정돼요. 나중에 열매가 열리면 나눠 줄 테니 뽑아 가지 말라고 팻말을 세워 놓을까요?"

"그러는 게 나을 것 같아. 몰래 뽑아 가서 죽이면 안 되니까. 그것도 좋은 생각이다. 암튼 어린데도 너는 마음이 바다야, 바다."

"아니에요, 아줌마. 마음이 넓어서가 아니라 서로 살아남아야 하는데 그러려면 씨앗 하나라도 잘못되면 안 되잖아요. 올해만 잘 넘기면 내년부턴 씨앗 걱정은 안 해도 되니까요."

나는 참외와 수박을 심은 곳에 팻말을 세워 나중에 모두 나눠 먹겠으니 모종은 다치지 않게 하라고 써 붙였다. 그 후로는 모종이 잘 자랐다. 정말 다행이었다. 그러나 볍씨는 잘 자라지 않았다. 소금기가 덜 빠져서 그렇다고 했다. 이삭도 패기 전에 그대로 마르는 벼들이 많았다. 키도 작고 이삭도 제대로 여물지 않았지만 그대로 벼농사를 지어 종자의 몇 배로 수확을 했으니 다행이었다.

억척스럽게 일군 밭에 심은 옥수수와 수박은 여름이 되자 제법 알차게 열렸다. 일교차가 커서 무척 달았다. 이제 채소와 과일이라도 있어서 굶어 죽는 일은 없게 되었다. 먹거리 걱정이 없어도 늘 아버지 소식에 목이 말랐다. 또 문득문득 떠오르는 민혁 오빠도 보고 싶어 눈이 빠질 지경이었다.

어느 날 태석 오빠에게 천산을 가리키며 말했다.

"오빠, 저 산을 넘으면 어딜까? 저 산을 넘어 아무 곳에라도 갈 수 있으면 좋겠어."

"천산은 너무 멀지. 저 위가 바슈토베 언덕이래. 천산과 이어져 있는 언덕인데 우리 눈에는 산도 언덕도 아니지. 저기 저 구름 같은 천산은 여름에도 눈이 녹지 않는대. 저 천산을 넘으면 아마 중국 땅일 거야. 하지만 인간이 넘을 수 없는 높이지. 언젠가는 연해주로 돌아갈 수 있을까? 우리가 살던 곳으로 돌아가려면 시베리아 횡단열차를 타야 하는데 기차를 타려면 공민증이 있어야지. 돈도 필요하고 공민증도 돌려받아야 하는데, 우릴 언제까지 마음대로 나갈 수 없게 죄인처럼 가두려는지 정말 답답하다. 그런 생각을 하면 답답해서 못 살아. 그냥 눈앞에 해야 할 일을 하다 보면 언젠가 그런 날이 오겠지."

태석 오빠 말처럼 연해주로 돌아간다는 것은 너무나 막연한 꿈이었다. 그걸 알면서도 문득문득 언젠가는 꼭 돌아가겠다고 다짐하곤 했다. 할아버지의 고향 조선은 어떻게 되었는지, 일본은 물러가고 독립이 되었는지, 세상과 완전히 단절된 곳에서 살아가려니 너무 답답했다.

모든 것을 잊으려면 날마다 일벌레처럼 일에 매달리는 수밖에 없었다. 새벽부터 일어나 하루 종일 흙과 씨름하다 보면 저녁이 되고 몸을 눕히자마자 고단해서 곯아떨어지는 날들이 계속되었다.

첫 수확을 하기 전까지는 푸른색의 풀이면 눈에 띄는 대로 모두 먹었다. 더러는 독이 있는 풀인 줄 모르고 먹었다가 죽을 고비를 넘기는 사람도 많았다. 낯선 기후와 낯선 환경 탓에 풍토병에 걸려 죽는 사람도 많았다.

처음에 도착하자마자 판 토굴은 바람이 너무 세 간신히 다음 해 늦봄까지만 버틸 수 있었다. 그 이후 우슈토베에서 조금 떨어진 바슈토베로 옮기기로 했다. 우리는 농사일을 하면서 틈틈이 찍어 놓은 벽돌로 바슈토베에 집을 지었다. 추운 겨울을 나기 위해 신한촌에서처럼 돌을 어렵게 구해 구들을 놓았다.

어느 날 소련 연방 조사국 사람들이 마을을 찾아왔다. 그들은 마을을 돌아보며 까레이스키들이 지은 새집이며 밭과 논을 보고 무척 놀라워했다. 특히 겨울 난방을 위해

깐 구들을 보고 까레이스키들의 고유한 난방 방법이라며 부러워했다.

"적성이민족 중에서 까레이스키, 당신들은 정말로 대단한 저력을 가진 사람들이오."

연방 조사국 사람들의 말에 우리 모두 어리둥절했다.

"적성이민족이라니? 그게 무슨 말이오?"

홍 장군이 한숨을 쉬며 말했다.

"우리 까레이스키들을 모두 일본의 스파이로 취급해서 적성이민족으로 분류한 게야."

우리가 적성이민족이라서 공민증도 돌려주지 않고 마을 밖으로 벗어나지 못하도록 하는 게 틀림없었다. 홍 장군이 다시 말했다.

"이 정책은 뭔가 잘못된 게 틀림없어. 난 레닌 동지로부터 훈장까지 받았는데 두고 온 재산에 대해 보상은커녕 적성이민족이라니! 러시아 혁명을 위해서 싸운 사람들이 왜 적성이민족이야? 레닌 동지였다면 절대로 이런 일이 일어나지 않았을 거야. 도대체 어찌 된 일인지 참, 기가 막혀서."

나는 홍 장군의 말을 듣고 한민학교에서 배운 러시아 역사를 떠올렸다. 까레이스키들은 분명히 러시아 혁명을 위해 백군과 싸웠고 파르티잔 투쟁에서도 러시아 혁명군과 함께 일본군을 상대로 싸웠다. 레닌은 까레이스키들을 공식적으로 치하하기까지 했다. 레닌의 정권을 이어받은 스탈린 동지는 왜 우리를 적성이민족으로 취급할까. 까레이스키를 낯선 곳에 내다 버리듯 하고 씨앗도 주지 않아 까레이스키들끼리 도둑질까지 하게 만들까. 나는 도저히 이해할 수가 없었다.

내무인민위원들은 이주 후에 죽은 사람과 새로 태어난 사람들의 명단을 다시 만들어야 한다며 집집이 인구 조사를 했다. 나는 이제야말로 보상을 해 주려나 기대를 하고 있었다.

"할아버지가 돌아가셨어도 우리 몫은 내 앞으로 주겠지. 우리 소는 송아지를 잘 낳았을까? 송아지 값까지 달라고 해야지."

나는 연해주를 떠나던 날 끝까지 따라오던 검둥이가 무척 보고 싶었다. 돼지들은 어떻게 되었을까? 이곳으로 온 후로 가축을 기를 수 없어 두고 온 가축들이 더 생각났다. 그러나 내무인민위원들은 엉뚱한 일로 인구 조사를 한 것이었다. 나이가 많아 농사일을 할 수 없는 노인들은 다른 곳으로 보낸다고 했다. 나는 또 가슴이 철렁 내려앉았다. 홍 장군의 나이가 칠십이 넘었기 때문이었다.

"그럼 장군님도 다른 곳으로 가셔야 해요?"

"이제 아무짝에도 쓸모없는 죄수처럼 취급하는데 가라면 가야지, 별수 있겠니?"

홍 장군이 체념한 듯 말했다. 내무인민위원은 일주일 후에 데리러 온다며 홍 장군에게 짐을 챙기라고 말했다. 홍 장군은 크질오르다에 있는 극장에서 청소부 일을 맡는다고 했다.

"크질오르다가 어디래요?"

"여기서 얼마나 떨어진 곳입니까?"

그러나 그곳이 어디쯤인지, 여기서 얼마나 떨어진 곳인지 아무도 말해 주지 않은 채 급히 돌아가 버렸다. 나는 극장이란 말에 민혁 오빠가 떠올라 태석 오빠에게 물었다.

"분명히 크질오르다 극장이라고 했는데 카자흐 극장일까? 까레이스키 극장일까?"

태석 오빠도 고개를 갸웃거리며 홍 장군을 모시러 왔을 때 꼭 물어보자고 했다

까레이스키 극장이라면 분명 민혁 오빠가 있을 것 같았다. 연해주에서는 조선극장이었는데 이곳에 왔으니 카자흐 극장이란 이름으로 바뀌었는지도 몰랐다. 하지만 우선은 홍 장군이 극장에서 청소부 일을 해야 한다는 사실에 기가 막혔다.

"너무해요, 장군님. 장군님이 청소부를 해야 한다니 세상에."

태석 오빠가 주먹을 불끈 쥐고 화를 내자 홍 장군이 한숨을 쉬며 말했다.

"우리는 모두 적성이민족일 뿐이야. 자기들 맘대로 죄인

취급을 하고 있어."

"그래도 말이 되는 소리예요? 장군님께서 극장 청소를 해야 한다는 게 말이 되냐구요?"

나도 억이 막혔다. 할아버지도 안 계신데 홍 장군과 헤어지고 싶지 않았다. 홍 장군도 내가 걱정이 된다고 말했다. 나는 태석 오빠에게 매달렸다.

"오빠, 어떡해? 홍 장군님까지 떠나시면 우린 누굴 의지해서 살아? 오빠가 어떻게 좀 해 봐."

태석 오빠는 내 말에 아무 대답도 없이 한숨만 푹푹 내쉬었다. 나는 너무 화가 났다.

"일본군과 목숨 걸고 싸웠는데 이제 독립운동도 아무 소용없잖아. 연해주에 살던 독립군들이 모두 이곳으로 왔으니 나라가 어떻게 돌아가는지도 모르고, 해방이 되었는지 안 되었는지 우린 아무것도 모르는 채 이게 뭐야? 장군님이 청소부라니 그게 말이 돼? 일본 놈들만 좋아하겠어. 장군님처럼 독립운동을 하던 사람들은 완전 헛고생만 한 거잖아."

내 넋두리에 홍 장군이 조용히 말했다.

"그렇지 않아. 우리가 목숨을 바쳐 독립운동을 한 것은 나라를 빼앗긴 국민들로서 당연히 해야 할 일이야. 그러나 지금 여기서는 독립운동을 한 사실을 드러낼 필요가 없어. 일본의 밀정이라는 의심을 받고 이역만리로 내몰렸으니 지금은 무슨 일이든지 저들 눈에 거슬리면 더 의심을 받을 지도 몰라. 내 조국이 약해서 그러니 누굴 원망하겠니? 하지만 언젠가는 우리가 일본과 생명을 바쳐 싸운 일들이 빛을 보는 날이 있을 게야. 그걸 위해서 일본과 싸운 건 아니지만 언젠가 내 나라에서 일본 놈들이 물러가면 그때 기뻐해야지. 지금은 모두 입조심하고 견뎌야 해. 동화야, 알겠니?"

"네. 알았어요."

대답은 했지만 분해서 자꾸만 눈물이 나왔다. 하지만 슬퍼하고만 있을 수는 없었다. 우리 힘으로 홍 장군을 붙잡을 수도 없으니 먹거리라도 만들어 드리고 싶었다. 나는 함흥댁과 봉천댁과 함께 옥수수를 빻아 가루를 만들었다. 아픈 사람이 생기면 죽을 끓이려고 아껴 두었던 쌀도 꺼내 미숫가루를 만들었다.

홍 장군이 떠나는 날 우리는 모두 일손을 놓았다. 그동안 홍 장군은 시련이 닥칠 때마다 우리 모두를 일으켜 세우는 큰 힘이었다. 홍 장군을 데리러 온 내무인민위원은 크질오르다 극장에 대해 자세히 알려 주지도 않았다. 홍 장군은 떠나기 전 우리에게 당부했다.

"난 이제 언제 죽을지 모르는 노인이오. 무슨 일이 있어도 꼭 희망을 잃지 마시오. 서로 힘을 합치면 무슨 일이든 해낼 수 있을 거요. 또 만날 수 있을지 모르겠소. 모두 몸조

심하시오."

　홍 장군의 작별 인사에 모두 울음바다가 되었다. 홍 장군이 떠나자 가슴에 커다란 구멍이 뚫린 것 같았다. 이주한 지 3년이 넘도록 연해주에 두고 온 가축과 재산은 한마디 언급도 없었다. 사람들은 이제 기다리다 지쳐, 일부러 잊어버려야 덜 속상하다고 체념했다. 아버지는 어디 계실까? 아버지를 기다리는 일이 나를 지탱해 주는 유일한 희망이었다.

16 | 적성이 민족

우슈토베에 온 지 4년째 접어든 봄이었다. 내무인민위원이 마을에 나타났다. 나는 그들이 드디어 아버지의 소식을 가지고 온 것 같아 가슴이 두근거렸다. 내무인민위원은 사람들을 불러 놓고 마치 큰 선물을 나눠 주듯 말했다.

"스탈린 동지께서는 여러분들에게 배움의 길을 열어 주기로 했소. 여러분들은 스탈린 동지께 감사하면서 소비에트의 교육을 받게 될 거요."

그동안 헛간 같은 곳에서 아이들에게 조선말과 조선 글을 틈틈이 가르치고 있던 터라 학교라는 말이 얼마나 반가운지 몰랐다.

"학교는 새로 지어 줍니까?"

"지금 여러 곳에 있는 현재의 배움터를 재정비해서 소비에트 연방 공화국식으로 교육을 받게 될 거요."

내무인민위원이 짧게 대답했다. 나는 학교를 정비한다는 말에 아버지를 곧 만날 수 있겠다는 기대감이 더 커졌다. 학교를 정비하려면 당연히 선생이 필요할 게 뻔했다. 아버지도 올 것이고, 민혁 오빠와 함께 이주했던 선생들도 이곳으로 와야 제대로 된 교육을 시킬 수 있을 터였다.

나는 신한촌을 떠날 때 조선어 책만큼은 보물처럼 가져왔다. 아버지가 갑자기 끌려간 터라 아버지의 책도 챙겨 왔는데 정말 잘했다는 생각이 들었다. 이주를 당한 까레이스키들 중에서 우리가 가장 많은 조선어 책을 갖고 있을지도 몰랐다. 아버지가 한민학교의 선생인 데다가 나도 오빠도 신한촌에서 한민학교에 다녔기 때문이었다. 이제 제대로 학교가 마련되면 그동안 멈췄던 공부도 다시 할 수 있겠다는 생각에 벌써부터 가슴이 부풀었다. 내무인민위원이 다시 말했다.

"여러분은 위대한 소비에트 연방의 인민들이오. 앞으로 여러분은 러시아어를 써야 하오. 까레이스키들이 쓰던 조선어 책은 모두 내놓으시오."

아버지를 곧 만날 거 같아 들떴던 나는 내무인민위원의 말에 어리둥절했다. 조선어 책을 내놓으라니? 학교를 정비한다면서 조선어는 배우지 않는단 말인가? 나는 갈피를 잡을 수 없었다. 내무인민위원이 어리둥절해 하는 우리에게 다시 강압적으로 말했다.

"조선어로 된 책들을 빨리 반납하란 말이요. 만약 나중에 발견될 때에는 벌금을 물릴 것이오."

러시아어로 된 교육을 받는다면 아버지처럼 조선어를 가르치는 선생은 필요 없을 게 뻔했다. 나는 어찌해야 할지 망설여졌다. 태석 오빠가 내게 눈짓을 했다.

"우린 죄수나 마찬가지야. 시키는 대로 따를 수밖에 없어. 어서 반납해. 벌금을 물린다잖아. 우리에게 벌금 낼 돈이 어디 있어? 벌금을 못 내면 뻔해. 수용소로 보내겠지."

태석 오빠의 말은 사실이었다. 이제 글도 언어도 마음대로 쓸 수 없는 감옥에 갇힌 꼴이었다. 나는 조선어 책을 내무인민위원에게 반납하느니 차라리 오빠의 무덤에 가져가서 모두 태워 버리고 싶었다. 그러나 이젠 그렇게도 할 수 없었다. 나는 움막으로 들어가 한편에 소중하게 묶어 둔 조선어 책들 중에서 꼭 필요한 교본만 몇 권 추려 냈다. 조선말과 글을 버리는 일은 내 근원을 버리는 거나 마찬가지란 생각이 들었다. 언제 다시 연해주로 돌아갈지 모르지만 그래도 꼭 필요한 교본 몇 권은 몰래 지니고 싶었다. 발각되면 벌금을 물린다고 하니 몸에 지니는 게 가장 좋은 방법 같았다. 나는 급하게 복대를 하고 그 안에 책을 몇 권 숨겼다. 그런 다음 나머지 책들을 모두 반납했다. 내무인민위원회 사람들은 까레이스키들에게 단단히 다짐을 받았다.

"만일 앞으로 조선어 책이 발견되면 그때는 반역자로 취급당할 거요. 당신들은 친애하는 스탈린 동지의 위대한 인민으로서 자랑스럽게 살기 바라오."

내무인민위원들은 조선어 책들을 모두 말에 싣고 사라졌다. 그 후부터 까레이스키들이 모여 공부하던 곳에 러시아 선생이 들어와 러시아 말과 글만 가르쳤다. 학교를 재정비한다는 것은 말뿐이었다. 달라진 것은 조선말과 글을 쓰지 못하게 하고 러시아어로만 모든 과목을 공부하게 한 것뿐이었다. 까레이스키들끼리도 남들 앞에서는 조선말을 조심했다.

홍 장군을 떠나보내고 나서 가뜩이나 허전한 터에 조선어를 쓰지도 말라며 책까지 빼앗기고 나니 아버지를 만난다는 게 점점 아득해졌다. 우슈토베에 사는 까레이스키들 중에 나처럼 외톨이로 홀로 남은 사람은 없을 것 같았다. 마냥 어린애처럼 어리광만 피우던 내가 혼자 남다니. ……밤이면 식구들이 너무 그리워 눈물로 지새운 때도 많았다. 하지만 날이 밝으면 몸이 부서지도록 일했다. 일을 하는 동안엔 내가 남자인지 여자인지도 모를 정도로 지게질도 하고 괭이로 땅을 파서 갈대밭을 일궜다. 손에는 물집이 잡혔다가 없어지길 반복하는 동안 두껍게 굳은살이 박여 아픔도 면역이 되었다.

우리의 부지런함은 카자흐인들도 놀라워했다. 늪지대 갈대밭이었던 우슈토베는 우리의 손길로 물길이 새로 생기고 점점 논과 밭으로 변했다. 우리 모두 밤낮없이 부지런하게 일한 결과였다. 그러나 또 다른 한편으로는 억울하고 기막힌 운명을 잊기 위해 미친 듯이 일에 매달린 결과이기도 했다.

논밭에 뿌린 씨앗에서 푸른 싹들이 돋는 늦봄부터 이삭이 패는 초가을까지 우슈토베 늪지에도 온통 초록 물결이 넘실거렸다. 푸른 초원을 수놓은 꽃들과 그 꽃들이 피었을 때의 끝없는 구릉들은 내게 위로가 될 때도 있었다. 봄이 무르익은 구릉지의 풍경은 오색 융단을 깔아 놓은 것처럼 황홀했다. 허리가 휘어지도록 일을 하고 손발에 울퉁불퉁 못이 박였어도 허리를 펴고 오색 융단 같은 구릉지에 눈을 맞추면 내 안에 잠들어 있는 소녀의 감성이 되살아나곤 했다. 토끼풀꽃을 뜯어 꽃반지를 만들던 어릴 적 내 모습이 환상처럼 스치기도 했다. 어느 때는 끝없이 푸른 구릉이 신한촌 아무르만의 푸른 물결로 보일 때도 있었다.

수천 리 머나먼 땅, 바다라곤 상상도 할 수 없는 이곳에서 소녀 때의 아름다운 추억이 되살아나 파도를 칠 때도 있었다. 어느 때는 봄나물 바구니를 들고 하얀 앞치마를 두른 엄마가 머릿수건을 휘날리며 내게 다가오는 환상도 보였다.

추억 속의 그리움들이 아름답게 되살아날 때면 불현듯 민혁 오빠가 떠오르곤 했다. 민혁 오빠는 살아 있을까? 민혁 오빠라도 만나면 새로운 희망이 생길 것 같았다.

강제로 이주를 당하기 1년 전, 조선극장에서 <춘향전>을 보았을 때부터 내 가슴은 온통 민혁 오빠로 가득 찼다. 동식 오빠가 민혁 오빠를 우상처럼 여기는 탓에 민혁 오빠가 우리 집에도 놀러 온 적이 있는데 <춘향전>에서 이도령 역을 맡은 민혁 오빠는 너무 멋져서 바라볼 때마다 숨이 멎을 것 같았다. 그랬던 민혁 오빠는 지금 어디에 있을까? 이젠 모두 허망한 꿈이 되어 버렸지만 아름다운 추억은 역경을 이겨 내는 힘이 되었다. 어쩌면 나는 하루하루를 버텨 내기 위해, 또 견딜 수 없는 외로움을 달래기 위해 가까스로 내 추억을 붙잡느라 안간힘을 쓰는지도 몰랐다.

추석 무렵이 되면 온통 갈색으로 물든 구릉들은 그리움으로 가득했다. 바람결에 따라 속삭이는 듯이 바삭거리는 마른풀들과 그 사이를 포롱포롱 나는 새들조차도 내겐 그리움의 눈물이 되어 어른거렸다. 황량한 구릉에 거칠 것 없이 몰아치는 겨울바람도 내 가슴속을 사정없이 휘저어 놓곤 했다. 아버지의 빈 자리, 눈물뿐인 엄마의 마지막 모습, 오빠와 할아버지의 마지막 모습까지 황량한 바람결에 생생하게 되살아나 내 가슴에 걷잡을 수 없는 슬픔의 소용돌이를 일으키곤 했다.

아버지는 영영 돌아오지 않을까? 살아 계시기나 한 걸까? 아니, 이미 이 세상 사람이 아닌지도 몰랐다. 아버지를 생각하면 희망보다 절망이 조금씩 고개를 들었다.

한 가지 위안은 땅에 흘린 땀방울만큼 논밭이 늘어나고 수박과 참외, 옥수수, 당근과 배추와 싱싱한 상추들이 먹고 남을 만큼 잘 자라 주었다.

해가 바뀌자 낯선 피난민들이 모여들기 시작했다. 그들의 차림새는 우리가 처음 이곳에 도착했을 때보다 더 형편없었다. 어디서 오느냐 물었더니 독일계 러시아인들이라 했다. 그들은 볼가강 유역에 살았는데 독일이 소련으로 쳐들어온 탓에, 소련 정부가 자기들을 이곳으로 이주시켰다고 했

까레이스키, 끝없는 방랑

다. 우리처럼 강제 이주였다. 그들도 정든 땅에서 쫓겨난 강제 이주민들이라 저절로 동정심이 생겼다.

"아줌마, 저 사람에게 이걸 좀 주고 가요. 배가 고파서 쓰러졌나 봐요."

"글쎄다. 괜한 짓을 했다가 봉변이라도 당하면 어쩌지?"

함흥댁이 조심스럽다며 머뭇거렸다.

"우리도 카자흐인들한테 도움을 받았잖아요. 우리는 이제 굶어 죽을 염려가 없으니까 좀 나눠 주면 좋을 것 같아요."

나는 함흥댁과 함께 쓰러진 사람들 곁으로 가서 참외를 내밀었다. 아기를 가진 독일 여자가 참외를 받으며 고맙다고 연거푸 고개를 끄덕였다. 여자 옆에는 어린아이가 기운이 없어 제대로 울지도 못한 채 누워 있었다.

나는 그들을 우리 집으로 데려왔다. 아이의 이름은 프란츠라고 했다. 나는 프란츠 엄마가 애를 낳고 몸을 추스를 때까지 한식구처럼 돌봐주었다. 프란츠도 점점 생기를 되찾았다. 프란츠의 아빠는 우리에게 고맙다며 밤늦게까지 우리와 함께 일했다.

이주민들은 날마다 숫자가 늘어났다. 우리는 그 후에도 길에서 쓰러진 사람들에게 먹을 것을 나눠 주었다. 우슈토베 중심가에는 이주민들이 더 많다고 했다. 체첸인, 그리스인, 크리미아반도의 타타르인들도 몰려든다는 소문이 돌았다.

해가 바뀌자 밀려들던 피난민도 조금씩 줄어들었다. 거리를 떠돌던 유랑민들도 하나둘씩 살 집을 마련하고 땅을 일구어 까레이스키들의 농사 기술을 익혀 나갔다. 까레이스키들은 강한 체첸인들보다 독일인들과 친하게 지냈다. 독일인에게 씨앗도 나눠 주고 그들이 자리를 잡는 데 마음으로라도 힘이 되어 주었다.

프란츠네 가족은 우리가 생명의 은인이라며 우리 이웃에 집을 지었다. 집을 짓는 데도 태석 오빠가 많이 도와주었다. 프란츠 엄마는 까레이스키들이 기른 채소가 카자흐 사람들이 키운 것보다 더 고소하고 맛이 진하다고 좋아했다. 같은 기후에서 키워도 키우는 사람에 따라 맛도 달라진다며 우리의 농사법도 배우고 음식도 함께 나누곤 했다.

나는 프란츠 엄마의 말에 문득 한 가지 생각이 떠올랐다.

"우리가 키운 채소들을 내다 팔면 어떨까요? 그럼 돈도 생기고 필요한 사람들을 도울 수도 있잖아요?"

내 말에 봉천댁이 얼른 반겼다.

"장사를 하자고? 좋은 생각이야."

"네, 어차피 채소는 때가 지나면 시들어 버리니까 서둘러서 해 봐요."

함흥댁도 내 말에 맞장구를 쳤다.

"그래. 그런데 어디서 장사를 하지?"

"시험 삼아 해 보는 거니까, 그냥 사람들 많이 지나다니는 길에 펼쳐 놓고 팔아 봐요."

프란츠 엄마도 함께 하겠다고 말했다.

"나도 도울게요. 독일인들에게는 내가 팔면 돼요. 대신 위험할지 모르니까 혼자 가지 말고 꼭 나와 함께 가도록 해요."

프란츠 엄마까지 함께 하기로 해서 마음이 놓였다. 날씨가 추워지기 전에 당장 서두르기로 했다. 장사를 나간 첫날부터 채소가 생각보다 잘 팔렸다. 채소를 사는 사람들은 주로 이주자들 중에서 돈이 있는 독일계 러시아인들과 체첸인들이었다.

며칠 후 프란츠 엄마는 아이들 때문에 함께 장사를 나오지 못해서 나 혼자 장사를 마치고 집으로 돌아오는 길이었다.

카라탈강 어귀에 다다랐을 때였다. 반대편 길에서 나보다 훨씬 키가 큰 체첸 아이들 세 명이 뛰어오기 시작했다. 둘은 남자애였고 한 애는 여자였다. 많은 이주민 중에 체첸인은 특별했다. 그들은 허리에 단검을 차고 다녔는데 까레이스키들은 그들의 눈에 거슬리지 않으려고 노력했다. 그 애들은 키가 커서 걸음도 빨랐다. 내가 아무리 열심히 달린다 해도 그 애들에게 잡히는 건 시간문제였다. 그래도 나는 무작정 뛰었다. 잡힐 때 잡히더라도 우선 도망부터 치기로 했다.

한참을 달리다 돌아보니 아이들은 나와 다른 방향의 길

로 뛰어가고 있었다. 애초부터 나와는 상관이 없었는데 내가 그만 겁부터 먹고 뛴 것이었다. 그래도 나는 무서워서 그 애들이 보이지 않을 때까지 헐레벌떡 뛰어 집으로 왔다. 마당에 들어서자 함흥댁이 기다란 장대를 들고 화를 내고 있었다.

"아줌마, 무슨 일이에요?"

"어서 오너라. 너 오다가 체첸 아이들 못 봤니?"

"봤어요. 저도 무서워서 막 뛰어왔어요."

"아유, 글쎄, 그 애들이 암탉을 훔쳐 달아났어. 하필 알을 낳는 암탉을!"

함흥댁의 말을 듣고 보니 세 애 중에 덩치가 큰 애가 뭔가를 들고 있었던 것 같았다.

"이왕 없어진 거 배고픈 사람들 도와줬다 쳐요. 그 사람들도 우리처럼 정든 땅을 버리고 쫓겨난 사람들이래요. 오죽 배가 고팠으면 그런 짓을 하겠어요."

"차라리 사정을 하면 서로 잘 지내면서 도울 수 있을 텐데. 애들을 시켜 도둑질을 하다니 원……. 어떻게 된 세상이 도둑질을 하고도 너무 뻔뻔해. 레닌 동지가 똑같이 나누는 세상을 만들었으니 네 것 내 것이 어디 있냐고 하는데 날강도가 따로 없어. 사람도 잡아가고 짐승도 잡아가고 이놈의 세상은 도대체 언제 끝이 나려는지……."

함흥댁이 닭장 문을 끈으로 묶으며 구시렁거렸다. 이주

초기에 카자흐인들에게 어렵게 얻어다 키운 병아리들이 알을 까고 수를 늘려 이제는 집마다 닭과 계란을 충분히 얻을 수 있었다. 연해주를 떠날 때 두고 온 가죽들에 대한 그리움이 컸지만 그나마 닭이라도 키울 수 있어서 다행이었다.

어느 날이었다. 연방 조사국 사람들이 갑자기 마을에 나타났다. 그들은 종이로 된 서류들을 들고 있었다. 나는 드디어 아버지의 소식이 왔구나 하고 가슴이 두근거렸다. 연해주에 두고 온 재산에 대한 보상은 이제 기대하지 않았지만 아버지의 소식은 반드시 올 것 같았다. 그러나 그들은 다짜고짜 명령하듯 말했다.

"벼를 심은 곳으로 우릴 안내하시오!"

모두 무슨 일인지 몰라 어리둥절했다.

"까레이스키들의 벼농사 기술이 뛰어나다는 보고를 받고 나왔소. 어떻게 벼를 심고 가꾸는지 조사를 해야 하오. 어서 안내하시오!"

그제야 모두 속으로 안도의 숨을 쉬었다. 나는 기대했던 아버지의 소식이 아니라 너무 실망스러웠다. 카자흐 사람들은 까레이스키들이 우슈토베 갈대밭에 논을 만들고 벼농사를 지어 쌀을 수확한다는 것을 신화처럼 여겼다. 특히 늪지대를 맨손으로 개간하고 물길을 돌려 벼농사를 짓는 것은 그들에게는 꿈에도 생각하지 못할 일이라고 했다.

"앞으로 여러분들이 일군 논밭은 모범적인 콜호스로 바뀔 거요. 스탈린 동지께서는 앞으로 이곳에 목화를 재배하려고 계획하고 있소. 지금 소비에트 연방 공화국은 전쟁을 수행하느라 솜이 든 군복이 아주 많이 필요하오. 목화 재배에도 지금처럼 수고해서 높은 수확을 내기 바라오. 게다가 영웅제도를 두어 목표량을 초과하는 인민에게는 후한 상을 내리기로 했소."

그들은 논과 밭을 돌아보고 종이에 기록하며 까레이스키의 농사 기술에 감탄했다. 태석 오빠가 연방 조사국 사람들에게 물었다.

"콜호스가 뭡니까?"

"집단농장이오."

연방 조사국 사람의 짧은 대답에 태석 오빠가 다시 물었다.

"집단농장이라뇨?"

태석 오빠의 물음에 연방 조사국 조사원이 그제야 자세하게 말해 주었다.

"지금까지는 개개인이 농사를 지었지만 앞으로는 공동으로 농사를 지어 공동으로 경작하는 거요. 집단농장이 되면 개인이 지을 때보다 훨씬 많은 수확을 올릴 수 있을 것이오."

연방 조사국 사람의 말이 끝나자마자 함흥댁이 구시렁거렸다.

까레이스키, 끝없는 방랑

"똑같이 일하고 똑같이 나눈다면 내 것도 아닌데 누가 열심을 내겠어?"

연방 조사국 사람들이 들을까 봐 봉천댁이 함흥댁의 옆구리를 툭 쳤다. 다행히 연방 조사국 사람들은 콜호스를 만들 준비를 서둘러야 한다며 바삐 돌아갔다.

"손발이 문드러지게 일구어 놓은 논밭에 목화를 심는다구?"

"목화 농사가 사람 등골 빠지게 만드는데……. 뙤약볕에 목화를 따다 쓰러질지도 몰라."

"겨우 황무지를 개척해 놓으니까 이제 자기들 맘대로 요리하겠다는 거 아냐? 어쩌면 그걸 노리고 우릴 이런 곳으로 이주시켰는지도 몰라. 꿩 먹고 알 먹고 하는 수작 아닌가?"

그러나 까레이스키들이 아무리 불평을 해도 시키는 대로 할 수밖에 없었다.

"언제 들이닥쳐 모두 집단농장을 만들지 모르니까 어서 밭에 있는 채소도 부지런히 뽑아서 팔아야겠어요."

"그러자. 공동으로 하기 전에 어서 서둘러야겠다."

내 말에 함흥댁이 먼저 앞장섰다. 집단농장을 만든다고 하니 나는 마음이 급해 사람들을 부추겼다.

"이번에는 우슈토베 중심가까지 가서 좀 비싸게 팔아야겠어요. 집단농장이 되면 이런 장사도 얼마 못할 거예요."

"그러자면 일찍 나서야 하는데 내가 내일 내다 팔 채소를 잘 다듬어 싸 놓을게."

봉천댁이 급히 일어나 밭으로 향했다. 우리는 다른 때보다 더 많은 채소를 준비해 놓고 잠자리에 들었다.

그런데 다음 날 놀라운 일이 나를 기다리고 있었다.

17 │ 민
혁
오
빠
를
만
나
다

함흥댁과 프란츠 엄마와 함께 채소를 머리에 이고 우슈토베 중심가에 이른 때였다. 오래된 막사 같은 곳에 사람들이 모여 있었다. 그들은 까레이스키들이었다. 나는 호기심과 혹시나 하는 마음으로 아버지를 생각하며 기웃거렸다. 젊은 남자들이 건물에 간판을 달고 있었다. 간판엔 러시아 글자로 '고려극장'이라 적혀 있었다. 극장이란 글자를 읽는 순간 불현듯 민혁 오빠가 떠올랐다. 그러나 곧 고개를 저었다. 민혁 오빠가 있던 극장은 조선극장이었다.

우슈토베에 극장이 생긴다는 것도 낯설었다. 크질오르다 극장의 홍 장군도 생각나서 간판을 다는 사람들을 물끄러미 바라볼 때였다. 프란츠 엄마와 함흥댁이 빨리 가자고 나를 재촉했다. 내가 막 발길을 돌릴 때였다. 번개처럼 눈앞을 스치는 얼굴에 나는 순간 감전이라도 된 듯 그 자리에 섰다. 분명히 민혁 오빠였다. 난 그대로 숨이 멎는 것 같았다. 간신히 정신을 차리고 다시 눈을 돌렸다. 틀림없었다. 민혁 오빠가 사람들과 함께 건물을 살피며 뭐라 말하고 있었다. 차림새는 남루했지만 분명히 민혁 오빠였다. 나는 채소를 팽개치고 무작정 민혁 오빠에게 뛰어가며 소리쳤다.

"민혁 오빠! 오빠!"

민혁 오빠가 나를 보고 고개를 갸웃거렸다.

"오빠! 나 동화예요. 동식이 동생 동화요!"

그제야 민혁 오빠의 두 눈이 놀란 토끼 눈처럼 변했다.

"오빠, 흐흑. 민혁 오빠, 오빠가 틀림없죠? 그렇죠? 흐흑. 흑!"

무작정 눈물이 쏟아졌다. 민혁 오빠가 나에게 급히 건물 안으로 들어가자고 했다. 나는 내 몫의 채소를 프란츠 엄마와 함흥댁에게 맡기고 민혁 오빠를 따라갔다.

"네가 동식이 동생 동화라고! 정말이야?"

민혁 오빠가 나를 몇 번이나 아래위로 살피며 물었다. 나는 그제야 내 모습이 얼마나 변했는지 실감했다. 예전의 내 모습은 이미 잃어버린 지 오래였다. 억센 농사꾼이 되어 살결도 거칠어졌고 새까맣게 탄 데다 키만 껑충한 나를 못 알아보는 게 당연했다. 나보다 나이가 많아 보이는 여자가 민혁 오빠를 따라 들어오며 누구냐고 묻는 것 같았다. 나는 그제야 눈물을 훔치고 간신히 마음을 가라앉혔다. 갑자기 부끄러운 생각이 들기도 했지만 그런 마음은 지금의 내게는 가당치도 않은 사치였다. 나는 민혁 오빠가 자리에 앉자마자 급하게 물었다.

"오빠, 오빠는 어디로 이주를 당했어요? 난 오빠가 먼저 떠났다고 해서 이곳에 오자마자 오빠를 만날 줄 알았어요."

"너야말로 처음부터 이곳으로 온 거냐? 동식이는?"

"오빠, 내가 먼저 물었잖아요."

나도 민혁 오빠도 우린 서로 궁금한 게 너무 많았다. 민혁 오빠가 먼저 설명했다. 민혁 오빠는 크질오르다로 이주

했고, 조선극장은 고려극장으로 이름이 바뀌었다고 했다. 그동안 고려극장 단원들은 까레이스키들의 이주지를 찾아다니며 소비에트 연방 공화국 이념에 맞는 연극을 했고, 이제 크질오르다에서 우슈토베로 극장을 옮긴다고 했다. 게다가 조금 전에 나에 대해 물은 여자는 태석 오빠의 부인이라고 했다.

"정말요? 그럼 이제 오빠도 여기 우슈토베에서 살 거란 말이에요?"

나는 너무 기뻐서 말이 잘 나오지 않았다. 민혁 오빠가 고개를 끄덕이며 이제 내 얘기를 듣고 싶다고 했다. 나는 그동안 있었던 일을 이야기하려니 눈물이 먼저 나왔다. 내 말을 들으며 민혁 오빠도 몇 번이나 울먹거렸다.

"동식이 그 불같은 성격이 결국. 쯧쯧. 그래, 넌 혼자서 얼마나 힘들었니?"

민혁 오빠의 위로에 눈물이 봇물처럼 터져 나왔다.

"오빠, 전 외톨이에요. 이 세상에 아무도 없어요. 아버지는 아직도 소식이 없구요. 흐흑, 흑."

"아직도?"

민혁 오빠도 놀라 물었다.

"오빠, 저 혼자 어떻게 살아요? 도대체 아버지는 어디 계실까요?"

민혁 오빠가 다시 말했다.

"동화야, 그래도 넌 다른 곳으로 이주를 당한 사람보다 나아 보인다. 우리는 소비에트 연방의 사회주의 이념을 전하기 위해 까레이스키들이 이주한 마을들을 여기저기 돌아다녔어. 그런데 이번에 독일이 소련으로 쳐들어오면서 우리 고려극장도 크질오르다에서 이곳으로 쫓겨 온 거야."

"오빠, 우리 까레이스키들이 무슨 죄가 있어요?"

"동화야, 지금도 우린 죄인이나 마찬가지인 적성이민족이야. 까레이스키들은 군대도 갈 수 없고 대학도 갈 수 없어. 언제 잡혀갈지도 모르고 함부로 불평해서도 안 돼. 조심해야 살아남아. 홍범도 장군님도 크질오르다에 있는 극장에서 청소부를 하면서 근근이 살고 계서. 그렇게 유명한 장군님도……. 그게 바로 우리 까레이스키들의 현실이야."

나는 홍 장군이란 말에 귀가 번쩍 뜨였다.

"오빠, 오빠도 홍범도 장군님을 만났어요?"

민혁 오빠도 놀라 물었다.

"너도 장군님을 만났니?"

나는 급하게 고개를 끄덕였다. 민혁 오빠도 고개를 끄덕이며 말했다.

"그랬구나. 그럼 너와 함께 계셨던 거니?"

나는 너무 기뻐서 물었다.

"살아 계신 거죠? 그렇죠?"

민혁 오빠가 미소를 지으며 고개를 끄덕였다. 민혁 오빠는 고려극단에서 홍 장군의 일대기를 만들어 첫 번째 공연을 마쳤다고 했다.

나는 민혁 오빠에게 신신당부를 했다

"오빠, 아버지 소식 좀 꼭 알아봐 줘요. 부탁해요. 오빠."

민혁 오빠가 크게 한숨을 내쉬며 말했다.

"알았어. 공연을 하러 돌아다니니까 가는 곳마다 꼭 알아볼게."

나는 민혁 오빠를 그토록 그리워했는데 막상 만나고 보니 덤덤했다. 결혼을 했으니 이제 그리운 마음을 버려야 했다. 이제 아버지를 찾을 수 있는 길이 열릴 것만 같았다. 민혁 오빠가 안타까운 눈으로 내게 말했다

"어서 가 봐. 이제 자주 볼 수 있을 거야."

"알았어요, 오빠. 오빠를 만나서 정말 좋아요. 저 이만 갈게요."

민혁 오빠와 헤어져 급히 집으로 돌아와 보니 함흥댁과 프란츠 엄마도 채소를 금세 팔고 돌아온 후였다. 나는 날마다 자고 나면 아버지가 금세 내 앞에 나타날 것만 같아 들떴다. 그러나 기쁜 소식은 해가 저물도록 오지 않았다.

해가 바뀌고 또 한 해가 지나도 아버지의 소식은 알 길이 없었다. 오히려 슬픈 소식이 들렸다. 눈이 흩날리기 시작하던 10월, 크질오르다에 계신 홍범도 장군님이 일흔다

섯 살을 일기로 돌아가셨다는 소식이 날아왔다. 강제 이주를 당한 후 여섯 해를 살다가 돌아가신 거였다. 우리는 홍범도 장군의 부음을 듣고 우리의 처지를 한스러워하며 초상집처럼 울었다.

"조국의 독립을 위해 몸 바쳐 싸운 우리 장군님. 레닌 동지의 표창까지 받았는데 극장에서 청소부를 하다 돌아가시다니. 장군님의 죽음이 바로 우리 까레이스키들의 뼈아픈 현실이야."

태석 오빠가 분통이 터진다며 한탄하듯 말했다. 한동안 모두 웃을 수가 없었다. 아버지의 소식도 기쁜 일도 흐린 겨울 하늘처럼 마음도 답답했다.

다음 해 봄, 나는 큰 결심을 했다. 내 계획을 태석 오빠에게 진지하게 말했다.

"오빠, 내가 아버지를 직접 찾아봐야겠어."

태석 오빠가 눈을 크게 뜨고 물었다.

"어떻게?"

"언제까지 이대로 앉아서 기다릴 수는 없잖아. 민혁 오빠가 까레이스키들이 사는 마을을 돌며 공연을 한대. 극단을 따라다니며 내 눈으로 직접 아버지를 찾아볼래."

태석 오빠가 그제야 마음이 놓인다며 고개를 끄덕였다.

"혼자라면 안 되겠지만 극단 식구들과 함께라면 나도 마음이 놓인다. 그런데 극단을 따라다니면 다른 고장에 가도 문제 삼지 않을까?"

함흥댁도 말했다.

"극단은 괜찮을 거야. 동화야, 네 아버지를 찾는다면 명철 아버지도 찾을 수 있을 거야. 잘 생각했다. 극단을 따라 여기저기 돌아다니면 누군가는 아는 사람이 반드시 있겠지."

"하지만 민혁 오빠가 내 부탁을 들어줄지 모르겠어요. 일단 찾아가서 매달려 볼게요."

나는 마음을 정하자 하루하루가 급했다. 민혁 오빠는 극단에 적당한 자리를 마련할 때까지 집에 가서 기다리라고 했다. 하지만 집에서 가만히 기다리기에는 마음이 너무 조급했다.

얼마 후 드디어 고려극장이 순회공연을 떠나게 되어 나는 극단 사람들의 식사를 돕는 일꾼으로 민혁 오빠와 함께 카자흐 곳곳을 돌게 되었다.

생전 듣지도 보지도 못한 카자흐의 잠블 마을, 크질오르다, 카라간다, 탈티쿠르간, 쿠이간 마을을 돌았다. 그러면서 고려극단원들의 빨래를 하고 밥을 준비했다. 공연이 있는 날에는 까레이스키들을 하나하나 살피며 아버지를 찾았다. 하지만 그 어디에서도 강제 이주 전에 연해주에서 끌려간 사람들의 소식은 들을 수 없었다. 나는 고된 일정에 물까지 맞지 않아 배탈이 나서 고생했지만 공연이 있는 날이면 눈을 크게 뜨고 사람들을 하나하나 살폈다.

지방 순회공연이 끝날 때까지 내 소원은 이루어지지 않았다. 마지막 공연 장소가 알마아타라고 했다. 알마아타로 가는 중에 민혁 오빠가 내게 말했다.

"이제 알마아타 공연만 하면 이번 여름 순회공연은 끝나. 알마아타는 카자흐에서 가장 큰 도시야. 동화, 네 아버지를 꼭 찾았으면 좋겠다."

나는 문득 아버지처럼 끌려간 사람들이 지식인이었다는 사실이 새삼스럽게 떠올랐다.

"오빠, 아버지처럼 끌려간 사람들 대부분 지식인이었으니까 농사일은 시키지 않았을 거야. 왠지 알마아타에 가면 아버지가 계실 거 같아."

"그래, 맞아. 똑똑한 사람들만 끌고 갔으니까 농사일 말고 특별한 일을 시켰을 거야. 동화야, 알마아타에서는 사흘 동안 공연을 하니까 꼭 아버지를 찾도록 해."

나는 민혁 오빠의 말에 가슴이 두근거렸다.

"고마워요. 오빠, 나도 이번엔 꼭 아버지를 만날 수 있을 것 같은 예감이 들어요."

"아직 고맙다는 말은 일러. 아버지를 만나야 고맙지. 나도 꼭 빌고 있을게."

민혁 오빠의 두 눈이 유난히 반짝거렸다.

집을 떠난 지 어느새 두 달 가까이 지나도록 날마다 실망만 거듭했던 터라 온몸에 기운이 하나도 없었다. 꿈에서 아버지를 만나는 날도 있었는데 꿈은 반대라는 생각이 들어 더 안타까웠다. 알마아타 공연을 앞두고 새로운 희망이 솟았다.

우슈토베 마을이 외따로 떨어진 유형지라면 알마아타는 정말 많은 사람이 사는 도시였다. 건물들도 많고 차들도 보였다. 나는 공연 첫날부터 입구에서 남자들의 얼굴을 살폈다. 아버지와 헤어진 지 어느새 8년이 지났지만 아버지가 나를 못 알아볼 수는 있어도 나는 날을 더할수록 아버지의 모습이 더욱 생생해서 아버지의 얼굴을 알아볼 자신이 있었다. 나는 오줌이 마려워도 자리를 뜰 수가 없었다. 그 순간 아버지와 엇갈릴까 봐 꼬박 자리를 지켰다.

첫날은 아버지를 만나지 못했다. 이튿날도 눈을 크게 뜨고 하루 종일 아버지를 찾았다. 오후가 되자 점점 더 초조해서 남자만 보면 아버지가 아닐까 조마조마했다. 민혁 오빠가 나를 걱정스럽게 바라보며 말했다.

"여기도 안 계신 것 같다. 동화 네 아버지뿐만 아니라 다른 사람들도 없는 걸 보면 아무래도……."

나는 민혁 오빠의 마지막 말을 듣고 싶지 않았다.

"오빠, 아직 하루가 남았어. 꼭 찾고 말 거야."

난 억지라도 쓰고 싶었다. 드디어 마지막 날이 밝았다.

나는 온몸의 기를 모아 아버지를 만나게 해 달라고 빌었다. 초조한 만큼 시간은 너무 빨리 흘러갔다. 드디어 공연을 보러 사람들이 밀려오기 시작했다. 나는 문 옆에서 한 사람 한 사람 살폈다. 어떤 사람들은 나를 이상하게 바라보기도 했다. 공연 시간이 가까워 오자 내 마음은 거의 타들어 가는 듯했다. 드디어 마지막 사람까지 공연장으로 들어갔지만 아버지의 모습은 찾을 수 없었다. 나는 두 다리에 힘이 빠져 그 자리에 털썩 주저앉았다. 눈물이 주르르 흘렀다. 민혁 오빠와 함께 순회공연을 떠날 때만 해도 아버지를 찾을 수 있다는 희망에 부풀었는데 이제 희망이 송두리째 날아가 버렸다.

공연이 끝나고 알마아타에서 우슈토베로 돌아오는 동안 나는 온몸이 불덩이가 되어 앓았다. 나는 집에 돌아와서도 한동안 몸을 추스르지 못했다. 콜호스를 만들기 위한 연방 조사원들의 성화에 몸이 회복되기를 기다릴 시간도 없었다.

18 | 노력 영웅

까레이스키들은 이제 내 것, 네 것이 별 의미가 없게 되었다고 허탈해 했다. 대부분의 논은 그대로 벼농사를 짓게 했고, 밭은 거의 모두 목화밭으로 만든다고 했다. 나는 아버지의 소식을 알 길이 없어 모든 일에 의욕을 잃고 지냈다. 그렇게 만나고 싶었던 민혁 오빠도 이제 나와는 멀어진 것 같았다. 나 혼자만의 짝사랑이었지만 뭔가 기대고 그리워하는 힘으로 고난을 견뎌 냈을지도 몰랐다. 나를 안타깝게 지켜보던 태석 오빠가 내게 말했다.

"살아 계신다면 언젠가는 만날 수 있을 거야. 너무 상심하지 마."

나는 이제 한 가지 희망밖에 없다는 생각이 들었다.

"오빠, 노력영웅이 되면 상을 준다고 했지?"

내 말에 태석 오빠가 고개를 끄덕이며 시큰둥하게 말했다.

"콜호스를 만들면 공동으로 경작을 하니까, 일을 열심히 하지 않을까 봐 그런 제도를 두어 부추긴다는 생각이 들기도 해."

"아냐, 오빠. 우린 무조건 노력영웅이 되어야 해."

단호한 내 말에 태석 오빠가 어리둥절했다. 연방 조사국 조사원들은 세 가지의 노력영웅 제도가 있다고 했다. 전투영웅, 노력영웅, 모성영웅이었다. 그러나 적성이민족으로 낙인이 찍힌 까레이스키들은 군대에 갈 수 없기 때문에 전투영웅이 되고 싶어도 될 수 없었다. 모성영웅은 아이를 열

명 이상 낳아야 하니 그도 쉽지 않았다. 그러니 까레이스키들에게 열린 기회는 노력영웅뿐이었다. 노력영웅은 정해진 면적에서 누가 더 많은 수확량을 내느냐로 결정된다고 했다. 나는 태석 오빠에게 진지하게 말했다.

"우리는 버려진 존재야. 배상은 한 푼도 안 나왔고 공민증도 아직 돌려주지 않았어. 이건 우리를 사람 취급하지 않는 거잖아. 그런데 영웅이 되면 상도 주고 특별 대우를 해 준다고 했어. 만약 노력영웅이 되었는데도 달라지지 않는다면 누가 영웅이 되려고 하겠어? 내 생각엔 노력영웅이 되면 분명 대우가 달라질 거야. 그러니까 열심히 일해서 노력영웅이 된 다음에 우리 요구를 들어 달라고 당당하게 요구하는 수밖에 없어. 그때 아버지의 행방을 찾는 거야. 그 방법밖에 없어. 오빠, 난 아버지를 꼭 만나야 해. 아니, 꼭 찾을 거야."

태석 오빠가 내 말에 놀라 알았다고 꼭 그렇게 하자고 고개를 끄덕였다. 콜호스는 대부분 이웃해 있는 사람들끼리 한 단위가 되었다. 지금까지 개인적으로 농사를 짓던 방식과는 다르게 함께 일하고, 함께 수확해서 수확량을 합해서 모두 똑같이 나누는 제도였다. 옛 러시아의 영지나 국가 소유의 드넓은 농장들은 국영 농장이란 이름으로 국가가 경영하고 노동자들은 일정한 월급을 받는다고 했다. 그에 비하면 까레이스키들이 소속된 콜호스는 열심히 일해서 수확을 낸 만큼 나눌 수 있으니 국영농장의 노동자들보다는 나은 편이었다. 프란츠네 가족은 우리 콜호스의 한 식구가 된 걸 무척 좋아했다. 어느 날 프란츠 아빠가 말했다.

"독일계 러시아인들 중에 많은 사람이 까레이스키들이 운영하는 콜호스를 부러워하고 있어요. 나한테 우리 콜호스로 옮길 수 있느냐 묻는 사람들이 많았어요."

프란츠 아빠의 말에 모두 어깨를 으쓱했다. 나는 오로지 아버지만 생각하며 죽도록 일에 매달렸다. 태석 오빠와 봉천댁, 함흥댁도 밤잠까지 줄여 가며 미친 듯이 일했다. 카라탈강 어귀에 습한 밭에는 양파를 심었는데 부지런히 가꾼 덕에 수확량이 엄청나게 많았다.

노력영웅 심사는 가을 추수가 끝난 다음에 한다고 했다. 벼농사는 단연 까레이스키들이 운영하는 콜호스가 앞섰다. 체첸인들과 독일계 러시아인이 많은 콜호스에서는 아무리 열심히 일해도 농사에 관한 한 까레이스키들을 따를 수가 없다고 부러워했다. 그 때문에 콜호스를 운영하는 대표자 자리는 거의 까레이스키들이 맡았다.

우리 콜호스에서는 태석 오빠가 모든 걸 책임지고 운영해 나갔다. 나는 우리 콜호스에서 꼭 노력영웅이 나올 것으로 믿으며 아버지를 찾을 수 있다는 확신을 가졌다. 그동안은 아버지를 찾는 일이 마치 강 건너에서 배가 오기를 기다리는 격이었다. 민혁 오빠가 열심히 찾아보려고 노력했지만 적성이민족의 한계를 뛰어넘을 수가 없었다. 그러나 노력영웅만 되면 그동안 우리의 요구를 귓등으로 흘려 버리던 연방 조사국 조사원들도 반드시 들어줄 것 같았다.

밤인지 낮인지 모를 정도로 일벌레처럼 땅에 엎드려 지내던 어느 날, 독일계 러시아인들이 술렁이기 시작했다. 프란츠 아버지가 며칠 동안 농장에 나오지 않았다. 태석 오빠가 프란츠 집에 갔다가 농장으로 돌아오더니 얼굴이 벌게진 채 흥분해서 말했다.

"전쟁이 끝났다고 고향으로 돌아가게 되었대. 지금 짐들을 싸느라 정신이 없어."

태석 오빠의 말을 들은 우리는 번개라도 맞은 듯 한동안 어리둥절했다. 잠시 후 들고 있던 호미와 삽을 내던지고 부리나케 집으로 뛰었다.

"영웅이고 뭐고 다 필요 없어. 우리도 빨리 연해주로 돌아갈 준비를 해야지. 어서 짐을 싸자구요."

함흥댁이 흥분해서 말했다.

"그런데 무슨 전쟁이 끝났다는 거야? 일본 놈들이 조선에서 물러갔다는 말인가?"

봉천댁이 생각 좀 해 보자며 모두에게 물었다.

"좀 더 알아봐야 해. 아직 연방 조사국에서 아무 말이 없는데 짐부터 싸도 되는 걸까? 우리는 내무인민위원회 허락 없이 한 발짝도 움직일 수 없는 신세잖아."

나도 도무지 갈피를 잡을 수 없었다.

"태석 오빠, 좀 더 자세히 알아보는 게 좋겠어."

내 말에 태석 오빠가 고개를 끄덕이며 말했다.

"고향으로 돌아간다는 말에 그만……. 어떻게 된 상황인지 다시 알아보고 올게."

태석 오빠가 다시 프란츠네 집으로 향할 때 나도 따라나섰다. 그런데 프란츠네 아버지와 어머니가 심하게 다투고 있었다. 프란츠 아버지는 고향으로 돌아가 봐야 땅도 없고 반길 사람도 없다며 이곳에 남아서 까레이스키들과 함께 살자고 하고, 프란츠 어머니는 그래도 고향으로 돌아가자며 옥신각신하는 중이었다.

나는 프란츠네 가족이 얼마나 부러운지 몰랐다. 전쟁이 끝났다는 것은 독일과 소비에트 간에 벌어진 전쟁에서 독일이 패했다는 뜻이었다. 소련에서는 독일계 러시아 사람들이 전쟁을 하는 동안 독일 편에서 스파이 노릇을 할까 봐 이곳으로 강제 이주를 시킨 것이었다. 이제 독일이 패했으니 그들이 살던 볼가강 지방으로 돌아가는 거라고 했다.

똑같이 강제로 이주를 시켜 놓고 그들만 돌아갈 수 있다는 사실을 나는 도저히 이해할 수가 없었다. 나는 좀 더 자세히 알아보기 위해 고려극장으로 민혁 오빠를 찾아갔다. 고려극장이 있는 우슈토베의 중심가에도 고향으로 돌아가는 사람들이 줄을 이었다. 마차에 짐을 싣고 고향으로 돌아가는 그들은 처음 이곳에 왔을 때의 걸인 같던 모습이 아니었다. 노래도 부르고 웃고 떠들며 마치 새 세상을 향해 나아가는 승리자들 같았다. 나는 그들의 모습을 보자 마음이 더 조급해졌다. 민혁 오빠를 만나 자초지종을 얘기하자 민혁 오빠도 한숨을 내뱉으며 말했다.

"2차 대전이 끝났다는 거야. 소련을 포함한 여러 나라의 군인들이 뭉쳐 연합군을 결성했는데 그 연합군이 독일을 이겼대. 그 전쟁 때문에 독일과 맞닿은 국경에 살던 사람들이 강제 이주당했는데 이제 전쟁이 끝났으니까 고향으로 돌아가는 거야."

"그럼, 우리 까레이스키는 언제 돌아가요?"

"까레이스키는 그들과 달라. 중요한 건 아직 까레이스키들에겐 공민증도, 상급 학교 진학의 기회도, 거주 이전의 자유도 풀리지 않았다는 거야."

"그럼, 우린 고향으로 돌아갈 수 없는 거예요? 왜요? 왜 우리 까레이스키들만……."

나는 목이 메어 더 이상 말이 나오지 않았다. 민혁 오빠가 갑자기 주먹으로 벽을 쾅쾅 치며 말했다.

"그러게 말이다. 까레이스키로 태어난 게 누구 잘못도 아닌데 도대체 왜 우리만 적성이민족으로 부당한 취급을 받아야 하는지……."

민혁 오빠도 말을 잇지 못했다. 나는 맥이 빠져 집으로

터덜터덜 돌아왔다. 고향으로 돌아가는 사람들이 얼마나 부러운지 몰랐다. 내게 기대를 걸고 좋은 소식이라도 있을까 싶어 기다리던 식구들은 까레이스키가 그들과 다르다는 말을 듣고 한동안 말을 잃었다. 짐을 꾸린다며 들떴던 함흥댁도 부엌 바닥에 주저앉아 구시렁거렸다.

"명철 아버지요, 도대체 어디 있는 거요? 동화 아버지와 함께 있습니까? 아니면 서로 떨어져 있습니까? 어서 돌아오세요. 제발 살았는지 죽었는지 소식이라도 줘야 할 것 아니오? 하루하루 답답해서 이 가슴이 다 타 버려서 이젠 숨도 못 쉴 지경인데……."

함흥댁의 넋두리에 난 하염없이 눈물만 쏟았다.

독일계 러시아인들 중 프란츠 가족은 다행히 우리 곁에 남기로 했다는 소식이 그나마 위로가 되었다. 하지만 콜호스에서 함께 일하던 사람들이 가 버리자 우리 콜호스에서 노력영웅을 기대했던 일도 흐지부지되고 말았다.

"내년을 기약하는 수밖에 없어, 오빠."

내 말에 태석 오빠가 말했다.

"그래. 까레이스키의 운명이라 생각하고 받아들이자. 생각하면 할수록 속만 상하니까."

태석 오빠가 말을 마치자마자 봉천댁이 심각하게 말했다.

"그동안 경황이 없어서 말을 못 꺼냈는데 너희 둘 다 혼인이 늦었어. 올해가 가기 전에 혼례식부터 올리자. 동화는 올해 스물하나지? 태석이도 어서 장가를 가야지."

나는 봉천댁 말에 깜짝 놀랐다. 연해주를 떠난 지 벌써 10여 년이 가까워 오고 있다는 게 실감이 나지 않았다. 태석 오빠가 봉천댁의 말에 얼굴이 빨개졌다. 나는 고개를 저었다.

"고모님, 전 아버지를 찾는 일이 급해요. 아버지를 찾은 다음에 아버지를 모시고 혼례식을 올리고 싶어요."

내 말에 봉천댁이 고개를 저었다.

"너희도 나이가 들 대로 들었어. 아버지가 돌아오시면 동화 네가 가정을 꾸린 걸 더 흐뭇하게 생각하실 거야. 혼례는 다 때가 있는 거다. 애들도 낳아 키워야 하고 올해 넘기지 말고 혼례식을 올리도록 하자."

나는 잠자코 듣기만 했다. 어른들의 말에 무조건 싫다고 할 수가 없었다. 그날 밤, 난 태석 오빠에게 애원하듯 말했다.

"오빠, 우리 1년만 기다렸다가 혼례식을 올려요. 내년 한 해 동안 열심히 일해서 반드시 노력영웅이 된 다음에 아버지를 찾아보구요. 난 정말 아버지를 꼭 찾아서 함께 모시고 혼례식을 올리고 싶어요. 오빠, 꼭 부탁해."

태석 오빠가 나를 한동안 바라보다가 고개를 끄덕였다.

"그래, 네 소원이라니 들어줘야지. 나도 그렇게 된다면 좋지. 신랑인 내 쪽에는 고모라도 있지만 너를 생각하면 너무 안타깝지. 그래, 아버지를 꼭 찾아보자. 아버지를 모시고 혼례식을 올릴 수 있다면 얼마나 좋겠니?"

난 나를 이해해주는 태석 오빠가 얼마나 고마운지 몰랐다.

"내년에는 정말 죽기 살기로 일해서 꼭 노력영웅이 되어야 해, 오빠."

"알았어. 그래야 우리도 혼례식을 올릴 수 있을 테니까 꼭 노력영웅이 되도록 하자."

나는 태석 오빠의 손을 잡고 한동안 놓지 않았다. 이제 이 손으로 더 열심히 일해서 노력영웅이 되는 길만이 아버지에게 한발 가까이 다가가는 유일한 방법이라고 생각하자 억세고 거칠어진 손이 문득 자랑스럽게 느껴졌다.

온 식구들은 봄이 되기도 전부터 자나 깨나 어떻게 하면 한 톨의 수확이라도 늘릴까 궁리했다. 어두워지면 불을 밝혀 놓고 조금이라도 일을 빨리 시작하기 위해 준비 작업을 했고 날이 새기도 전에 들판으로 나갔다. 까마득한 밭고랑에 앉으면 허리를 펼 시간도 아까워하는 일벌레가 되었다. 바람이 심하거나 연이어 비가 내릴 때는 논물을 조절하느라 들판에서 밤을 꼬박 새우기도 했다. 특히 목화송이가 벌어질 무렵에는 비가 오기 전에 목화송이를 따야 해서 등불을 밝히고 목화밭에서 밤을 꼬박 새웠다. 그럴 때마다 도저히 일어날 수 없을 정도로 온몸이 녹초가 되었지만 아버지를 만날 생각을 하면 어디선가 새 힘이 불끈 솟아나곤 했다.

드디어 가을이 되어 추수를 마쳤을 때 연방 조사국 사람들이 각 콜호스를 돌면서 수확량을 조사해 영웅 심사를 시작한다고 했다. 나와 태석 오빠는 자신이 생겼다. 목화 농사도 벼농사도 우리 콜호스가 다른 콜호스의 수확량보다 갑절이 될 거라고 떠들었다.

이제 아버지를 만날 시간이 내 곁으로 점점 빠르게 다가오는 것 같았다. 태석 오빠와 봉천댁은 내 눈치를 보며 혼례를 준비하는 것 같았다. 하지만 나는 모른 척했다. 아버지를 언제 만날 수 있을까 생각하며 꿈에서도 아버지를 찾아 헤매는 날이 많았다.

노력영웅을 발표하는 날이 되었다. 예상대로 우리 콜호스는 대표자 격인 태석 오빠가 노력영웅이 되었다. 노력영웅이 되면 마을에 행사가 있을 때마다 가슴에 영웅 훈장을 달고 맨 앞줄에 앉을 수 있는 특권이 주어진다고 했다. 그러나 나와 태석 오빠는 그런 것이 하나도 반갑지 않았다. 우리는 연방 조사국 사람들에게 아버지를 만날 수 있게 알아봐 달라고 부탁했다. 내가 예상한 대로 노력영웅의 부탁이라 연방 조사국 사람들은 들은 척도 하지 않던 예전과 사뭇 다른 태도를 보였다. 그들은 최선을 다해 알아본 후 아버지를 만날 수 있도록 해 준다는 약속을 했다.

우리는 모두 오랜만에 기쁨에 젖었다. 함흥댁과 봉천댁은 잔치 음식을 만들며 콧노래를 불렀다.

"내친김에 혼례식까지 올릴 수 있게 동화 아버지 소식이 빨리 왔으면 좋겠다."

"동화 아버지만 오고 명철 아버진 안 오면 어떡해요?"

함흥댁이 뾰로통해서 물었다.

"어휴, 무슨 말씀을 그리하세요? 동화 아버지가 오시면 명철 아버지도 함께 오시겠죠. 한동네에서 이웃이었다니 분명 함께 돌아올 거예요."

봉천댁의 말에 함흥댁이 호호호 웃으며 말했다.

"그렇죠? 당연한 건데 괜히 해 본 소리예요. 어서 집안도 치우고 남편 맞을 준비를 해야지. 너무 오랜 시간이 흘러서 날 못 알아보면 어떡하지?"

함흥댁의 말에 모두들 깔깔대고 웃었다. 얼마 만에 해맑게 웃어 보는지 몰랐다. 이튿날부터 함흥댁과 봉천댁은 나와 태석 오빠의 혼례식을 준비하느라 바빴다.

"혼례식에 필요한 것들을 모두 다 준비해 놓았다가 동화네 아버지가 오면 바로 식을 올리자. 곧 소식이 오겠지."

노력영웅이 된 이후에 아버지 소식을 기다리는 일은 그동안 막연했던 기다림의 몇 배로 목이 타들어 가는 갈증이었다. 며칠 후 연방조사원들이 마을에 나타났다. 드디어 아버지의 소식을 들을 수 있다는 기대감에 머리카락까지 빳빳하게 긴장이 되었다.

19 | 누
명

우리는 모두 신발도 신지 못한 채 연방조사원을 반겼다.

"일본 밀정, 김태석을 체포한다. 김 오오이시 맞지?"

연방 조사국 사람들이 태석 오빠를 보자마자 두 손을 묶고 수갑을 채웠다. 우리는 모두 넋이 나간 채 말문이 막혔다.

"김 오오이시는 뭐야? 우리 태석이가 일본 밀정이라니요?"

봉천댁이 무슨 당치 않은 말이냐며 물었다.

"일본 관동군의 첩자란 사실이 밝혀졌다. 이자는 까레이스키는 물론 스탈린 동지의 적이며 인민의 적이다."

연방 조사국 사람의 말에 봉천댁이 너털웃음을 터뜨렸다.

"당치도 않아요. 우리 태석이는 일본의 밀정이 아니라 조선독립군의 밀정이었어요. 뭔가 잘못 안 거예요."

그러나 연방 조사국 사람들은 태석 오빠를 그대로 끌고 가 버렸다. 어디로 데려가느냐 울부짖는 봉천댁에게 포로 수용소로 보낼 거라고 말했다. 연방 조사국 사람들은 바람처럼 나타나 돌개바람처럼 당치도 않은 회오리를 일으키며 태석 오빠를 붙잡아 갔다.

나는 넋이 나간 것처럼 하늘이 노랬다. 아버지의 소식을 가져오는 줄 알고 들떴는데, 이제는 손끝까지 기운이 모두 빠져나갔다. 이제 태석 오빠는 어떻게 될까. 정말 일본의 밀정이었을까? 나는 얼른 고개를 저었다. 봉천댁은 며칠째 일도 못하고 밥도 제대로 넘기지 못한 채 앓아 누웠다.

"하늘도 무심하지. 일본 놈들한테 우리 가족이 모두 몰살을 당하고 태석이 혼자 살아남았는데 도대체 조상님들은 뭐 하는 걸까. 태석이 하나 못 지켜 주고 억울한 누명까지 쓰게 하다니. 이런 법이 어디 있어? 아이고 분해, 아이고. 뼈를 갈아 마셔도 분이 풀리지 않을 일본 놈들의 밀정이라고? 세상에 이런 법은 없어."

함흥댁이 아무리 옆에서 위로를 해도 봉천댁은 차라리 죽는 게 낫다고 날마다 울부짖으며 넋두리를 쏟아 냈다. 나는 또다시 민혁 오빠를 찾아갔다.

"또 무슨 일이니? 어떻게 왔어?"

나를 보자마자 놀라는 민혁 오빠에게 미안한 생각이 앞섰다.

"미안해요, 오빠. 급할 때마다 귀찮게 해서."

"내가 도울 수 있는 일이 별로 없어서 안타깝지. 어서 말해 봐."

민혁 오빠는 내 이야기를 듣고 한참 동안 생각에 잠겼다가 입을 열었다.

"조선이 일본에게 나라를 빼앗긴 후로 조선인은 자연스레 일본 국적이 된 게 문제야. 연해주에서 오래 산 사람들은 러시아 국적을 받기도 했지만 까레이스키들은 대부분 민족성이 강해 러시아 국적을 원치 않았지. 하지만 나라가 없어지고 일본의 속국이 되니 자연히 까레이스키들은 본인이 원치 않아도 일본 국적이 되어 버린 거야. 태석이도 그 때문에 피해를 보는 거 같다. 이 모두 내 나라가 없어진 설움이니 어쩌겠니?"

민혁 오빠의 대답을 듣고 나는 더 답답했다.

"도대체 밀정 혐의가 무슨 말이에요? 설사 일본의 밀정이었다고 해도 지금은 자기들 맘대로 죄수 취급을 하고 이렇게 이역만리까지 이주를 시켰잖아요. 그런데 이제 와서 그게 무슨 상관이에요?"

"동화야, 우린 버려진 사람들이야. 누구에게 하소연하겠니? 이제 이 땅에 뿌리를 내리고 살아 내는 일이 최선이야. 너한테 이런 말하기는 뭐하지만 너의 아버지처럼 끌려간 사람들 중에 한 사람도 소식을 아는 사람이 없어. 어딘가에 살아 있다면 십 년 세월이 넘게 흘렀는데 어떻게 한 사람도 연락이 안 되겠니? 내 생각엔 아마도……."

민혁 오빠가 내 얼굴을 살피며 말끝을 흐렸다. 난 민혁 오빠가 무슨 말을 하려는지 알아차렸다. 그러나 인정하고 싶지 않았다.

이제 다시는 아버지와 태석 오빠를 만날 수 없을까? 동식 오빠가 죽고 나자, 나는 태석 오빠를 많이 의지했다. 그런데 그런 태석 오빠까지 내 곁에서 빼앗아 가 버렸다. 나는 앞으로 어떻게 살아야 할까? 너무 막막했다.

집으로 돌아오는 발길이 어느 때보다 더 무거웠다. 어느

새 나이가 스물을 넘기고도 네 해가 지났을까? 지옥 같은 이 땅에서 10년을 넘게 살아 냈다는 게 꿈만 같았다. 밭에 나갔던 봉천댁이 돌아오자마자 물었다.

"그래, 뭘 좀 알아냈니?"

나는 힘없이 고개를 저었다.

"우리 태석이가 일본 밀정이 아니라는 건 하늘이 알고 땅이 알겠지. 동화야, 그러니까 내 말을 진즉에 들었어야지. 혼례식이라도 올렸으면 아이라도 생겼을 거 아니냐? 만약, 만약에…… 아휴, 내가 이런 방정맞은 생각을 하면 안 되지."

나는 봉천댁을 위로해야 했다.

"고모님, 태석 오빠는 어디서든 현명하게 잘 대처할 거예요. 그리고 꼭 돌아올 거예요. 너무 걱정하지 마세요. 오빠는 꼭 돌아올 거예요."

"그래, 우리 태석이는 하늘이 내린 목숨이야. 꼭 살아서 돌아올 거다. 암, 그렇고말고."

나도 언젠가는 태석 오빠의 아내가 되고 싶었고 또 동식 오빠의 마지막 부탁으로 그렇게 되리라고 믿고 있었다. 그런데 지금은 봉천댁의 말이 너무나 슬프게 들렸다.

태석 오빠가 빨리 돌아와 함께 혼례식을 올리고 싶었다. 내 아이들이 태어날 즈음이면 할아버지의 말대로 언젠가는 조상들의 고향으로 돌아갈 수 있을까? 아니, 내가 태어난 연해주라도 좋았다. 그러나 돌아간다는 일이 너무나 까마득했다. 언제까지 이곳에서 감옥에 갇힌 죄수처럼 살아야 하는지, 아버지는 민혁 오빠 말대로 정말 이 세상 사람이 아닌지, 갈수록 깜깜한 세상에 홀로 남겨진 내 처지가 너무나 한스러웠다.

함흥댁은 내게 엄마처럼 대해 주려고 애를 썼지만, 함흥댁도 죽은 명철 오빠와 남편 생각에 나와 부둥켜안고 눈물바람을 할 때가 많았다. 그럴 때면 봉천댁도 태석 오빠를 생각하며 마치 초상집처럼 울음바다를 만들곤 했다.

아득하게 신기루처럼 보이는 천산에는 사철 내내 흰 눈이 덮여 있었다. 그것은 도저히 벗어날 수 없는 거대한 감옥의 높다란 장벽처럼 나를 짓눌렀다.

변함이 없는 것은 시간의 흐름이었다. 태석 오빠가 끌려간 지도 어느새 1년이 훌쩍 지나갔다. 어느 날 봉천댁이 떠도는 소문을 들었다며 심각하게 말했다.

"노력영웅들 중에서 수확량을 최고로 많이 낸 사람은 레닌 훈장을 준대. 레닌 훈장을 받으면 모스크바로 초청을 받는데 모스크바에 가면 태석이와 동화 아버지랑 명철 아버지 소식도 알아볼 수 있을 거야."

"레닌 훈장이라고요?"

나는 귀가 번쩍 뜨였다.

"그래. 영웅 중에서 레닌 훈장이 최고로 높은 거래. 노력 영웅이 되었을 때 아버지를 찾아 달라고 했는데도 여태 소식이 없잖니? 모스크바에 가서 높은 사람한테 부탁을 하면 알 수 있지 않을까?"

나는 지푸라기라도 잡고 매달려야 했다. 아버지를 찾았는지도 궁금했지만 태석 오빠를 위해서라도 뭐든 해야 했다. 식구들은 또다시 미친 듯이 일에 매달렸다.

나는 잠도 안 자고 다시 일벌레가 되었다. 밤늦게 집에 돌아왔다가 해가 뜨기도 전 새벽에 밭에 나갔다. 그 사이에 잠깐 눈을 붙이는 시간은 고작 서너 시간 정도밖에 되지 않았다.

어느 날 새벽에 끔찍한 꿈을 꾸다가 깜짝 놀라 깨어났다. 피투성이가 된 태석 오빠가 나한테 달려드는 꿈이었다. 나는 너무 놀라 밖으로 뛰어나왔다. 아직 밖은 컴컴했다. 하늘에 별들만 쏟아질 듯 빛이 났다. 별똥별 몇 개가 꼬리를 달고 스러졌다. 갑자기 별똥별이 나쁜 징조인 것만 같아 가슴이 답답했다. 왜 하필 피투성이로 내게 달려들었을까? 꿈은 반대라는데 좋은 소식이 오려나. 나는 하늘의 별자리만 망연히 바라보았다.

연해주는 어느 쪽일까? 그리운 블라디보스토크, 아무르만, 신한촌, 그곳에서도 저 별이 보일까? 신한촌은 여기서 동쪽일까? 북쪽일까?

한참 동안 넋을 잃은 채 별들을 바라보고 있는데 어디선가 이상한 신음 소리가 들리는 것 같았다. 나도 모르게 머릿결이 곤두섰다. 늑대 소리인가 싶어 다시 귀를 기울였다. 그러나 늑대 울음은 아닌 것 같았다. 살금살금 소리가 나는 쪽으로 발길을 떼었다. 시커먼 물체가 어둠 속에서 나타나는가 싶더니 털썩 쓰러졌다. 다시 신음이 이어졌다. 나는 온몸의 솜털까지 다 일어서는 것 같았다.

"뭘까? 사람일까? 짐승일까? 도대체 뭐지?"

그때였다.

"도 동화야. 도, 도, 도……."

분명히 내 이름자를 되뇌는 소리였다. 순간 아버지가 떠올랐다. 나는 무작정 검은 물체 쪽으로 뛰어갔다.

"아버지, 아버지세요?"

나도 제정신이 아니었다. 무서움도 잊고 쓰러져 있는 사람을 일으켰다.

"으으으으 도. 동화야……."

태석 오빠였다. 나는 미친 듯이 태석 오빠를 끌어안았다.

"오빠, 나야, 나. 동화 여기 있어. 오빠 살아왔네. 오빠 흑흑 흑."

오빠를 끌어안은 내 손끝이 축축했다. 순간 꿈에서 보았던 피투성이가 된 오빠의 모습이 떠올라 정신이 번쩍 들었다. 나는 큰 소리로 사람들을 불렀다.

"오빠가 왔어요. 오빠가, 태석 오빠가 돌아왔어요. 흐흑 흑!"

모두 내 고함 소리에 놀라 자던 차림으로 뛰어나왔다.

"누구! 누가 왔다구? 태 태석이가?"

봉천댁은 맨발로 뛰어나와 태석 오빠를 부둥켜안았다. 프란츠 아빠가 태석 오빠를 안아다 방에 눕혔다. 태석 오빠의 모습은 걸인보다 더 험악했다. 옷은 다 헤어져서 걸레를 걸친 것 같았고 정강이와 팔뚝은 온통 상처투성이었다.

태석 오빠는 사흘 동안 죽은 듯이 잠만 잤다. 깨어나서도 얼마 동안 열이 끓었는데 완전히 회복될 때까지 아무것도 묻지 않기로 했다. 얼마나 먼 길을 걸어왔는지 발엔 굳은살이 박여 거친 가죽 같았다. 일주일쯤 지나자 태석 오빠가 자리를 걷고 일어났다.

나와 봉천댁은 태석 오빠가 그동안 어디서 어떻게 지냈는지 궁금했지만 물을 수가 없었다. 아픈 기억을 떠올리면 그대로 바스러질 것처럼 위태로워 보여서 스스로 말을 할 때까지 기다리기로 했다. 태석 오빠는 가끔 선잠에서 깨어 잠꼬대를 했는데 말도 어눌해서 무척 걱정이 되었다.

"강제수용소라는 데가 사람의 얼을 쏙 빼놓는 곳인가 보다. 그래도 살아 돌아왔으니 됐어. 시간이 지나면 좋아질 게야."

봉천댁이 내게 조심스럽게 말했다. 태석 오빠는 거의 한 달이 지나도록 주로 잠만 잤고 깨어 있을 때는 일체 말이 없었다.

"저런 상태에서 여기까지 찾아온 것을 보면 하늘이 도운 게야. 오로지 너만 생각하며 버텼을 것 같아. 아유, 불쌍해라. 동화 네가 태석이 곁에서 따뜻하게 보살펴야 해. 시간이 지나면 점점 좋아지겠지."

봉천댁은 나를 볼 때마다 초조해 했지만 태석 오빠에게는 안정이 중요하다고 했다.

"동화야, 식사도 네가 곁에서 챙겨. 그러면 점점 마음이 안정될 거야."

"알았어요. 고모님."

태석 오빠는 가끔 내게 앞뒤가 맞지 않는 토막말을 할 때도 있었다.

"오빠, 이제 아무것도 걱정하지 마. 힘들었던 일들은 빨리 잊어버려요. 제가 오빠 옆에 있을게요."

식사를 할 때면 나는 마치 어린아이를 돌보듯 착각이 일곤 했다. 그토록 믿음직스럽고 늠름하던 태석 오빠가 수용소에서 무슨 일이 있었길래 저토록 이상한 사람으로 바뀌었는지 지켜보는 순간마다 가슴이 아렸다. 봉천댁과 함흥댁은 내 눈치를 보면서 태석 오빠와 나의 혼인을 서두르려고 했다.

어느 날 봉천댁이 내게 조용히 말했다.

"동화야, 너도 태석이도 이미 혼기를 놓쳤어. 내 생각엔 태석이가 동화 너와 혼례를 올리고 나면 더 빨리 안정을 찾을 것 같아. 네 생각은 어떠니?"

난 뭐라 할 말이 없었다. 운명이라는 생각이 들었다. 이제 부모님 곁에서 어리광 피우던 시절은 아득한 꿈이 되어 버렸다. 황무지에 버려진 것도 모자라 내 곁에서 나를 보호해 줄 사람들이 하나둘 모두 떠나갔다. 아버지를 모시고 혼례식을 올리고 싶다던 소망도 이제 멀리 가 버렸다. 태석 오빠가 돌아오긴 했지만 내가 의지해야 할 상대가 아니라 이제 내가 보듬어야 할 상대로 변했다. 나에겐 그대로 현실을 껴안아야 할 운명이 기다리고 있었다. 다른 길이 없었다.

"알겠어요."

봉천댁의 얼굴에 안도의 빛이 감돌았다.

"이제 살 만해졌으니 우리 전통 음식을 만들어 잔치를 벌이자."

"그럽시다. 그동안 사는 게 바빠 우리 음식을 제대로 해 먹지도 못했는데……."

함흥댁과 봉천댁이 콩을 물에 불려 두부를 만들고 녹두를 갈아 빈대떡도 부쳤다. 남자들은 돼지도 잡았다. 오랜만에 잡채와 만두, 국수까지 잔치 음식을 만들고 사람들을 불러 모았다.

까레이스키, 끝없는 방랑

우슈토베에 기름 냄새가 진동하는 날, 나는 엄마의 치마를 입고 태석 오빠의 신부가 되었다. 시집을 간다고 새로 옷을 해 입을 형편이 안 되기도 했지만 나는 일부러 엄마의 치마를 입기로 했다. 그런 나를 보고 함흥댁과 봉천댁이 눈물을 훔쳤다. 나는 엄마의 체취가 묻은 치마를 입고라도 엄마를 기억하고 싶었다.

함흥댁은 딸을 시집보내듯 대견해 하며 내 얼굴에 연지 곤지를 찍어 주었다. 민혁 오빠는 고려극장의 소품이라며 가장 예쁜 족두리와 원삼을 가지고 왔다. 나는 엄마의 치마 위에 원삼을 입었다. 프란츠 엄마는 다산의 상징이라는 러시아 인형 마트료시카를 선물로 주었다.

정작 신부인 나와 신랑인 태석 오빠보다 준비하는 사람들이 더 들떠서 부산스러웠다. 초례청엔 까레이스키들이 보물처럼 심어 가꾼 무궁화가 양쪽에 꽂혀 있었다.

한 쌍의 기러기도 고려극장의 소품이었다. 태석 오빠의 얼굴에서는 기쁨도 슬픔도 느껴지지 않았다. 혼례를 지켜보는 사람들이 색시가 신랑을 보며 웃었다고 한마디씩 덕담을 던졌다.

"색시가 웃으면 첫딸을 낳는다던데. 첫딸은 살림 밑천이지."

"아들이든 딸이든 많이만 낳아. 모성영웅이 되려면 열 명 이상을 낳아야 한대."

누군가의 말에 모여든 사람들이 "와아!" 하고 웃었다. 그때였다. 함흥댁이 눈물을 훔치며 울먹거렸다.

"아유, 이렇게 좋은 날에 식구들은 다 하늘로 가 버리고 우리 동화 장하기도 하지. 혼자 견뎌서 이제 신랑을 만나니 앞으로는 부디 행복한 일만 창창하게 이어져야 한다. 동화 할아버지요, 하늘에서 보고 계시지요? 동화 엄마! 우리 동화가 시집가요! 동식아, 명철아, 아이구 오늘 같은 날만 있으면 얼마나 좋을까나!"

함흥댁의 넋두리에 초례청에 모인 사람들이 억지로 눈물을 참았다.

"에구, 이렇게 좋은 날 왜 웁니까. 자, 모두 웃어요. 웃자구요! 이제 지긋지긋한 눈물은 다 버리자구요. 춤도 추고 꽹과리도 치고 모두 한바탕 신명 나게 놀아 봐요!"

초례청에 모인 사람들은 모두 한풀이를 하듯 목청을 돋우고 오랜만에 모두 춤사위를 펼쳤다. 나는 태석 오빠의 표정을 살피느라 조마조마했다.

드디어 날이 저물자 신방이 차려지고 태석 오빠가 신방으로 들어왔다. 나는 일부러 아무렇지도 않게 태연한 척했다. 태석 오빠가 어색하게 나를 바라보았다.

"오빠, 이제 우리 부부가 된 거야. 오빠, 이제 아무 걱정하지 말아요."

태석 오빠가 고개를 끄덕였다. 그 모습에 조금 마음이

놓였다. 나는 오빠의 두 손을 잡고 눈을 맞추어 말했다.

"언제나 오빠 곁에 있을 거예요. 마음 푹 놔요. 내가 오빠를 지켜 드릴게요. 지난 일들은 모두 잊어요. 오빠, 이제 다 끝났어요. 제발 예전의 오빠로 돌아와야 해요."

내 말에 오빠의 눈이 반짝 빛났다. 내가 오빠를 와락 끌어안았다. 오빠가 말없이 내 품으로 쓰러졌다. 나는 오빠를 안고 제발 모든 일이 이제부터는 제자리로 돌아와 달라고 빌었다.

그날 밤, 이상한 소리에 눈을 떴다. 태석 오빠가 식은땀을 흘리며 잠꼬대를 하고 있었다.

"아, 아니에요. 난 아닙니다. 난 일본 밀정이 아니라 조선 독립군 밀정이었다구요. 으으으 정말 아닙니다. 도 동화가 알고 있는데……."

아마도 수용소에서 심문을 받고 있는 듯했다. 나는 오빠를 살며시 깨웠다. 그러고는 꼬옥 안았다.

"이제 그만 악몽의 동굴에서 빠져나오세요. 내가 지켜 드릴게요. 아무 걱정하지 말아요, 오빠."

태석 오빠가 잠에서 깨어 나를 꼭 끌어안았다.

"너를 두고 죽을 수가 없었어. 몇 번이나 죽을 고비를 맞았는데 그때마다 너를 생각하며 버텼어. 수용소는 진짜 지옥이야. 먹지 못해 죽고, 일하다 쓰러져서 죽고, 날마다 죽어 나가는 사람이 얼마나 많았는지 몰라. 나처럼 억울하게 잡혀 온 사람들도 아주 많았어."

"그래요, 오빠. 이제 됐어요. 이렇게 살아 돌아와서 우리 결혼까지 했으니 이제 모두 잊어요."

태석 오빠를 힘껏 안고 등을 토닥거렸다. 이제 정말 예전의 태석 오빠로 돌아온 것 같았다. 조마조마했던 마음이 눈물에 섞여 흘러내렸다.

"오빠, 이제 됐어요. 오빠. 흐흑, 얼마나 고생을 했으면……. 흐흑."

울음을 그치려 해도 계속 눈물이 나왔다. 태석 오빠가 내 얼굴에 흐르는 눈물을 닦아 주었다. 그리고 긴 이야기를 시작했다.

시
베
리
아

수
용
소

태석은 영문도 모른 채 시베리아 횡단 열차에 태워졌다.

강제 이주를 당할 때와는 다르게 일반 열차였다. 태석은 화장실에 갈 때와 밥을 먹을 때만 수갑을 풀었는데 내무인민위원 두 명이 줄곧 감시했다. 태석은 자신이 일본 밀정이라는 누명도 억울했지만 어디로 끌려가는지가 더 궁금했다.

"도대체 어디로 가는 겁니까?"

"가 보면 안다."

내무인민위원들은 너무 강압적이라 더 이상 말을 붙일 수가 없었다. 닷새 동안 달려 도착한 곳은 시베리아의 크라스노야르스크역으로 블라디보스토크와 모스크바의 중간쯤에 있는 큰 도시였다. 태석은 크라스노야르스크 제5수용소에 수감되었다.

이튿날 태석은 내무인민위원들이 기다리고 있는 수용소의 조사실로 불려 갔다. 태석이 안으로 들어가자마자 어디선가 본 듯한 남자가 태석을 노려보았다.

"긴 상, 오랜만이오. 당신네 나라가 패망했으니 안타깝겠소."

태석은 어리둥절했다. 잠시 생각을 더듬다가 깜짝 놀랐다. 해란강의 뱁새눈 사공이 분명했다. 태석은 영문을 알 수 없었다. 내무인민위원이 태석에게 물었다.

"일본 밀정 노릇을 몇 년이나 했느냐?"

태석은 강하게 고개를 저었다.

"저는 일본 밀정이 아닙니다. 나는 조선 독립군 밀정이었습니다."

"음, 일본 밀정이 아니라고? 밀정은 분명하지? 제 입으로 인정할 수는 없겠지."

태석은 아차 싶었다. 뱁새눈 사공 때문에 그만 술수에 말려들고 만 셈이었다. 이제 아니라고 하면 할수록 점점 더 뱁새눈의 올가미에 조여질 수밖에 없을 것 같았다. 그래도 사실대로 말해야 했다.

"다시 말하지만 난 독립군을 돕는 조선 밀정이었습니다."

태석의 말에 뱁새눈이 가뜩이나 가는 눈을 더 가늘게 뜨고 야유하듯 말했다.

"긴 상, 발뺌을 해도 이젠 소용없어. 괜히 허튼수작 말고 순순히 사실을 털어놓는 게 좋을 거야. 너 같은 놈들 때문에 우리 조선 민족이 얼마나 큰 고통을 겪었는지 생각만 해도 치가 떨려."

태석은 기가 막혔다. 뭔가 완전히 뒤바뀌어 있었다. 태석은 너무 분했다.

"당신이야말로 일본 놈들의 밀정 노릇을 해 놓고 어디다 뒤집어씌우는 겁니까? 이봐요. 난 절대로 일본 밀정이 아니에요. 저자가 진짜 일본 밀정입니다. 내가 왜 여기까지 끌려왔는지 알 수가 없어요."

태석은 너무 분해서 자리에서 벌떡 일어나 뱁새눈 사공에게 삿대질을 했다. 그때였다. 태석의 눈앞에 번갯불이 번쩍 일었다. 내무인민위원이 태석의 머리를 곤봉으로 내려친 것이었다. 태석은 잠시 아득했다. 정신을 차렸을 때 뱁새눈이 비웃듯 말했다.

"아하, 오오이시 상! 일본 밀정들만 쓰는 암호명까지 대놓고 발뺌이라니? 날 뭐로 보는 거야? 저놈을 당장 수용소에 처넣으세요. 우리 조선의 원수 놈입니다."

태석은 수렁에 빠진 기분이었다. 뱁새눈이 오히려 독립군 밀정 행세를 하고 있었다. 자신의 신분을 위장하기 위해 태석을 무기로 삼고 있음이 분명했다. 태석은 반항하면 할수록 심한 매질을 당했다. 누구에게 하소연할 수도 없었다.

태석은 빼도 박도 못하고 포로수용소에 갇혀 일본군 포로 취급을 받았다. 태석은 시베리아 형무소에 일본 군인들이 있다는 사실도 처음 알았다. 크라스노야르스크 제5수용소는 제정 러시아 시대에는 정치범 수용소였다가 얼마 전까지 독일군 포로들이 있었다고 했다. 지금은 독일군 포로 전부를 서쪽 국경 쪽으로 이동시키고 일본군 포로들을 수용하고 있었다. 태석은 그제야 일본이 패망했다는 것을 알게 되었다.

태석은 일본 포로와 똑같은 취급을 받았다. 포로들은 날마다 탈곡기를 만드는 공장에서 일했다. 아침에 빵 한 조각을 먹고 일터에 나가면 점심은 양배추를 끓인 멀건 국 한 국자로 때웠다. 저녁은 수용소에 돌아와서 먹는데 귀리죽이나 잡곡죽 한 국자가 전부였다. 태석은 처음 우슈토베에 도착했을 때보다 더 심한 추위와 굶주림을 견뎌야 했다.

한겨울, 온통 사방이 눈으로 덮인 어느 날이었다. 태석이 일터로 가는데 마차 두 대가 지나갔다. 포로들은 너무 추워서 엉금엉금 눈사람이 기어가듯 하는데 말들은 사람처럼 추위를 타지 않는지 제법 빠르게 포로들의 행렬을 앞질렀다. 태석이 마차 뒤를 따라 걸을 때였다. 마차에서 김이 폴폴 나는 동그란 감자가 연달아 떨어졌다. 땅에 떨어진 감자에서 김이 모락모락 피어올랐다. 태석과 함께 걷던 사람들이 급히 뛰어가 감자를 주워 들고 다른 사람들 눈에 뜨일까봐 급하게 감췄다. 태석도 얼른 어깨에 멘 연장통에 감자를 넣었다. 감자는 땅에 떨어질 때는 김이 모락모락 났는데 금방 얼어서 마치 동그란 얼음덩어리 같았다. 온통 눈 세상이니 꽁꽁 언 감자가 그대로 얼어붙은 것이었다.

태석은 점심에 감자를 먹을 생각에 약간 흥분이 되었다. 일을 하면서도 점심시간이 빨리 오기를 초조하게 기다렸다. 드디어 점심시간이 되었다. 태석은 연장통에서 감자를 꺼내 녹일 곳이 없나 살폈다. 그러나 사람들 눈에 뜨일까봐 양배춧국이 든 통 근처에서는 감자를 꺼낼 수가 없었다. 할 수 없이 저녁에 숙소로 돌아와 남들이 잠든 시간에 꽁꽁

　　　　　　　　　까레이스키, 끝없는 방랑

언 감자를 꺼내 난롯가에 놓았다. 그제야 얼음이 녹아 감자에서 물이 흘렀다. 태석은 얼른 감자가 먹고 싶어 살살 돌려 주며 얼음이 녹기를 기다렸다. 그때였다. 옆자리에서 자던 포로가 언제 보았는지 혀를 끌끌 차며 말했다.

"동무도 속았구려. 여기 있는 사람들 모두 한 번은 속았지. 그건 말똥이오."

태석은 하도 어이가 없어 그 남자를 물끄러미 바라보았다.

그 남자가 난로 불쏘시개용 꼬챙이로 감자를 푹 누르자 젖은 풀들이 푸석푸석 헤쳐졌다. 태석이 감자인 줄 알고 설레며 주운 것은 마차를 끌고 가던 말이 싼 똥이었다. 시베리아의 엄청난 추위에 말똥이 땅에 떨어지자마자 눈을 뒤집어쓴 채 김이 나는 감자 모양이 되었던 것이다.

태석은 그 순간 깜짝 놀라 자기에게 말을 건 사람을 다시 보았다. 분명한 조선말이었다. 태석은 감자를 먹을 생각에 사로잡혀 그의 말을 뒷전으로 들었던 것이다. 왜 일본군 포로들 속에 조선인이 끼어 있을까? 태석은 그의 눈치를 살피다가 조심스럽게 물었다.

"조선인입니까?"

"그러는 당신은 누구요?"

태석은 조선말로 묻는 그가 너무나 반가웠다.

"전 까레이스키입니다."

"어쩐지 느낌이 남달랐소. 당신은 어느 부대 소속이었

소?"

태석은 무슨 말인지 몰라 어리둥절했다.

"난 일본군 보병 제253연대 소속이오. 만주에서 소련군에게 무장해제를 당했소. 당신은 어디에서 무장해제를 당한 거요?"

태석은 그제야 그 조선인이 일본군 소속이었다는 걸 알았다.

"전 까레이스키로 우수리스크에 살다가 카자흐로 강제이주당했습니다."

태석의 말에 조선인이 의아한 눈으로 물었다.

"그럼 당신은 일본군 소속이 아니란 말이오? 그런데 어떻게 이 수용소에?"

"일본 밀정 놈의 술수에 말려든 것 같소."

조선인이 고개를 끄덕이며 다시 물었다.

"음, 일본의 밀정 놈들은 일본 놈들보다 더 악독해요. 그런데 우수리스크에 살았다면 러시아 말을 아시오?"

태석은 당연하다는 듯 고개를 끄덕였다. 그는 다음 날 점심시간에 태석을 데리고 가서 은밀히 사람들에게 소개했다. 그들은 모두 조선인들이었다. 그 사람들 중에 대표가 말했다.

"우릴 도와주시오. 이 수용소 안에 조선인이 여럿 있소. 우린 모두 전쟁의 피해국 사람인데 가해자인 일본군과 똑같이 적군 포로 취급을 받고 있소. 우린 일본의 식민지 지배 때문에 강제로 일본군에 징집된 조선인이란 사실을 수용소장에게 알리려고 백방으로 궁리 중이었소. 그런데 러시아 말을 몰라 지금껏 고민하던 중이오."

조선인들이 구원자를 만난 듯 태석을 반겼다.

"어떻게 일본 군인이 소련군의 포로가 되었습니까?"

"우린 자세한 건 몰라요. 하여간 미국의 폭격으로 일본이 완전히 힘을 잃은 1945년 여름에 소련이 일본에게 선전포고를 했소. 소련군은 소만 국경을 넘어 패잔병이나 다름없는 만주, 봉천, 하얼빈 일대 일본군들을 줍다시피 하면서 무장해제를 시킨 거요. 우린 일본에 강제로 징집되어 일본군이 되었던 거요."

태석은 그제야 고개를 끄덕였다. 태석이 까레이스키라는 사실은 수용소 내 조선인들에게 은밀하게 퍼져 나갔다.

"당신이 우릴 위해서 노력해 준다면 우리도 당신이 누명을 벗도록 최선을 다하겠소."

"알겠습니다. 그런데 우리 요구를 순순히 들어줄까요?"

태석은 자신의 러시아 말 실력에는 걱정이 없었다. 하지만 과연 수용소장이 자신을 만나 줄지는 의문이었다.

"그건 염려 마시오. 우리 조선인들은 작업 성적이 아주 좋아서 수용소에서 인정을 받고 있어요. 일본 놈들은 대부분 보충대라서 나이가 많아요. 우린 비실비실한 일본 놈들보다 힘도 좋고 기가 세서 보통 작업량을 초과 달성하고 있어요. 그래서 수용소 감시원들도 우릴 좋게 보고 있지요. 우리가 어떻게든 수용소장 면담을 신청할 테니까 당신은 수용소장에게 우리의 입장을 자세히 설명만 해 주면 될 거요."

며칠 후 태석은 조선인들과 함께 수용소장을 면담할 수 있었다. 수용소장은 일본군 포로 중 조선인이 상당수 섞여 있다는 말에 강하게 고개를 저었다. 이곳에 수용된 1,200여 명의 포로 명단에는 일본인만 있고 조선인은 한 명도 없다고 말하면서 포로들의 명단을 보여 주었다.

태석은 조선인들이 모두 일본 이름으로 기록되어 있어서 그렇다는 사실을 설명했다. 수용소장은 아무리 생각해도 이해가 되지 않는다고 했다. 태석은 번거롭지만 포로들에게 원래의 국적, 태어난 곳, 본래의 이름을 조사해 보면 알 수 있다고 장담했다. 태석의 이름도 김 오오이시로 기록되어 있었으니 자신도 반드시 바로잡아야 하는 일이었다.

태석의 통역으로 제5수용소에서는 포로들의 신원 파악을 위해 재조사가 실시되었다. 그 결과 백 명이 넘는 포로들이 조선인으로 밝혀졌다.

수용소에서는 그날부터 조선인 포로들을 따로 관리했다. 먹는 것과 대우는 같았지만 적군 취급은 하지 않았다. 태석도 그 일을 계기로 독립군의 밀정이었다는 사실을 인정받았다.

포로수용소에서 일본군과 함께 적국 포로 취급을 당하던 조선인들은 해방이 되고도 3년이나 더 지난 다음에야 제대로 해방을 맞은 셈이었다. 태석의 역할로 다른 수용소에서도 조선인들을 골라냈다는 소문이 들렸다.

1948년 가을, 소련의 포로수용소에 있는 조선인들은 일본군 포로들보다 먼저 조선으로 귀국시킨다고 했다. 수용소에 함께 있던 조선인들이 태석에게 자신들과 함께 조선으로 돌아가자고 했지만 태석은 그들의 요구를 뿌리쳤다. 태석은 혼자서 우슈토베로 돌아가겠다고 결정했다. 우슈토베를 떠난 지 1년 반 만이었다.

그러나 돌아가는 길은 죽음과 같은 고행이었다. 태석은 일본 밀정의 누명을 쓰고 끌려갈 때는 기차를 탔지만, 우슈토베로 돌아갈 때는 수용소에서 태석에게 여비는커녕 아무 편리도 제공하지 않았다. 태석은 겨울이 막 시작되는 시베리아를 한 달도 넘게 걸인처럼 떠돌며 오로지 동화와 고모가 기다리는 집으로 향했다. 태석은 마차를 얻어타기도 하고, 배가 고프면 러시아인이 사는 집에서 일을 해 주며 끼니를 잇기도 했다. 인적이 없는 자작나무 숲을 지날 때는 화차에 몰래 매달렸다가 떨어져 죽을 뻔한 고비를 몇 번이나 넘겼다.

우슈토베에 거의 도착했을 무렵, 며칠째 굶은 태석은 거의 실신 상태가 되었다. 처음으로 눈에 띈 집에 무작정 들어가 음식을 훔쳐 먹다가 집주인에게 들켜 죽을 만큼 얻어 맞기도 했다. 그러나 태석은 오직 배고픔만 느꼈을 뿐 그것이 도둑질이라는 판단도 할 수 없었다. 그 집은 공교롭게도 체첸인이 사는 집이었다. 그날 이후부터 태석은 사람만 보면 무서웠다. 집에 돌아왔지만 정신은 수시로 몽롱해져서 시베리아 벌판을 헤매던 때로 돌아갔고 현실을 인식하지 못했다.

　　　　　　　　까레이스키, 끝없는 방랑

리 | 종이 한 장으로 돌아온 아버지

나는 태석 오빠의 이야기를 모두 듣고 나서 오빠의 두 손을 힘껏 잡았다.

"오빠, 살아와 줘서 고마워요."

태석 오빠가 나를 와락 끌어안았다.

"이제 됐어. 다시는 헤어지지 말아요. 아버지도 여태 소식이 없는데 오빠마저 영영 헤어지는 줄 알고 그동안 얼마나 걱정했는지 몰라요."

태석 오빠가 길게 한숨을 내쉬며 말했다.

"이제야 긴 터널을 빠져나온 것 같아. 널 못 만날까 봐 얼마나 걱정했는지 몰라."

"날이 밝으면 할아버지와 오빠를 찾아가요. 가서 우리가 결혼을 했으니 아무 염려 말고 편히 쉬시라고 말씀드려야 겠어요. 조선이 해방되었다는 소식도 알려드리고, 그리고 아버지를 꼭 만나게 해 달라고 함께 빌어요."

나도 이제야 안식을 얻은 것 같아 오랜만에 단잠을 잤다. 이튿날 태석 오빠와 함께 할아버지와 오빠가 누워 있는 무덤의 언덕으로 갔다. 할아버지 무덤에 술을 붓고 태석 오빠와 나란히 절을 했다.

"할아버지, 저희 부부가 되었어요. 기뻐해 주세요. 그리고 더 기쁜 소식이 있어요. 조선이 해방되었대요. 지금은 갈 수 없지만 언젠간 할아버지 고향에 갈 수 있게 되었어요. 할아버지 듣고 계시죠? 저에게는 꼭 들어주셔야 하는 마지막 소원이 있어요. 아버지를 꼭 만나게 해 주세요."

나는 할아버지를 생각하자 강제 이주 열차를 타던 때가 되살아나 눈물이 비 오듯 쏟아졌다. 오빠가 묻힌 무덤으로 갔다. 태석 오빠가 말했다.

"동식아, 너무 늦긴 했지만 동화를 내 아내로 맞았다. 많이 사랑해 줄게. 이제 아버지를 찾게 도와줘."

나도 오빠에게 말했다.

"오빠, 아무 걱정하지 마. 나도 오늘부터 태석 오빠를 여보라 부를 거야."

남편이 나를 등 뒤에서 꼭 껴안았다. 끝없이 펼쳐진 구릉에 마른풀들이 저녁노을을 받아 황금색 물결처럼 출렁거렸다.

"동화야, 이제 봄이 오면 다시 일을 시작하자. 꼭 레닌 훈장을 받아서 모스크바까지 가는 거야. 거기에 가면 아버지가 어떻게 되었는지 분명히 알 수 있을 거야. 살아 계시다면 만날 수 있겠지. 자, 이제 그만 내려가자."

집으로 가는 발길이 훨씬 가볍게 느껴졌다.

이듬해 봄부터 다시 일에 매달렸다. 온몸이 부서져도 아버지 소식을 듣기 위해서라면 참아 낼 수 있었다. 그러나 레닌 훈장을 받는 일이 그리 호락호락하지는 않았다. 연속해서 노력영웅이 되어도 레닌 훈장을 받는 사람은 전체 영

까레이스키, 끝없는 방랑

웅 중에서 아주 적은 수라고 했다.

나는 결혼을 하자마자 아이가 생겨서 온전히 일에 매달릴 수가 없었다. 프란츠의 엄마는 내가 입덧을 할 때부터 출산을 할 때까지 내게 은혜를 갚는다며 최선을 다해 도와주었다.

내가 둘째를 낳을 때는 프란츠 동생이 첫애를 친동생처럼 보살펴 주었다.

둘째가 태어나던 1953년에 스탈린의 사망 소식이 전해졌다. 스탈린을 소비에트 연방의 신처럼 여기던 사람들은 하늘이 무너진 것처럼 슬퍼했다. 노력영웅 심사도, 모든 관공서도 한동안 마비되었고 거리에선 통곡 소리가 이어졌다. 나는 까레이스키들을 강제 이주시킨 스탈린이 미우면서도 거리마다 눈물 바람을 하는 사람들에게 전염이라도 된 듯 그들과 함께 눈물을 흘렸다. 그러나 그 눈물의 의미는 까레이스키들의 운명을 비참하게 만든 스탈린에 대한 원망의 눈물이었다.

스탈린이 죽은 지 3년이 흐른 어느 날, 내무인민위원이 찾아와 이주를 당할 때 빼앗아 갔던 소비에트 연방 공화국의 공민증을 돌려주었다. 까레이스키들의 유형 기간은 이미 1948년에 끝났기 때문에 공민증을 돌려준다고 했다. 그들이 정한 유형 기간이 끝난 지 8년이나 지난 1956년에야 돌려준다니 기가 막혔다. 우리 까레이스키들은 1948년에 유형 기간이 끝났다는 사실도 처음 알게 되었다.

"이걸 왜 이제야 돌려줍니까? 8년 전에 돌려줬어야죠. 그때 알았더라면 연해주로 돌아갈 수도 있었는데, 유형 기간이 끝난 줄도 모르고 벌써 이주를 당한 지 20여 년이나 흘렀어요. 지금은 아이들도 태어나 학교에 다니고 있고, 이제 이곳에서 뿌리를 내리기 시작했는데 왜 이제야 이걸……"

생각해 보니 1948년은 남편이 수용소에 가 있던 때였다. 나는 빛바랜 공민증을 보니 분노가 치솟았다. 그러나 분노를 채 다스리기도 전에 내무인민위원의 입에서 나온 말은 더 기가 막혔다.

"공민증은 돌려주지만 아직 까레이스키들은 적성이민족으로 분류되어 있어서 소비에트 연방 정부에서 공식적인 명예 회복이 되어야 이곳을 맘대로 떠날 수 있소."

내무인민위원의 말에 남편이 성을 내며 물었다.

"도대체 누가 정한 법이오? 유형 기간이 끝났다면서 당신들 맘대로 정해 놓은 적성이민족이 뭐냔 말이오?"

"스탈린 동지가 내린 명령이오."

나는 스탈린 동지란 말에 더 화가 났다. 돌아가신 홍범도 장군도, 독립운동을 한 독립군도 레닌과 스탈린이 속한 혁명군과 함께 손을 잡고 싸웠는데 왜 우리를 적성이민족으로 분류하여 강제 이주까지 시켰을까? 아무리 생각해도 이해할 수가 없었다. 공민증을 돌려주러 온 내무인민위원들은 예전처럼 강압적인 자세는 아니었다. 나는 가장 절박한 아버지의 생사가 궁금했다.

"그럼 우리 아버지는 어떻게 되었습니까? 이제는 말해 줄 수 있지 않습니까? 아버지가 끌려간 지 20여 년이 넘었습니다. 살았는지 생사라도 알려 줘야 하지 않나요? 왜 끌려갔고 그 후 어떻게 되었는지 알려 주세요. 제발."

"스탈린 동지의 뒤를 이은 흐루쇼프 동지께서 밀린 일들을 하나하나 해결하고 있는 중이오. 기다리시오. 지금은 우리도 아는 바가 없소."

내무인민위원은 이전보다는 확실히 성의 있는 대답을 해 주려고 애쓰는 모습이 보였다.

"도대체 언제까지 기다려요? 기다리는 데 지쳤어요. 언제쯤이면 알 수 있을까요?"

그러나 내 말은 넋두리에 지나지 않았다. 내무인민위원은 여전히 기다리라는 말밖에 할 수 없다며 돌아갔다.

그 후 약 보름쯤 지난 날이었다. 소비에트 연방 공화국에서 내 앞으로 한 통의 공문이 날아왔다. 수신인이 내 앞으로 온 공문은 처음이었다. 나는 손이 떨려 봉투를 뜯을 수가 없었다. 드디어 아버지의 소식이 온 것이 틀림없다는 확신이 들었다. 노력영웅이 되고 나서 소비에트 연방 공화국에 공식적으로 아버지의 행방을 알아봐 달라고 부탁했던 것에 대한 회답이 확실했다. 나는 서 있을 수도 없이 다리가 떨려 털썩 주저앉았다. 숨도 멎을 것 같았다. 간신히 심호흡을 하고 봉투를 남편에게 내밀었다.

"여보, 난 못 열겠어요. 당신이 뜯어 봐요."

남편이 봉투를 받아 들었다. 지켜보는 사람들의 모든 눈이 남편의 손끝으로 모아졌다. 남편이 봉투를 열었다. 남편의 얼굴이 점점 납빛으로 변했다. 그러고는 말없이 내 손에 공문을 쥐어 주었다. 나는 심호흡을 하고 새까만 글자들을 읽어 내려갔다.

수신: 까레이스키 안동화
발신: 소비에트 연방 조사국 카자흐 지부
까레이스키 안동화가 문의한 안동화의 부친 안정식의 행방을 조사한 결과 귀하의 부친 까레이스키 안정식은 1937년 9월 1일에 스탈린 동지의 까레이스키 이주 정책에 따른 사전 심의에 의해 연해주에서 즉결 처형을 받았음을 알려 드립니다.
1956년 3월 7일
소비에트 연방 조사국 카자흐 지부

내 몸에서 모든 기운이 빠져나가는 것 같았다. 눈앞에 아무것도 보이지 않았다. 눈물도 한숨도 모두 정지해 버린 듯 정신이 아득했다. 아버지는 오래전부터 이미 이 세상 사람이 아니었다. 가끔 아버지가 돌아가셨을 거라는 생각을 하기도 했다. 그러나 막상 사망통지서를 받으니 그동안 기다린 순간들이 한꺼번에 낭떠러지로 떨어지는 기분이었다. 아버지는 우리가 강제 이주 열차를 타기 전에 이미 재판도 없이 즉결 처형되었다. 왜? 왜? 수많은 지식인들이 재판도 없이 오직 까레이스키라는 이유만으로 부당한 죽임을 당한 이유를 도무지 알 수가 없었다. 도대체 아버지가 무슨 죄를 지었단 말인가. 나는 아버지가 이 세상 사람이 아닌 줄도 모르고 20여 년 동안 자나 깨나 아버지의 행방을 찾아 헤맸다는 게 너무나 허탈했다. 억이 막혀 눈물도 울음도 나오지 않았다.

남편이 다시 공문을 사람들에게 읽어 주었다. 함흥댁이 고개를 저으며 말했다.

"명철 아버지는 어떻게 되었을까? 소식이 없는 걸 보니 살아 있을지도 몰라. 동화 아버지만 소식이 왔으니 우리 명철 아버지는 살았을 거야. 응? 그렇지?"

아무도 함흥댁의 말에 대답을 할 수가 없었다. 그러나 나는 우리 콜호스의 대표 격인 남편이 노력영웅이 되었기에 소비에트 연방 공화국에 아버지의 행방을 알아봐 달라고 공식적인 부탁을 할 수 있었고, 그 부탁으로 이제라도 아버지의 소식을 받은 거였다.

아버지를 만난다는 한 가닥 실낱같은 희망마저 사라지자 나는 한동안 손끝 하나 움직일 수가 없었다. 아버지를 다시 볼 수 없다는 절망감과 이제는 부모님과 할아버지, 오빠 모두 완전히 잃어버렸다는 상실감에 나는 내 신세가 망망대해에 홀로 떠 있는 나뭇잎같이 느껴졌다. 이제 남편과 나의 아이들이 나를 지탱해 주는 힘이었다.

프란츠 동생이 내 셋째 아기를 업고 마당으로 들어섰다. 아기가 나를 보자 내게 오겠다고 떼를 쓰며 울었다. 아이의 울음이 나를 깨웠다.

"이제라도 소식을 알았으니 다행이라 생각해야지. 어쩌겠니? 어서 아기 젖부터 물리고 정신부터 차리자."

봉천댁이 아기를 내 품에 안겨 주며 말했다. 아기가 내게 안겨 힘껏 젖을 빨았다. 나는 아기를 내려다보며 현실로 돌아왔다. 이제 나는 엄청난 슬픔과 절망을 딛고 일어나 내 아이들을 키워야 하는 엄마라는 사실에 가슴이 뜨거워졌다.

여덟 살이 된 큰애가 둘째를 업고 오더니 어른들의 어두운 표정을 살폈다. 나는 아이들을 보면서 새로운 각오를 다졌다. 아버지는 내가 여자인데도 한민학교에 보내 글을 깨우치게 했다. 아버지의 뜻을 잇는 일은 나의 아이들에게도 한민족의 얼을 심어 주는 것이라는 생각이 들었다. 나는 아이들을 바라보며 남편에게 다짐하듯 말했다.

"세상이 달라지고 있어요. 이제 우리의 목표는 레닌 훈장이에요. 레닌 훈장을 받으면 뒤틀리고 억울한 까레이스키의 운명을 하나하나 바로잡을 수 있을 거예요. 노력영웅이 된 덕에 아버지의 소식을 들었듯이, 레닌 훈장을 받아서 우리 까레이스키들의 억울한 누명을 제대로 벗어야 해요."

내 말에 남편이 고개를 끄덕이며 맞장구를 쳤다.

"그래. 우리 애들에겐 우리가 까레이스키라서 겪었던 어처구니없는 삶을 살게 해서는 안 돼. 모두 함께 다시 힘을 냅시다. 스스로 벗어날 수 없는 환경에서는 그 환경에 적응해서 이용할 수밖에 없어요. 자, 모두 다시 시작입니다. 레닌 훈장을 위해서!"

남편의 말에 모두 고개를 끄덕였다. 남편의 기운찬 모습에 아이들이 손뼉을 쳤다.

"와! 우리 아빠 최고!"

나는 아이들을 보자 눈물이 왈칵 솟았다. 큰애가 내 눈물을 닦아주며 말했다.

"엄마, 왜 울어요? 엄마가 까레이스키는 강하다고 가르쳤는데 엄마가 울면 어떡해요?"

"그래, 안 울게. 그럼, 까레이스키는 강하지. 울면 안 돼. 그렇고말고."

내가 밝은 표정을 짓자 둘째가 말했다.

"엄마 말이 맞아요. 우리 학교에서도 까레이스키들이 힘도 세고 공부도 잘해요. 그렇지? 프란츠 형?"

둘째의 말에 프란츠가 고개를 끄덕였다.

"맞아요. 까레이스키 콜호스에서 노력영웅이 많이 나온다며 모두 부러워해요. 까레이스키가 좋아서 우리 가족도 고향으로 돌아가지 않았어요. 아빠는 고향에 가는 것보다 까레이스키들과 함께 사는 게 훨씬 좋다고 말했어요."

프란츠의 말에 모두 미소를 지었다. 나는 젖을 다 먹고 나를 빤히 올려다보는 아기를 꼭 껴안았다.

"그래, 너희는 좋은 세상에서 살아야지. 까레이스키의 아픔은 여기까지야. 그렇죠? 여보!"

남편이 내 말에 고개를 끄덕이며 아이들에게 말했다.

"얘들아, 아빠가 꼭 레닌 훈장을 탈 거야. 너희에게 반드시 자랑스러운 아빠의 모습을 보여 줄게. 너희도 열심히 살자!"

남편의 말에 아이들이 합창하듯 대답했다.

"네, 아빠. 우리도 열심히 공부해서 훌륭한 까레이스키가 될게요."

큰애가 엄지손가락을 번쩍 치켜들고 대답했다. 까레이스키는 적성이민족이라서 아직까지는 대학에 갈 수도 없고 거주의 자유도 없다. 그러나 내 아이들이 자라면 반드시 그런 문제들이 해결될 것이고 또 우리가 해결되도록 노력

해야 했다. 지금 내 아이들이 어려서 그런 문제를 실감하지 못하는 것이 다행이다 싶었다.

그날 밤, 남편에게 조용히 말했다.

"아버지의 뜻을 이어 아이들에게 조선말과 조선 글을 가르쳐야겠어요."

남편이 걱정스럽게 물었다.

"조선어 사용은 우리가 이주한 뒤 몇 년 후부터 금지했는데 괜찮을까? 게다가 조선어 책도 없는데."

나는 옷장 깊숙이 넣어 두었던 조선어 교본을 꺼냈다. 남편이 깜짝 놀라 물었다.

"아니, 이걸 어떻게 간직하고 있었어?"

나는 입술을 꼭 깨물며 말했다.

"할아버지도, 엄마도, 내가 한민학교에 다니는 걸 반대했어요. 여자라는 이유로요. 그러나 아버지는 고집스럽게 나를 한민학교에 들여보냈어요. 여자도 배워야 한다고. 강제 이주로 나는 학교에 더 다닐 수가 없었지만 난 아버지의 뜻을 이을 거예요. 당신도 도와줘요. 우리 아이들이 모국을 잊지 않게 해 줄 거예요. 그래서 조선어와 조선 글을 가르치려고 해요. 당신도 도와주세요."

남편이 내 손을 꼭 잡으며 말했다.

"알았소. 하지만 아주 조심해야 해요. 나는 레닌 훈장을 받아 아이들이 까레이스키 벽을 넘을 수 있게 하겠소."

그날 밤 나는 곤히 잠든 아이들의 잠자리를 살피며 내 마음속에 영원히 살아 있는 아버지와 굳게 약속했다. 내 아이들에게 아버지의 뜻을 이어 가겠다고.

이튿날 눈을 떴을 때 천산의 눈이 아침 햇살에 황금빛으로 빛나고 있었다.

에

필

로

그

소비에트 정부는 내가 강제 이주를 당한 지 무려 49년이 지난 1986년이 되어서야 까레이스키의 강제 이주 정책은 잘못된 것이었으며 적성이민족도 잘못된 정책이었다고 인정했다.

그러나 까레이스키들은 그때까지 그 어떤 소식조차 듣지 못했다. 소비에트 연방 공화국이 해체된 이후 1993년 4월 1일, 러시아 정부가 공식적으로 발표했고, 그제야 까레이스키들도 그러한 사실들을 처음으로 알 수 있었다. 그때는 이미 내가 강제로 이주를 당한 지 56년이나 지난 때였다. 나는 수명이 길어 그러한 사실을 알게 되었지만 이미 강제 이주를 당한 1세대들은 거의 다 저세상으로 간 뒤였다.

까레이스키의 강제 이주 정책이 잘못된 정책이었다는 발표문에는 정치적 탄압에 의해 억압받은 까레이스키의 권리를 회복한다고 되어 있었다. 다른 민족과 똑같이 권리나 자유를 누릴 수 있고, 이주하기 전에 살던 곳으로 돌아갈 수 있다고 했다. 그러나 이미 너무 오랜 세월이 흘러 강제 이주를 당한 사람 중 생존자는 극소수였다.

강제 이주 후에 중앙아시아에서 태어난 까레이스키 후대들은 겨우 뿌리를 내려 잘 살고 있었다. 그런 그들에게 부모의 고향으로 돌아가는 일은 제2의 이주이자 그들의 삶을 송두리째 흔드는 일이었다. 러시아 정부는 까레이스키들이 고향으로 돌아가면, 그 지역의 자치 기관에서 개인용

주택을 지어주고 토지법에 따라 일정 토지를 분배해 준다고 했다. 하지만 한편으로는 까레이스키들에게 제공하는 편리가 연해주 땅으로 가서 이미 살고 있던 다민족 사람들의 권리를 침해해서는 안 된다고 못을 박았다. 또한 국가 차원에서 까레이스키를 대상으로 다시 일어설 수 있는 프로그램을 개발하고, 명예 회복 조건과 절차에 따라 특별 대출도 해 준다고 약속했다.

그러나 소련 체제하의 잘못된 정책으로 60년 가까이 억울한 삶을 살아온 것은 어떻게 보상해 줄 것인가? 나는 내 인생의 전부를 죄인 아닌 죄인으로 억울하게 살다 칠순을 코앞에 두고 명예 회복이 된 셈이었다. 그때까지 나는 낯선 땅에서 외부 세계와 단절되어 내 조국이 해방되었는지, 세상이 어떻게 변했는지, 아무것도 모르고 감옥 생활을 한 셈이었다. 이제 내 고향 연해주로 돌아가기에는 너무 긴 시간이 흘러 버렸다. 내 아이들은 이 땅에서 열심히 산 덕분에 각자 알맞은 자리를 잡아 각각의 몫을 훌륭히 해내고 있었다.

소비에트 연방이 해체되고 소련의 위성국가들이 독립을 하자, 까레이스키는 발붙일 곳이 없어져 버렸다. 중앙아시아의 여러 나라들은 소비에트 연방이 해체되자 민족주의 정책을 펴서 정책적으로 자기 나라의 언어를 쓰게 했다. 까레이스키들은 강제 이주 후 러시아어만 사용했다. 언어라는 것은 하루아침에 습득할 수가 없다. 그러한 상황에서 러시아어만 쓰던 까레이스키들이 우즈베크어, 카즈흐어, 키르기스어를 쓰는 것은 불가능했다.

까레이스키들은 당장 언어의 불통으로 하루아침에 안정된 일자리를 잃을 수밖에 없었다. 또다시 언어 문제로 이방인이 된 까레이스키들은 생계를 위협받았다. 까레이스키들은 머리가 좋아 대부분 교직이나 공무원 등 특수직에 진출해서 안정된 삶을 살았지만, 자국어 정책 탓에 길거리로 내몰린 까레이스키들은 생활을 이어 가기 위해 거리에서 장사를 하는 일이 최선이었다.

서글픈 디아스포라가 되어 다시 일자리를 찾다가 목숨까지 위협받는 일이 생기기도 했다. 대부분 사람들은 자국으로 돌아가라면서 까레이스키들의 안정된 일자리를 빼앗고 심하게 배척하기도 했다. 더러 우즈베크인이나 카자흐인과 결혼한 사람들은 그나마 발을 붙일 수 있었지만, 나처럼 까레이스키와 결혼한 고려인들은 고통이 이만저만이 아니었다.

이제 내가 돌아갈 곳은 한 곳뿐이었다.

나의 고향 연해주. 그곳도 조상들의 조국은 아니지만 자식들을 데리고 그리로 돌아가야 했다. 다행히 러시아 정부가 강제 이주 정책이 불법이었음을 인정하고 원래의 고향으로 돌아오면 보살펴 준다고 약속을 했기에 조금이나마 위로가 되었다.

끈질긴 인내와 근면으로 이룩해 놓은 삶의 터전과 생활 집기들을 헐값에 처분했다. 나는 아이들의 부축을 받으며 무덤의 언덕으로 갔다.

할아버지와 오빠에 이어 이미 세상을 떠난 봉천댁, 함흥댁과도 눈물로 작별했다.

60여 년 전, 40여 일 동안 시베리아를 달렸던 강제 이주 열차. 그 죽음의 길을 다시 돌아가는 것은 살을 에고 뼈를 깎아 내는 고통스러운 기억을 다시 떠올리게 하는 일이었다. 다행히 가축 운반용 열차는 아니었지만 시베리아 횡단 열차는 끔찍한 죽음의 열차로 각인되어 차창 밖 풍경까지도 모두 슬퍼 보였다. 이르쿠츠크역을 지날 때 엄마와 핏덩이를 눈 속에 묻던 그날의 기억이 떠올라 가슴이 아렸다. 눈이 녹은 다음 엄마와 아기의 시신은 어찌 되었을까? 늑대들의 밥이 되었을까? 까마귀들의 양식이 되었을까? 그토록 처참한 죽음을 어찌지 못한 채 한생이 흘렀다는 사실에 밖을 내다볼 엄두도 나지 않았다.

드디어 꿈속의 고향이었던 블라디보스토크역에 닿았다. 바다는 예전처럼 푸르른데 내 가슴에는 구멍 몇 개가 뻥 뚫린 듯 슬픔과 분노와 불안의 바람이 사정없이 들어와 내 몸을 훑었다. 기대를 안고 찾아온 연해주는 또다시 절망을 안겨 주었다. 예전에 내가 살던 신한촌 집은 잡초가 무성했고 농사를 짓던 땅은 황무지로 변해 있었다.

소비에트 정부가 까레이스키들에게 보상으로 준다는 집은 군인들이 쓰던 막사였다. 기둥은 시뻘겋게 녹이 슬고, 벽은 심하게 파이고 허물어져 바람이 숭숭 들어왔다. 게다가 방 안은 각종 쓰레기와 나뭇가지들로 헛간보다도 못했다. 화장실은 다 깨어져 나무뿌리가 벽과 바닥을 뚫고 벋어나와, 마치 정글 속 마녀의 집 같았다. 방 안 가득 우거진 풀들을 뽑아내고 바람구멍을 막았지만 도저히 집이라고 할 수 없었다.

아들은 카자흐에서 살림을 정리한 돈으로 일단 땅을 빌렸다. 고향으로 돌아온 까레이스키들은 새로 땅을 일구는 동안 모진 굶주림과 질병을 견뎌야 했다.

러시아 국적이 없는 까레이스키들은 병원에 가도 보험 혜택을 받을 수 없었다. 터무니없이 비싼 진료비를 무국적 까레이스키들은 도저히 감당할 수가 없어 진료를 포기할 수밖에 없었다. 까레이스키들은 여전히 발붙일 곳이 없는 서글픈 디아스포라였다.

나는 가물거리는 눈으로 멀리 두만강 쪽을 바라보았다. 둘로 나뉘어 서로 오고 가지 못하는 내 조상들의 나라 대한민국과 조선인민공화국은 나에게서 더욱더 멀어진 것 같았다. 할아버지의 마지막 부탁은 뜬구름처럼 막연했다. 마지막 뼈조차 조상들이 잠든 곳에 묻지 못할 나는 이제 죽을 날만 기다리는 할머니가 되었다. 내가 태어난 고향이면서도 디아스포라 신세로 부모님과 할아버지, 오빠까지 낯선 땅에 버려 두고 이 땅에 혼자 묻힐 것을 생각하니 가슴이 콱 막혔다.

조국이 있어도 돌아갈 수 없는 까레이스키들은 도대체 언제까지 디아스포라로 떠돌며 살아야 할지 눈앞이 캄캄했다.

1937년 스탈린 강제 이주 정책으로 중앙아시아로 이주된 까레이스키 총 숫자

36,422가구 / 171,781명

우즈베키스탄: 총 16,272가구 76,525명

카자흐스탄: 총 20,170가구 95,256명

까레이스키는 현재 카자흐스탄에 10만 여명, 우즈베키스탄에 20여 만 명 등 독립국가연합(CIS) 전역에 약 55만여 명이 살고 있고, 2023년 현재 국내에 10만여 명이 들어와 있다.

까레이스키, 끝없는 방랑

떠돌이가 된 독립투사들의 후손을 기억하며

세상에서 가장 슬픈 사람들은 누구일까? 여러 경우가 있겠지만 조국으로부터 잊힌 존재로 살아가는 사람들이 그중 하나라고 생각한다. '까레이스키'라 불리는 이들이 바로 그러한 경우이다.

고려인이라 불리는 까레이스키는 우리나라가 일본의 식민 지배를 받던 시절에 국경을 넘어 우수리스크, 블라디보스토크, 핫산 일대에서 살던 우리 민족이다. 이들 중에는 일본을 상대로 독립운동을 했던 사람들이 많다.

1937년, 무려 17만여 명이 넘는 까레이스키는 정든 집과 터전을 뒤로하고 스탈린의 명령에 따라 시베리아 횡단 열차에 강제로 태워졌다. 그들이 탄 기차는 의자는 물론 난방도 없이 엉성한 나무판자로 벽을 만든 가축 운반용이어서 칼바람이 사정없이 몰아쳤다. 특히 까레이스키들이 강제 이주당하기 시작한 때가 1937년 9월 9일인데, 이때는 이미 시베리아의 맹추위가 시작되는 시기였다. 까레이스키들은 40여 일 동안이나 눈보라 몰아치는 시베리아 벌판을 달려

중앙아시아에 도착했다. 그들이 도착한 땅은 반사막지대로 소금기가 있는 버려진 땅이었다. 황무지에서 첫 겨울을 나는 동안 추위와 허기와 풍토병으로 많은 사람이 죽어 갔다. 까레이스키들은 이듬해 봄, 집보다 먼저 눈밭에 덮어 놓았던 시신들을 묻을 무덤의 언덕부터 만들어야 했다.

까레이스키들은 강인하고 끈질긴 민족성을 발휘하여 갈대밭에서 갈대를 뽑아내고 벼농사가 불가능했던 땅에 논을 만들어 벼를 생산했다. 황무지를 옥토로 바꾸어 놓았다. 까레이스키들은 이러한 근면과 성실 덕분에 소비에트 연방에 살던 127개의 소수민족 콜호스에서 까레이스키 콜호스가 가장 많은 수확을 냈고, 그 결과 노력영웅을 가장 많이 배출한 민족이 되었다. 성실한 데다 머리까지 좋은 까레이스키들은 농업 이외에도 교수나 의사, 연구 종사자가 되는 등 다양한 부문에서 활약했다.

조국의 독립을 위해 독립운동을 하고 독립자금도 꼬박꼬박 내던 까레이스키들은 강제 이주 후에 완전히 조국과 단절되어 해방이 된 조국에도 돌아갈 수 없었다.

88 서울올림픽은 그들이 조국이 얼마나 발전하고 변화했는지 알게 되는 계기가 되었다. 방송과 신문을 통해 접한 대한민국은 까레이스키들에게 한 줄기 희망의 빛이었다. 올림픽을 개최할 수 있게 된 대한민국, 방송에 비친 대한민국의 발전한 모습은 서러움만 안고 살던 까레이스키들의

어깨에 힘이 되었다. 그러나 이후 토착민들에게 부러움과 질시를 받기도 했다.

1991년 소비에트 연방이 해체되면서 중앙아시아의 우즈베키스탄, 카자흐스탄, 키르기스스탄 등 여러 위성국가들이 앞다투어 독립했다. 독립한 나라들은 소련 연방 정책으로 잃었던 자신들의 역사와 자국어를 되찾고 민족 정체성을 확립하는 정책을 펴기 시작했다. 그 과정에서 타민족을 차별, 배척하는 경향이 심해졌고 각계각층에서 두각을 나타낸 까레이스키들은 배척의 첫 번째 대상이 되었다.

까레이스키와 마찬가지로 스탈린에 의해 강제 이주를 당한 독일인, 유대인, 폴란드인, 그리스인들은 모국에서 정착 지원금까지 받으며 자기들이 살던 곳으로 돌아갔다. 그러나 까레이스키들은 남과 북으로 갈린 모국 어디에도 돌아갈 수 없는 안타까운 처지가 되어 버렸다.

뒤늦게 러시아에서도 과거 소비에트 연방 시절에 자신들이 저지른 강제 이주가 불법이었다고 시인했다. 러시아는 까레이스키들에게 연해주로 돌아가면 삶의 터전을 마련해 준다고 약속했다. 소비에트 연방에서 독립한 나라들이 이민족을 배척했기 때문에 까레이스키 상당수가 그간 피눈물로 이룬 삶의 터전을 모두 버리고 연해주로 돌아왔다.

하지만 연해주에서 까레이스키들을 기다리고 있던 것은 버려진 군대 막사였다. 막사들은 2차세계대전 때 군인들이

까레이스키, 끝없는 방랑

쓰던 임시 숙소였고, 수도와 전기가 들어오지 않아 사람이 살 수 없는 곳이었다. 게다가 까레이스키들은 국적이 없는 탓에 보험도 적용받을 수 없어서 아파도 병원조차 갈 수 없고 취직도 할 수 없었다. 아이들은 영양실조로 팔다리가 휘어지고 어른들은 다시 방랑자가 되어 거리를 떠돌았다.

대한민국은 2002년 한일월드컵에서 4강 신화를 이룩했고, 붉은 악마들의 함성은 세계를 뒤흔들었다. 또 최근에는 아시아를 중심으로 전 세계에 한류 열풍이 거세다. 하지만 여전히 오갈 데 없는 슬픈 유랑인 신세인 까레이스키들은 돌아갈 수 없는 조국을 망연히 바라만 볼 수밖에 없다. 물론 까레이스키 중에는 일찍이 러시아 국적을 취득해 성공한 사람들도 적지 않다. 하지만 안중근 의사, 홍범도 장군, 계봉우, 장도빈, 강사진, 김규면, 신채호, 최재형 선생과 같이 치열하게 항일독립운동을 펼치며 목숨을 아끼지 않은 분들이나 그 후손들은 강제 이주를 당해 낯선 땅에서 조국의 광복도 알지 못한 채 세상을 떠났다. 또 그분들의 2세, 3세들은 여전히 타국에서 방랑자로 살고 있다.

나는 2009년에 청소년 소설 『에네껜 아이들』을 펴내면서 작가의 말을 통해 이미 까레이스키들의 아픔을 안타까운 마음으로 언급했다. 역사의 소용돌이에 휘말려 고통스럽게 살아야 했던 사람들을 기억해 주고 그들의 영혼을 위로하는 것이 작가의 소명이라고 생각했기에, 이 작품을 쓰기로 결심했다. 나는 까레이스키들이 지금도 여전히 고통 속에서 살아 가는 모습을 방송이나 신문, 책을 통해 접했고, 글을 쓰는 내내 같은 민족으로서 이들에게 너무나 미안했다.

대한민국은 이제 기회의 땅이 되었다. 가까운 동남아시아는 물론 멀게는 아프리카와 남아메리카의 젊은이들까지 지구촌 곳곳에서 코리안 드림을 꿈꾸며 찾아들고 있다. 우리는 이제 도움을 받던 나라에서 도움을 주는 나라로 발전했다. 그러나 다른 나라 사람을 돕는 것도 좋지만 먼저 까레이스키의 후손들을 껴안고 민족애를 발휘해야 하지 않을까? 지금까지는 까레이스키들에게 우리의 손이 미치지 못했지만, 이제라도 우리가 한민족으로서 까레이스키들을 껴안고 광활한 중앙아시아의 자원을 함께 개발하며 서로 돕는다면 그들과 함께 행복한 미래를 맞이할 수 있을 것이다.

나는 까레이스키들을 껴안으려면 먼저 그들의 아픔을 정확히 알고 함께 느껴야 한다고 생각한다.

이 책에서는 1937년 강제 이주 시점부터 20여 년이 흐른 1956년까지 한 까레이스키의 기구한 삶을 그렸다. 나는 앞으로 그 이후부터 오늘에 이르는 까레이스키의 삶을 다시 그릴 수 있기를 꿈꾼다.

———————————————— 2012년 여름 문영숙

　『까레이스키, 끝없는 방랑』은 고려인들의 회고집과 논문, 선교사들의 체험 수기 등등을 바탕으로 쓴 책이다. 2012년 책을 내고 일주일 후 처음으로 러시아 땅을 밟았다. 문인들과 함께한 여행의 목적지는 바이칼 호수였지만, 내게는 시베리아 횡단 열차를 타는 게 더 뜻깊고 중요했다. 이 소설의 핵심 소재가 고려인의 강제 이주이고, 그 시작이 바로 시베리아 횡단 열차이기 때문이다. 러시아 땅에 처음 발을 디딘 날 블라디보스토크 공항에 내려 단체 버스를 타고 첫 번째로 들른 곳이 우수리스크였다. 그곳에서 처음으로 독립운동가 최재형 선생이 살던 고택을 방문했다. 러시아인이 살고 있어서 안에는 들어갈 수 없었지만, 담 밖에서 가이드에게 들은 '최재형'이란 인물의 이야기는 당장에 나를 매료시켰다.

　바이칼 여행을 다녀오고 2년 후인 2014년에 『독립운동가 최재형』을 출간했다. 내가 독립운동가 최재형기념사업회와 인연을 맺고 현재 이사장까지 하는 것은 전적으로 『까레이스키, 끝없는 방랑』으로 시작된 인연 덕분이라고 할 수 있다. 이제 『까레이스키, 끝없는 방랑』을 출간한 지 12년 만에 개정판을 내게 되었다. 이 소설은 2009년 즈음에 쓰기 시작했는데, 당시에 고려인에 대한 지식이나 경험이 부족하여 놓친 부분과 최재형기념사업회에서 고려인들과 관계를 맺으면서 새롭게 알게 된 부분 등을 넣어 보완하여 개정판을 내게 되었다.

현재 고려인들은 우리나라 산업 전선에 꼭 필요한 노동력을 제공하고 있다. 그러나 의사소통의 어려움 등으로 인해 산업 현장에서 여전히 여러 가지 고충을 겪고 있다. 대한민국은 지금 저출산으로 인구 감소가 심각한 수준에 이르렀다. 이러한 때에 우리가 고려인들을 적극적으로 포용하는 다양한 정책을 펴 우리나라 근현대사에서 전혀 보살필 수 없었던 고려인들을 돕는다면 우리나라의 저출산 문제를 해결하고 산업을 활성화하는 데에도 큰 도움이 될 것이다.

『까레이스키, 끝없는 방랑』 개정판 출간이 고려인들의 아픈 역사와 현재 그들이 겪는 고충을 이해하는 데 도움이 된다면 작가로서 더 바랄 것이 없다. 하지만 더 욕심을 부린다면, 미래지향적으로 우리와 고려인들이 나아갈 방향을 설정하는 데 도움이 되면 좋겠다. 개정판을 출판할 수 있게 도와준 서울셀렉션 출판사와 지태진 편집자에게 감사의 말씀을 전한다.

———————————————————— 2024년 가을 문영숙